### "Записки безумной оптимистки"

«Прочитав огромное количество печатных изданий, я, Дарья Донцова, узнала о себе много интересного. Например, что я была замужем десять раз, что у меня искусственная нога... Но более всего меня возмутило сообщение, будто меня и в природе-то нет, просто несколько предприимчивых людей пишут иронические детективы под именем «Дарья Донцова».

Так вот, дорогие мои читатели, чаша моего терпения лопнула, и я решила написать о себе сама».

## Дарья Донцова открывает свои секреты!

# Читайте романы
# примадонны иронического детектива
# Дарьи Донцовой

# Дарья Донцова

# Букет прекрасных дам

Москва
ЭКСМО
2004

**ИРОНИЧЕСКИЙ ДЕТЕКТИВ**

## ГЛАВА 1

Не храните конфеты в ботинках! Большинство людей, услыхав эту фразу, начинают вертеть пальцем у виска и весело хихикать, намекая на то, что сие заявление абсурдно. И впрямь, кому в голову придет засовывать шоколадки и карамельки в штиблеты. Всем очевидна глупость такого поступка!

Вздохнув, я подошел к подземному переходу. С неба валил снег, и ступеньки покрывал толстый слой жидкой грязи. Запросто можно поскользнуться и загреметь вниз на пятой точке, сломав руку или ногу. Перед глазами мигом возникло видение: вот я, в добротном пальто, лежу у подножия лестницы и издаю громкие стоны. Богатое воображение — это моя основная беда. Стоит подумать о какой-то ситуации, как она мигом появляется перед глазами.

Впрочем, переломать себе конечности этим вечером не хотел никто. Женщины, спускавшиеся в метро, все как одна держались за поручни. Вот оно, преимущество принадлежности к дамскому полу. Совершенно естественно, если нежное существо осторожно хватается за перила, но мужчине этого делать никак нельзя. Ну не могу я себе позволить уцепиться за перила и ползти вместе с тетками по обледенелым ступенькам, хотя это было бы разумно. Почему? — спросите вы. А потому. Не хочу быть смешным. И вообще — не храните конфеты в ботинках!

Кое-как я спустился вниз и направился по переходу на ту сторону проспекта. Справа и слева сверкали витрины ларьков. Плохая погода загнала в переход всех тех, кто обычно стоит снаружи: бомжей, ищущих пустые бутылки, студентов из ближайших институтов и даже мамаш с детьми. Последние таращились на витрины и ныли, выпрашивая шоколадки, жвачки и игрушки. Студенты же, как всегда, были пьяны, впрочем, когда я проходил мимо одной группки, мне в нос ударил сладковатый запах «травки». Вот как странно устроен человек! Фраза о конфетах в ботинках заставляет его хохотать, но ведь есть и другие, столь же очевидные, истины. Не кури — заработаешь рак легких, не пей — превратишься в алкоголика, не употребляй наркоту — станешь слабоумным... Но отчего-то люди, услыхав эти фразы, не смеются... Впрочем, сам я курю, правда, к горячительным напиткам совершенно равнодушен, наркотики же не пробовал и, честно говоря, не испытываю ни малейшего желания проделать это в ближайшее время.

Переход закончился, я вышел наверх, завернул за угол, прошел вперед по проспекту и встал у киоска «Роспечать». Сейчас сюда приедет Рита, восемнадцатилетняя внучка моей хозяйки Элеоноры. Мне велено встретить ее здесь, в относительно людном месте, и проводить до дома. Элеонора боится, что ее любимицу изнасилуют или ограбят, напугав до полусмерти. Хотя Рита сама нарывается на неприятности. Одевается она так вызывающе, что при взгляде на ее открытые почти до пятой точки ноги желание затащить девицу в кусты возникает почти у всех представителей мужского пола. Рита знает о том, что хороша, и вовсю пользуется этим. Кофточки она носит короткие и облегающие, мне все время кажется, что они сейчас лопнут на ее довольно пышном бюсте. Про юбки я уже говорил, впрочем, в брючки она, наверное, влезает с намыленными ногами, потому что штанины обтягивают ее, словно вторая кожа. И неизвестно, что выглядит более сексуально: голые колени или «кожаные» ножки? Еще господь наградил ее хорошенькой мордочкой, пышными кудряшками и полным отсутствием ума... Но с такой бабушкой, как моя хозяйка Элеонора, мыслительные способности Рите не понадобятся никогда. Она просто будет бездумно тратить капитал, который нажила Нора.

— Вава, — раздалось с той стороны пустой улицы, — Вава, ты ждешь?

Я повернул голову, веселая Риточка махала мне рукой.

— Что такой мрачный? — верещала она. — Извини, опоздала...

И она стала спокойно, не торопясь, пересекать проезжую часть. Этой улицей редко пользуются водители, в двух шагах шумит многолюдный проспект, а здесь тишина, сонное царство. Но троллейбус, на котором прикатила Рита, останавливается именно на этой пустынной магистрали, в самом подходящем для разбойника месте.

— Не грусти, Вава! — орала Рита, вышагивая по шоссе. — Чего нос повесил?

Я демонстративно отвернулся в другую сторону. Вава! Меня зовут Иван. К простому мужицкому имени прилагается звучная фамилия Подушкин. Род мой известен издавна. Бояре Подушкины были одними из тех, кто возводил на трон Михаила Романова. Поколения Подушкиных верно служили царю и отечеству, больших чинов не имели, но пользовались уважением и были стабильно богаты. В 1917 году почти весь род сгинул в пучине революции. Чудом выжил только мой отец, ему еще не исполнилось и года, когда в имение Лыково, расположенное под Петроградом, ворвался отряд красноармейцев и перестрелял «проклятых буржуев».

Моего папеньку спасла повариха, у которой недавно умер от крупа младенец. Когда возбужденные пролетарии ворвались на кухню, они увидели толс-

тую бабу в цветастой юбке. На коленях у нее лежал
младенец, сосущий необъятную грудь.

— Тише, ироды, — замахала бабища руками, —
дите перебудите, закатится ща воплем, вам лялькать
дам!

Солдаты на цыпочках ушли в комнаты и стали
грабить барские покои. Примечательно, что никто
из слуг не выдал Анну. Ни камердинер, ни лакеи, ни
горничные. Впрочем, прислуга, жившая в имении
много лет, глубоко переживала смерть хозяев. Вместе с кончиной Подушкиных лопнуло и благосостояние обслуживающих их людей. Никакой радости от
свершившейся революции они не испытывали.

Анна, прихватив младенца Павла, подалась в
Москву, где проживала ее старшая сестра Нина.
Сначала они голодали, как все, потом жизнь потихоньку наладилась. Аня устроилась на фабрику, стала ткачихой, уважаемым человеком, получила целых
две комнаты в коммуналке. Павла она выдала за
своего сына. Может быть, поэтому, а может, потому
что фамилия Подушкин звучала для пролетарского
уха простецки, отца моего не коснулись репрессии.
Оболенские, Вяземские, Волконские... Вот этим не
повезло, уже одна фамилия вызывала классовую ненависть. А Подушкин? Никому и в голову не приходило, что ее обладатель дворянин в двенадцатом колене. Впрочем, большевики не слишком хорошо разбирались в фамилиях. Помню, как удивлялся в свое
время мой отец:

— Надо же, отправили первым в космос Гагарина!

Я полюбопытствовал:

— А что тут странного?

— Видишь ли, Ваняша, — ответил папенька, —
были на Руси князья Гагарины, известный, старинный род. Сомневаюсь я, что Юрий Алексеевич, наш
первый космонавт, им не родственник. Ну сам посуди, в тысяча девятьсот шестьдесят первом году ему

было двадцать семь лет, значит, родился он в тысяча девятьсот тридцать четвертом... Нет, он точно из тех Гагариных, какая-нибудь дальняя ветвь. Недоглядели коммунисты... А может, специально так сделал тот, кто желал, чтобы героем стал дворянин.

Я не обратил тогда на слова отца никакого внимания. Папеньку частенько заносило. У любого человека, сделавшего в жизни маломальскую карьеру, он искал благородные корни и именно их наличием объяснял успех. Кстати, сам папенька был человеком талантливым, изумительно владеющим словом. Способность его к литературе отмечали еще в школе. Как «кухаркин ребенок», он без всяких проблем поступил в свое время в Институт философии, литературы и искусств, легендарный ИФЛИ, в стенах которого обучался весь цвет интеллигенции. Отец получил диплом в 1940-м и, имея безупречное пролетарское происхождение, устроился на завод, по-моему, станкостроительный, в редакцию многотиражной газеты. В анкетах он указывал имена своих «родителей», в графе «Происхождение» сообщал: из рабочих. К тому же совершенно хладнокровно писал: «Отец погиб во время Гражданской войны, воспитан матерью, заслуженной ткачихой, орденоноской». И это было святой правдой. Анна к тому времени стала уважаемым человеком и, несмотря на возраст, продолжала бегать по цеху между станками. Не было никакого лукавства и в фразе о погибшем отце. Ведь он и впрямь сгинул в горниле революции, просто папенька никогда не упоминал, на какой стороне он сражался, а у читавших анкету вопросов не возникало.

Всю Отечественную войну отец благополучно пересидел на заводе, получив броню. В 1952 году его взяли сначала в «Труд», потом в «Литературную газету», начался его карьерный взлет. Во время оттепели папа опубликовал первый роман. Критика, хоть и отметила легкую «сыроватость» вещи, в целом приняла ее благосклонно. Так он стал писателем. «Живой язык», «яркий слог», «увлекательное повествование» — вот цитаты из газет 60-х годов, посвященные Павлу Подушкину. Но, кроме литературного дара, у отца было редкое трудолюбие и почти патологическое усердие. Из глубин памяти всплывает картина. Вот я, маленький мальчик, подглядываю в щелку, приоткрыв дверь кабинета отца. Услышав скрип, папенька поворачивается и, улыбаясь, говорит:

— Что, дружочек любезный? Иди, иди, мне еще надо поработать.

Будучи подростком, я как-то спросил у него:

— Неужели тебе не надоедает целый день сидеть за столом?

— Понимаешь, Ваняша, — ответил отец, — господь дает многим людям шанс, только большинство бездарно растрачивает талант. Зайди в Дом литераторов, да спустись в буфет, в подвал. Там за столиками сидят одни и те же люди, каждый день говорящие о своей талантливости и исключительности, только дальше праздной болтовни дело-то не идет.

Отец писал исторические романы, выбирая для своих повествований совсем уж далекие времена, десятый век, например. Успех его книги имели фантастический, в особенности у дамской аудитории. Теперь я понимаю, что на книжном рынке СССР это были единственные любовные романы. Читательницы млели от описания замков, пиров и отважных викингов. И, конечно же, от постельных сцен. В целомудренной советской стране они считались почти порнографией, но отец ухитрялся договориться с редактурой и цензурой, поэтому читатели замирали, смакуя детали. Впрочем, посмотрев кое-какие его книги сегодня, должен сказать, что ничего крамольного в «сексуальных» страницах я не увидел. Дальше описания обнаженного тела героини и поцелуев отец не шел. Но вы не забудьте, какие годы стояли на дворе, конец шестидесятых. Женщин в брюках не пускали в ресторан, бородатым студентам декан, словно Петр Первый, велел немедленно избавляться от растительности на лице. Папины книги уходили влет, и мы великолепно жили, имея все атрибуты богатства тех лет: четырехкомнатную квартиру возле метро «Аэропорт», дачу в Переделкине, «Волгу» с шофером, «кремлевский паек» и отдых в Болгарии.

В 1984 году отца не стало. Дачу отобрали, но маменька не очень переживала. На руках у нее имелась тугая сберкнижка. Я еще раньше выбрал себе специальность поэта и поступил в Литературный институт. А в год смерти отца я его как раз окончил, и последнее, что сумел сделать в этой жизни папа, — это пристроить меня редактором в журнал «Литературный Восток».

Что было потом, известно каждому. Перестройка, резкий скачок цен, бешеная инфляция... Мы с маменькой разом стали нищими. Матушка моя — актриса, разбалованная отцом до безобразия. Впрочем, о ней как-нибудь в другой раз.

Поверьте только, что несколько лет нам приходилось ой как несладко. Я пристраивался в разные издания, но все они благополучно прогорали. Можно было, конечно, наняться в процветающий «Господин Н» или «Вашу газету», но меня воспитали таким образом, что при виде подобных изданий к горлу подступала тошнота. Пару лет мы перебивались с хлеба на квас. Стихи были совсем не нужны в новых, стихийно возникающих издательствах. Красота слова, завораживающие рифмы, на все это современным Сытиным[1] было глубоко наплевать.

Время поэзии минуло вместе с Серебряным

---

[1] Сытин И. Д. — крупнейший издатель и книготорговец царской России. (*Прим. автора.*)

веком, современное поколение выбирает пепси, детективы и триллеры. Только не подумайте, что я осуждаю кого-нибудь. Нет, просто констатирую факт: поэты в нынешней действительности — лишние люди, а стихи — совершенно непродаваемый товар. Впрочем, Союзы писателей (их теперь то ли семь, то ли восемь) иногда выпускают поэтические сборники, но чтобы попасть на их страницы, нужно таскать бутылки коньяка составителю, хитрить, ловчить, отпихивать локтями конкурентов... Увольте, сие не для меня. Я, наверное, истинный графоман, потому что получаю удовольствие от процесса вождения ручкой по бумаге и совсем не горю желанием увидеть свое произведение напечатанным. Графомания — это любовь к письму, о чем все сейчас благополучно забыли. Истинных графоманов мало, они редки, как алмаз «Орлов». Люди, осаждающие редакции и издательства с криком: «Напечатайте!», не имеют никакого отношения к графоманам. Это жаждущие славы и денег...

— Эй, Вава, — продолжала орать Рита, — не дуйся, котик! Пошли тяпнем пива на проспекте!

Я повернул голову в ее сторону и хотел уже было ответить: «Ты же знаешь, я не люблю спиртного», — но в ту же секунду слова застряли у меня в глотке.

Из-за угла на бешеной скорости вырвалась роскошная черная иномарка, лаковая, блестящая, с приподнятым багажником и тупым носом. Что-то в ней показалось мне странным, но что, я не успел понять, потому что машина на огромной скорости ринулась к Рите. Девчонка взвизгнула и побежала, но машина, быстро вильнув в сторону, догнала ее. Раздался глухой удар. Тело Риты взлетело в воздух и стало падать. Я в ужасе смотрел на происходящее. Действие, казалось, заняло целую вечность. Сначала мостовой коснулась ее голова, ударившись об асфальт, тело девушки подскочило и вновь опустилось на землю со странно, ужасно вывернутой шеей. Падение сопровождалось жутким, шлепающем звуком. Красивые ботиночки с опушкой из меха отлетели от владелицы метров на сто, там же оказалась и сумочка, раскрывшаяся от удара. Бог мой, какую только дрянь женщины не таскают с собой: расческа, пудреница, губная помада, конфетки, кошелек, носовой платок, плюшевая собачка, плеер — все лежало в декабрьской слякоти. Кое-как оторвавшись от созерцания вещей, я перевел глаза на Риту и почувствовал, что земля уходит у меня из-под ног.

Девушка лежала на спине, широко разбросав руки и ноги, голова ее была повернута на сто восемьдесят градусов, лица я не видел, впереди парадоксальным образом оказался конский хвост из роскошных кудряшек, и в темноте было заметно, как быстро растекается под трупом черная глянцевая лужа.

Откуда ни возьмись появились люди, понеслись сочувственные возгласы, охи и ахи, мне же на голову словно опустилась толстая, меховая шапка, и предметы отчего-то потеряли четкие очертания. Прибыла милиция, один из патрульных оглядел кучу вещей, вывалившихся из сумку на мостовую, и крикнул:

— Похоже, паспорта нет, оформляй как неизвестную!

Тут какая-то сила разжала мои челюсти, и я просипел:

— Ее зовут Маргарита Родионова...

— Вы знаете погибшую? — обрадовался представитель закона.

Я кивнул. Милиционер окинул меня взглядом и неожиданно проявил сочувствие:

— Идите в патрульную машину.

Я покорно влез в бело-голубой «Форд», ощущая странную отупелость. Никогда до сих пор не имел дело с правоохранительными органами, разве что обращался в паспортный стол. Но я наслышан о том, какие порядки царят в среде синих шинелей. Однако о мужиках, приехавших к месту происшествия, не могу сказать ничего плохого. Они были предупредительны и даже сунули мне в руки банку с кока-колой.

Кое-как справившись с эмоциями, я начал отвечать на бесконечные вопросы. Марку машины не знаю. Могу описать дизайн: агрессивный, багажник тупой, приподнятый...

— Такая, — ткнул пальцем один из дознавателей в проезжающую мимо иномарку.

— Да, только черная.

— Значит, «Вольво», — пробормотал парень, назвавшийся Алексеем. — Номер заметили?

Я покачал головой, и в ту же секунду до меня дошло, что было странным в автомобиле. Машина была чистой, сверкающей, ее явно только что вымыли, а номера оказались заляпаны грязью. Я не успел рассказать об этом милиционерам, потому что в моем кармане ожил мобильный.

— Ваня, — раздался высокий, резкий голос моей хозяйки Элеоноры, — где ты? Сколько времени можно идти от проспекта до дома? Поторопись! Чем вы там занимаетесь?

Я смотрел на трубку. Честно говоря, я никогда не вру, но не потому, что являюсь таким уж принципиальным, нет, просто, если всегда говоришь правду, живется легче. А то соврешь что-нибудь, потом забудешь... Но сейчас невозможно было чистосердечно ответить Элеоноре, не могу же я заявить: «Чем занимаюсь? Даю показания милиции, рассказываю о смерти вашей внучки». Поэтому пришлось мямлить:

— Тут, в общем, неприятность....

— Какая?

— С Ритой.

— Она опять напилась?

— Нет, нет, выглядела трезвой.

— Почему ты говоришь о ней в прошедшем времени?

Я замолк.

— Отвечай же, — настаивала Нора, — ну, быстро, говори!

Когда со мной начинают беседовать командным голосом, я, как правило, теряюсь и машинально выполняю приказ, но сегодня промолчал и посмотрел на Алексея. Милиционер вздохнул, взял трубку и официальным голосом сказал:

— Капитан Резов. Насколько понимаю, вы родственница погибшей Маргариты Родионовой...

Я закрыл глаза и, ощущая легкую тошноту, прислонился головой к стеклу. Слава богу, роковое слово «погибшая» было произнесено не мной.

## ГЛАВА 2

Прошла ужасная неделя, наполненная неприятными хлопотами: похороны, поминки, соболезнования. Все друзья и знакомые, а их у Норы были тучи, бились в рыданиях, моя маменька, прибывшая на панихиду под огромной черной вуалью, упала в обморок, когда гроб понесли к выходу из церкви. Я, естественно, кинулся приводить ее в чувство, но в глубине души был уверен, что она просто решила не упустить момент, чтобы оказаться в центре внимания. Как у всякой актрисы, у нее острая тяга к публичности. Впрочем, на церемонии стало плохо еще одному человеку, профессору Водовозову. Но заподозрить Льва Яковлевича в неискренности невозможно. Он старинный друг Элеоноры, принимаемый в доме на правах родственника. Иногда мне кажется, что у них был бурный роман, Нора временами так странно смотрит на мужика... Впрочем, сейчас ни о каких амурах речи не идет. Моей хозяйке шестьдесят пять лет, а сколько Водовозову, не знаю, но, думаю, не меньше.

Когда роскошный гроб с телом Риты стали втаскивать в катафалк, профессор побледнел до синевы и схватил меня за руку ледяными пальцами.

— Сейчас принесу валокордин, — сказал я.

— Не надо, Ваня, — ответил Водовозов, — само пройдет.

Спокойствие сохраняла одна Нора, командовавшая сотрудниками похоронного агентства и официантами, нанятыми на поминки. Кое-кто из гостей даже осудил свою хозяйку, не пролившую ни слезинки, но я-то знал, что по ночам, запершись в своей спальне, Нора плачет. Просто у нее такой характер, она не станет демонстрировать горе прилюдно.

Именно благодаря своим личным качествам Элеонора добилась успеха в жизни. Моя хозяйка фантастически богата, ей принадлежит куча всяких заведений, парочка газет, две радиостанции, несколько магазинов... Всего и не перечислить. Состояние она начала наживать в 1986 году буквально с нуля, открыв один из первых кооперативов по пошиву женских блузок. В создание производства она вложила всю имеющуюся наличность, влезла в долги, продала машину и дачу, оставшуюся от покойного мужа. Стоит подивиться ее чутью бизнесмена, ведь до перестройки Нора работала преподавателем математики в каком-то заштатном институте и никогда не имела ничего общего с коммерцией.

С тех пор ее дела постоянно идут в гору, она выдержала дефолт и, по-моему, стала только богаче тогда, когда остальные бизнесмены разорились.

Но, очевидно, господь считает, что в жизни каждого человека должно быть поровну зла и добра. Норе потрясающе не везло в личной жизни. Ее муж, кстати тоже профессор математики, погиб в автомобильной катастрофе. Год я вам точно не назову, что-то в начале восьмидесятых. Его смерть открыла череду несчастий. Через два года двадцатидвухлетняя дочь Норы, красавица Олечка, решила родить ребенка незнамо от кого. Сколько мать ее ни пытала, Олечка не открыла ей имени отца ожидаемого ребенка. Отделывалась фразами типа: «Это будет только мое дитя» и «Я с ним не успела познакомиться как следует». Я думаю, что в конце концов бы Элеонора «сломала» Ольгу, заставив ее назвать имя любовника, но, родив Риту, Оля скончалась. Нора забрала младенца к себе и превратилась в бабушку-одиночку. Наверное, за все несчастья господь и послал ей редкую удачливость в делах. Нора, словно царь Мидас, превращает в золото все, к чему прикасается, деньги так и липнут к ней, она ухитряется без конца придумывать новые выигрышные проекты.

В 1990 году на нее обрушилось новое несчастье. Было время дикого передела собственности, и Нора перешла дорогу каким-то крутым парням. Не особо сомневаясь, они наняли киллера, который и подстрелил женщину. Но то ли за дело взялся не профессионал, то ли Норе в очередной раз повезло, только она выжила, потеряв, к сожалению, возможность ходить. Врачи долго говорили, что при таких ранениях позвоночника больные, как правило, превращаются в «овощи», прикованные к постели. Но они просто не знали Элеонору. Через три месяца она села, потом за огромные деньги выписала из-за океана суперсовременную инвалидную коляску. Чего только не умеет делать ее «машина», она у нее уже третья по счету, Нора постоянно покупает себе новейшие модификации. Последняя, например, запросто шагает по лестнице. И еще она оборудована особым устройством, которое мигом поднимает сидящую Нору на один уровень со стоящими на ногах людьми. Мне кажется, что инвалиды, смотрящие на всех снизу вверх, должны ощущать некий комплекс неполноценности... Впрочем, моя хозяйка лишена всяческих комплексов, и еще она не теряет надежды когда-нибудь встать на ноги.

Меня она взяла на работу почти десять лет назад. Норе потребовался секретарь-мужчина, неженатый, способный жить в одной квартире с ней, то есть не шумный, не грязный и не хамоватый. Насчет курения никаких ограничений не было: Нора сама дымит как паровоз. Она не прочь пропустить и рюмочку, а еще моя хозяйка обожает детективные романы, я скупаю ей все новинки, и она весьма невоздержанна на язык. Первое время меня страшно коробили многие ее выражения. Теперь, правда, я привык и не вздрагиваю, когда она кричит утром горничной:

— Лена, твою мать, дрыхнешь? Давай на рысях сюда, жопа безмозглая.

В доме у Норы я занимаю особое место, с одной стороны, я, безусловно, не прислуга. Я сижу вместе с хозяйкой за одним обеденным столом, мои рубашки стирает и гладит горничная Лена, а кухарка Туся всегда интересуется: «Иван Павлович, вы будете на ужин омлет или сготовить для вас чего посытней?»

Мою комнату убирают, а машину, на которой я езжу без всякого удовольствия, моют. С другой стороны, я получаю от Норы весьма хорошую зарплату и обязан выполнять все приказы хозяйки. Естественно, на рынок за картошкой меня не посылают. В мои обязанности входит вести переписку. Нора занимается благотворительностью, она основала специальный фонд, куда поступают заявки от неимущих.

Моя хозяйка никогда не помогает организациям и учреждениям, только конкретным лицам, и я должен вести переписку с теми, кто хочет получить помощь. Еще частенько приходится ездить к этим людям и лично проверять, так ли уж они нуждаются, как рассказывают.

Кроме того, я делаю всякую ерунду: пишу для Риты доклады по русской литературе, а когда она училась в школе, вдохновенно ваял сочинения. Ночами, когда Норе не спится, она просит меня почитать ей вслух. Как правило, это бывают ее любимые детективы. Естественно, она может и сама взять в руки книгу, но, наверное, Элеонора чувствует себя иногда одинокой, поэтому и велит мне садиться в кресло под торшером с томиком Рекса Стаута в руках.

Еще я обязан просматривать кучу газет и журналов, включая самые низкопробные, и отмечать все, что представляет интерес для хозяйки: у Норы нет времени на изучение прессы, но ей надо быть в курсе событий. Еще я развлекаю гостей во время вечеринок... Одним словом, как понимаете, работа у меня непыльная, оклад отличный, а Нора не самый отвратительный вариант начальницы. Может, кому-то и покажется нагрузкой жить в одном доме с работодательницей, но я доволен. Ведь иначе мне пришлось бы обитать вместе с маменькой, а это, поверьте, намного хуже.

За несколько лет, проведенных с Норой под одной крышей, я научился понимать ее с полуслова, даже с полувзгляда. Поэтому, когда сегодня она вкатилась в мою комнату и со светской улыбкой на безукоризненно намакияженном лице заявила:

— Ваня, есть разговор, — я сразу понял, что она находится в сильном волнении.

— Слушаю вас, — сказал я и встал.

— Садись, — махнула рукой Нора, — не разводи китайские церемонии, дело есть.

Я сел и посмотрел на хозяйку. Кажется, я ошибся, она совершенно спокойна, просто, очевидно, заболела: глаза лихорадочно блестят, а на щеках проступают красные пятна.

— Ты можешь еще раз рассказать мне о наезде?

Я замялся.

— Понимаю, что заставляю тебя вновь вспоминать не слишком приятные события, но очень надо, — тихим голосом продолжила Нора.

Я вздохнул и в который раз начал повествование:

— Рита сошла с троллейбуса и пошла ко мне.

— Она ничего не говорила?

— Нет, только крикнула: «Вава, извини, опоздала» или что-то в этом роде.

— Ты, конечно, обозлился на дурацкую кличку, но вида не подал, — усмехнулась Нора.

Я пожал плечами. Какой смысл обижаться на Риту? Она бы только стала хохотать. Если кому-то нравится называть меня идиотским детским прозвищем, пожалуйста.

— Дальше, — поторопила Нора.

— Ну, она шла по проезжей части...

— Машины были?

— Ни одной. А потом невесть откуда вылетела «Вольво», или вылетел, я не знаю, как правильно сказать.

— Насрать на чистоту речи! — рявкнула Нора. — Откуда ты знаешь, что это был «вольвешник», ты же вроде в автомобилях не слишком разбираешься?

— Милиция сказала.

— Дальше!

— Ну и все! Он на нее наскочил, автомобиль.

— Рита не заметила машину?

— Увидела и даже попыталась убежать, но та все равно ее сбила!

— На пустой широкой дороге! Тебе не показалось это удивительным?

Я вспомнил, как тупорылое авто вильнуло вслед за несущейся к тротуару девушкой, и осторожно сказал:

— Вероятно, водитель был пьян. Честно говоря, мне...

— Говори!

— Видите ли, «Вольво» казался безукоризненно вымытым, прямо сверкал весь, а номера были заляпаны грязью...

— Вот! — стукнула кулаком по подлокотнику кресла Нора. — Вот и я про то же! Риту убили.

— Ну что вы, — попытался я образумить хозяйку, — девушка, молодая, никому в жизни не сделала зла, коммерцией не занималась, жила как птичка, не мешая другим. Ну зачем лишать ее жизни?

— Вот это-то главный вопрос, — протянула Нора и побарабанила пальцами по подлокотнику, — очень, очень интересный вопросик, и мне хотелось бы знать на него ответ...

Повисла тишина. Моя хозяйка уставилась в незанавешенное окно, подергала себя за волосы и заявила:

— Ладно. Значит, так, Ванечка, я теперь ни есть, ни спать не смогу, пока не докопаюсь до истины.

— Что вы имеете в виду? — решил уточнить я.

Элеонора вытащила из кармана пачку сигарет, золотой «Ронсон», и, щелкнув зажигалкой, спокойно ответила:

— Буду искать убийцу Риты.

Я попытался вразумить Нору:

— Дорожное происшествие вещь распространенная. Капитан Резов, ну тот, что составлял протокол, сказал мне: если водитель, сбивший человека, сам не остался на месте происшествия или если свидетели не запомнили точно номер, то найти преступника практически невозможно.

— Мне насрать, кто ее сбил, — прошипела Нора.

Я оторопел:

— Как это?

— Просто, глубоко плевать на того, кто сидел за баранкой, гораздо интересней узнать, кто заплатил киллеру. Меня волнует не исполнитель, а заказчик, понял?

— По-моему, вы слишком усложняете ситуацию, — осторожно начал я, — дело было вечером, шофер, скорее всего, пьяный...

— Ее убили, — спокойно заявила Нора.

— Это мнение милиции?

— ... ... — рявкнула Элеонора, — милиции! Тоже мне, блин, специалисты фиговы! Да они там все твердят, что Рита нарушила правила дорожного движения. Перелезла через железное ограждение и пошла через дорогу. Следовало направиться к пешеходному переходу, а тот в двухстах метрах от места происшествия. Да еще алкоголь!

— Какой?

— У нее в крови нашли алкоголь, — хмуро пояснила Нора, — незначительное количество, эксперт сказал, что, скорей всего, один-два фужера вина.

— Для Риты это ерунда.

— Мы с тобой знаем, что Ритка могла выпить две бутылки коньяка и не окосеть, — вздохнула Нора, — а специалист твердит, что для девушки ее хрупкого телосложения такого количества спиртного вполне достаточно, чтобы съехать с катушек. Вот и получается картина: пьяная, вечером, на темной улице.

— Там великолепное освещение, — перебил я Нору, — извините, пожалуйста, что не дал договорить, но прямо у остановки установлена гигантская реклама, лампочек сто, не меньше, горят, Риту было видно как на ладони, и потом...

— Что, — резко спросила Элеонора, — что потом?

Я вновь вспомнил, как «Вольво» вилял вслед за Маргаритой, и сказал:

— Водитель так странно себя вел. Рита побежала, на шоссе было полно места, он запросто мог ее объехать.

— Вот видишь, — прошептала Нора, — даже тебе ясно, что дело нечисто. Ладно, хватит трепаться попусту. С завтрашнего утра начинаю сама искать убийцу.

— Как? — изумился я. — Сама? Зачем?

— А кто еще этим займется? — фыркнула Нора и раздавила в пепельнице окурок.

— Милиция.

— Ой, не смеши меня, они давным-давно списали это происшествие в разряд «глухарей». Никто и палец о палец не ударит. И потом, наши доблестные правоохранительные органы способны только бороться с бабушками, торгующими возле метро укропом.

Я попытался вразумить Нору:

— Ладно, если не доверяете милиции, наймите частного детектива, сейчас много контор.

— Шаромыжники и обманщики, — дернула плечом Нора. — Не нужен никто, сама найду.

Я рассердился:

— Нора, жизнь — это не ваши любимые детективы.

— Не зануничай!

Я обозлился вконец и от этого весьма бестактно ляпнул:

— Но как вы собираетесь заниматься оперативной работой? Извините, конечно, но в инвалидной коляске это достаточно трудно проделать.

Нора прищурилась:

— У меня есть ноги, молодые, здоровые, резвые.

— Откуда? — удивился я, подозрительно посмотрев на хозяйку. Элеонора — это совершенно необыкновенная женщина, у такой и впрямь могут оказаться запасные конечности.

— Мои ноги — это ты, — спокойно заявила Нора и вновь вытащила сигареты. — Помнишь, мы читали Рекса Стаута, про Ниро Вульфа и Арчи?

— Конечно.

— Так вот, я — Ниро, а ты — Арчи.

— Я?!

— Именно. Ты станешь ходить там, где мне не пройти, собирать информацию, а по вечерам докладывать результаты. Подумай сам, какая чудесная пара из нас получится. Ты молод, здоров, а я умна. Моя голова, твои ноги.

— Но я совершенно не приспособлен к подобной работе.

— Глупости.

— У меня плохо с логическим мышлением.

Элеонора в раздражении ткнула недокуренной сигаретой в хрустальную пепельницу.

— От тебя никто не требует наличия серого вещества.

— Но я не умею быстро бегать, стрелять...

— Ты насмотрелся фильмов про Джеймса Бонда.

— Не люблю боевики, кстати, и детективы читаю только тогда, когда нужно развлечь вас.

Нора вздернула брови, подкатила к моей кровати и схватила книги, лежащие на ночном столике.

— Ага, Маркес, «Сто лет одиночества» и Брюсов «Стихотворения». Ты обожаешь занудство.

— Можете называть эти произведения занудством, они от этого хуже не станут.

— Вава, — коротко сказала Нора, — я плачу тебе деньги, следовательно, могу заставить делать все, что угодно.

— Ну...

— Не ну, а слушай, — резко перебила меня хозяйка, — с завтрашнего дня ты начинаешь сбор информации. Я буду говорить, куда и к кому идти, понял?

Можно ли спорить, когда на тебя с бешеной скоростью несется бронетранспортер? Я кивнул.

— Вот и отлично, — повеселела Нора, — завтра и начнем.

На этой фразе моя работодательница вынеслась в коридор и заорала:

— Лена, черт тебя побери, где мое какао?

Я смотрел на захлопнувшуюся дверь. Бывают же такие дамы! Просто ведьма на помеле. Ведь великолепно знает, что я терпеть не могу, когда кто-нибудь зовет меня дурацкой кличкой Вава. Вот наберусь окаянства и выложу ей это прямо в лицо.

## ГЛАВА 3

Утром я покинул дом ни свет ни заря. В карман пиджака положил крохотный диктофончик, в отличие от Арчи, с которого предлагалось брать пример, у меня не слишком-то хорошая память, лучше подстрахуюсь техникой.

Путь мой лежал к Насте Королевой, ближайшей подруге Риты. Это у нее на вечеринке была в день своей смерти внучка Элеоноры. Настя, как и ее покойная приятельница, считается студенткой, только мне кажется, что на занятия она ходит так же, как Рита, раз в неделю, к третьей паре. И если Маргарите Нора никогда не дала бы умереть с голоду, то на что рассчитывает Настя, мне непонятно. Богатых родственников у девушки нет. Воспитывает ее одинокая мать, неделями мотающаяся по командировкам. Поэтому глагол «воспитывать» тут совершенно ни при чем, Настя растет, словно лопух в придорожной канаве, и мне всегда казалось, что она не лучшая компания для Риты.

Но, как вы понимаете, моего мнения по этому вопросу никто не спрашивал, а Нора позволяла Рите практически все. Она ее баловала совершенно без меры, тот же, кто говорил о Маргарите нелицеприятную правду, мигом становился для Элеоноры врагом. Холодная, расчетливая в сфере бизнеса, она совсем теряла голову, когда речь шла о внучке. Впрочем, если быть справедливым, то Риточка вовсе не была такой уж противной. Избалованной, да, частенько капризной, вздорной, ленивой. Но, с другой стороны, доброй, готовой помочь людям, отзывчивой и совершенно не жадной. Хотя, если разобраться, денег у нее всегда было столько, что Рита не знала, куда их деть, и потом, она их не зарабатывала. А то, что легко достается, мигом тратится.

Припарковавшись около дома Насти, я поднялся на четвертый этаж и позвонил в звонок. Сначала за дверью царило молчание, потом послышался сонный голосок:

— Кого черт принес?

— Открой, Настенька.

— Да кто там?

— Иван Подушкин.

— Сейчас, — ответила девица и загремела замками.

Через секунду дверь отворилась, и на пороге предстала Настасья во всей красе своих восемнадцати лет.

Мне недавно исполнилось сорок, но для Анастасии я глубокий старик, ее мать моложе меня на два года, поэтому девушка воспринимает меня как некое бесполое существо. Настя стояла в коридорчике в коротенькой рубашонке, открывающей ее круглые коленки, довольно глубокий вырез не скрывал стройную шею и высокую грудь.

— Здравствуйте, Иван Павлович.

— Добрый день, дорогая, — ответил я.

— Случилось еще что-то? — поинтересовалась Настя, зевая.

— Можно пройти?

— Ступайте, конечно, — милостиво разрешила хозяйка, — только не пугайтесь, гости вчера были, убрать не успела.

Хорошо, что она меня предупредила, потому что при виде дикого беспорядка я сумел удержать возглас укоризны. Комната походила на трактир, который после трехдневной гулянки покинули гусары. Повсюду: на столе, стульях, даже на полу — стояли грязные тарелки с объедками, чашки и стаканы. Пустые бутылки батареей выстроились у балконной двери, а из железных баночек, заменявших тут пепельницы, просто вываливались окурки. В квартире отвратительно воняло. Я курю, но вонь от окурков просто не переношу, поэтому предложил:

— Настенька, мне кажется, лучше открыть форточку.

— Ни за что, — отрезала девица, — похоже, я простыла, голова болит, и глаза прямо щиплет.

Я хотел было возразить, что это следствие того, что она провела ночь в затхлой атмосфере, вдыхая застоявшийся воздух, но удержался: в мои планы не входило злить Настю.

Устроившись в засаленном кресле, я осторожно спросил:

— Что ты думаешь по поводу кончины Риты?

— Ужас! — воскликнула Настя. — Всех их поубивать надо.

— Кого?

— Пьяных, которые за руль садятся.

— Почему ты решила, что Риту задавил пьяный?

— А кто еще? — захлопала глазами девица. — На поминках все говорили про это. Шофер нализался, и тут ему, на беду, попалась Ритка. Я бы ему яйца оторвала, ублюдок!

Выпалив последнюю фразу, Настя схватила халат и накинула его на плечи.

— Холодно что-то.

Я посмотрел в ее опухшее лицо и вздохнул. Похоже, девчонку мучает жестокое похмелье.

— Скажи, Настенька, у тебя в тот день было много гостей?

— Ну... — забормотала девушка, — Толян приходил, еще Наташка заглянула, а больше никого, тихо посидели, и ведь не выпили ничего, так, ерунду, детскую дозу, всего-то грамм по сто на рыло вышло.

— По сто чего? — решил уточнить я.

— Так водки, конечно, — пояснила Настя, — у нас была одна бутылочка.

Да уж, и впрямь ерунда. Рита обладала редкой устойчивостью к алкоголю и могла безболезненно выпить море горячительных напитков. Очень хорошо помню, как несколько месяцев назад Элеонора с шумом отмечала свой день рождения. Моя хозяйка не кокетка и возраста своего не скрывает, поэтому, недолго сомневаясь, сняла банкетный зал в гостинице «Украина» и собрала двести пятьдесят человек. Естественно, было полно журналистов. Я знаком со многими из борзописцев и совершенно не удивился, когда ко мне, шатаясь, подошел Николай Львов из газеты «Финансовое право».

— Слышь, Ванька, — еле ворочая языком, спросил Николаша, — скажи, вот эта телка кто?

Я проследил за его корявым пальцем и увидел весело смеющуюся Риточку с тарелкой снеди в руках.

— Это внучка хозяйки, Маргарита. А что случилось?

— Ну, герла, — икнул Николай, — прямо мастер! Пили на равных, у меня мозги в узел завязались, а она свежа, словно не ханку, а газировку жрала. Уж поверь, Ванька, баба меня первый раз перепила.

Так что сто граммов беленькой для Риточки не доза.

— И все у вас было нормально? — продолжал я.

— Естественно, — пожала плечами Настя, — посидели спокойно, потом разошлись.

— Кто первый ушел?

— Рита, Толян с Наташкой позже.

— Значит, ничего сверхъестественного?

— Не-а.

— Не ругались?

— Зачем? Просто потусовались.

Понимая, что к Насте сходил абсолютно зря, я спросил:

— Дай мне адрес Толи и Наташи.

— Толян тут живет, — показала Настя пальцем вниз.

— Где? — не понял я.

— А подо мной квартира. Только зачем он вам?

Проигнорировав ее вопрос, я задал свой:

— Теперь подскажи координаты Наташи.

— Чего?

— Ну адрес девушки дай.

— Не знаю.

— Как же так, дружишь с ней, и не в курсе.

— Оно мне надо, — фыркнула Настя, — да никто с ней не дружит.

— Но ведь Наташа пришла к тебе в гости.

— Ну и что?

Я слегка растерялся:

— Ты ведь не всех пускаешь в квартиру, или я ошибаюсь?

Настя встала, схватилась за голову и, не говоря ни слова, вышла в коридор. Через секунду послышался шум воды, и девушка вновь возникла в комнате с огромной, почти литровой, кружкой в руках. Сделав несколько жадных глотков, она утерла кулачком хорошенькие пухлые губки и пробормотала:

— Сушняк замучил.

Да уж, в пьянстве замечен не был, но по утрам жадно пил сырую воду. Но вслух я, естественно, этой фразы не произнес. Настя опять припала к кружке. Я терпеливо ждал.

— Наташка везде с Толяном шляется, — пояснила наконец девушка, — если ее адрес нужно, то у него и интересуйтесь.

— Дай мне телефон.

— Чей?

— Анатолия.

— Так я не знаю.

Честно говоря, ситуация стала меня слегка раздражать.

— Как это?

— Просто, на фига он мне?

— Но, предположим, ты хочешь позвать его в гости...

— Ну и что? Спускаюсь вниз.

— Каждый раз? А вдруг его нет? Не жаль ноги-то?

— Ой, е-мое, — тяжело вздохнула Настя. Потом она схватила ложку и с силой постучала ею по батарее. Через какое-то время раздался ответный стук.

— Слыхали? — спросила Анастасия. — Дома Толян, ну за каким фигом мне его телефон?

Анатолий выглядел не лучше Насти. Щеки его покрывала редкая щетина, очевидно, парень не брился несколько дней кряду да и спал, скорей всего, прямо в одежде. Во всяком случае, майка, обтягивающая его накачанный торс, выглядела отвратительно. Грязно-серая, в желтых и оранжевых пятнах, мятая. Не лучше были и брюки, их словно корова жевала, а потом выплюнула, решив, что дешевые спортивные штаны ей не по вкусу.

— Вам кого? — поинтересовался парень.

— Я от Насти.

— Входите, — радушно пригласил меня хозяин.

Несмотря на жуткий вид парня, в комнате было относительно прибрано.

— Садитесь, — предложил Анатолий.

Я устроился в кресле и почувствовал запах кошачьей мочи. Толя сел на тахту, прикрытую ковром, и спросил:

— Что случилось?

— Скажите, мой друг, вы хорошо знали Риту, подругу Анастасии?

— Ту, что под машину угодила?

— Да.

— Ну, встречались.

— В тот день, когда она погибла, вы вместе выпивали.

— Это кто сказал? — удивился Анатолий.

— Мне так кажется, или я ошибаюсь?

— Нет, не было ее, — ответил парень.

— Как? — удивился я. — Совсем?

— Совсем, — подтвердил Толик. — Она не приходила.

— Хорошо помните?

Анатолий поскреб щетину.

— Вообще-то я бухой был. Я к Настьке уже хороший пришел, под газами. Мы с Наташкой сначала у Сашки на дне рождения накушались, потом, правда, его мать явилась, разоралась, развопилась, всех вон повыгоняла. Ну, мы пошли на проспект, купили по баночке джин-тоника, на большее пиастров не хватило, а потом к Настене дернули. Честно говоря, я как к ней вошел, так в кресло рухнул и часа два продрых, но, когда проснулся, Ритки не было, совершенно точно это помню. Небось она уже ушла, ей бабка не разрешает по ночам шляться.

— А который час был, когда вы проснулись?

— Хрен его знает, на улице темень стояла.

Я тяжело вздохнул. Сейчас декабрь, солнце, если оно и появляется, заходит рано. Сумерки опускаются на город после обеда, в семнадцать часов уже совсем темно...

— Зачем вам знать про Ритку? — поинтересовался Толя.

Мне всегда трудно врать, но говорить правду в

данной ситуации было не с руки, поэтому я быстро задал вопрос:

— А ваша девушка, Наташа, тоже много тогда выпила?

— Ну-у, — протянул Толя, — нет, она меня все время тащила, значит, соображала.

— Не подскажете ее телефон?

Анатолий напрягся:

— Сто пятьдесят один ноль четыре двадцать... Черт... Не помню!

— Посмотрите, пожалуйста, в записной книжке.

— Да зачем?

— Элеонора, бабушка Риты, хочет знать, как внучка провела последний день своей жизни.

— А-а-а, — протянул парень, — это я понимаю, жаль, конечно, что так вышло, Ритка хорошая девка была, не жадная. И водки купит, и закуски, и сигарет... Только вот я ничего сказать не могу, плохой был. А Наташка наболтает, она ничего, нормальной казалась. Ща погляжу.

Минут пятнадцать он искал книжку, потом выудил потрепанный блокнотик и забормотал:

— Ща, тут где-то, погодите...

Я терпеливо ждал. Наконец Анатолий разочарованно протянул:

— Нету.

— Посмотрите внимательно, сделайте одолжение.

— Так уж все посмотрел! Небось не записал!

Современное поколение иногда ставит меня в тупик.

— Вы не знаете телефона любимой девушки?

— Кого? — заржал Толя. — Любимой девушки? Ну умора!

— Разве у вас с Наташей нет романа?

Парень, продолжая гнусно хихикать, заявил:

— Я с ней трахаюсь, и все дела!

Решив перейти с ним на тот сленг, который будет понятен юноше, я спросил:

— Ну а когда вам приходит охота потрахаться, каким образом вы ставите в известность Наташу, как ищете ее?

— Чего ее искать, — веселился Толя, — она всегда под рукой, учимся мы вместе, в одной группе.

Я посмотрел на него и подавил вздох. Кто бы мог подумать, что юноша — студент, меньше всего он похож на парня, увлеченного учебой. Хотя, если вспомнить мои студенческие годы, проведенные в Литературном институте, то справедливости ради следует признать, пили мои однокашники, как верблюды, пересекшие пустыню Гоби. Кстати, именно из-за того, что я не переношу спиртное, у меня не сложились отношения с однокурсниками.

— А в каком институте вы учитесь?

— В педагогическом, — ответил Анатолий.

— Где? — изумился я.

— В педагогическом, — совершенно спокойно повторил парень, — на Орловской улице, если хотите с Наташкой поговорить, туда езжайте, на занятиях она.

— Фамилию подскажите.

— Чью?

— Наташину, или вы ее не знаете, как и телефон? Постель — еще не повод для знакомства.

Я думал, что парень обозлится, но он широко улыбнулся:

— Это верно, если с каждой знакомиться, кого в койку укладываешь, охренеть можно. Но фамилию Наташки я знаю, Потапова она.

## ГЛАВА 4

Я вышел на улицу и увидел, что мои «Жигули» «заперты» между огромным джипом и серой «Волгой». В легковушке никого не было, а во внедорожнике сидела женщина, одетая в коротенькую курточ-ку из меха неизвестного мне животного. Я постучал пальцем по стеклу. Дама высунулась в окошко.

— В чем дело? — спросила она, перекатывая во рту жвачку.

— Будьте любезны, подайте чуть-чуть вперед.

— Зачем?

— Я не могу выехать.

— А ты покрути рулем, — хмыкнула женщина и выплюнула «Орбит» на асфальт.

— Тут, как ни крути, не выбраться, — пояснил я, — сделайте одолжение.

— Еще чего! — хмыкнула баба.

Потом она вытащила губную помаду, пудреницу и занялась текущим ремонтом лица. Я посмотрел на невозмутимую нахалку и отошел. В конце концов, я никуда особо не тороплюсь. Либо джип уберется вос-вояси, либо явится водитель «Волги», надеюсь, с ним договориться будет легче.

Сев в «Жигули», я с наслаждением закурил, потом вытащил из «бардачка» «Властелина Колец» и погрузился в чтение. Грешен, люблю фантастику, но только качественную, из наших хорошо отношусь к Стругацким, а из иностранных авторов уважаю клас-сику жанра Клайва Льюиса с его романами про На-рнию. Кстати, многие ошибочно считают Льюиса детским писателем, Артура Кларка, Джона Уиндема, Кобо Абэ, хотя последний не является чистым фан-тастом, и, конечно же, Джона Толкиена. Истории про хоббитов я могу перечитывать бесконечно, и с каждым разом они мне нравятся все больше и боль-ше.

— Эй, — раздалось с улицы.

Я глянул в окно. Девушка из джипа стояла на тротуаре.

— Эй, чего сидишь?

— Книгу читаю.

— Почему не уезжаешь?

— К сожалению, лишен возможности отъехать. Сзади «Волга», впереди ваша машина.

— И долго куковать намерен?

Я со вздохом отложил книгу.

— Жду.

— Чего?

— Либо падишах умрет, либо осел сдохнет.

— Что? — сморщилась она и задвигала челюстями.

Она явно не читала книгу Соловьева про Ходжу Насреддина и не знала истории про то, как хитрый крестьянин взялся научить разговаривать осла.

— И долго сидеть будешь? — поинтересовалась девица.

Я пожал плечами:

— Спешить некуда, в машине тепло, под рукой любимая книга, что еще надо?

— И у тебя не возникло желания дать мне в морду?

Я посмотрел на ее слегка помятое личико, тщедушную фигурку, отметил слишком ярко, даже нелепо, выкрашенные волосы и галантно ответил:

— Как вам могло прийти в голову подобное? Дама с вашей внешностью может вызвать только одно желание.

— Какое? — разинула рот девица.

— Восхищаться ею, — ответил я и уткнулся во «Властелина Колец».

За сорок лет жизни я пришел к такому умозаключению. К сожалению, вокруг нас слишком много хамов, грубиянов, да и просто дурно воспитанных людей. Ну представьте себе ситуацию. Едете в метро, и вдруг вам на ногу, обутую в тонкий замшевый ботинок, со всего размаху обрушивается острый каблучок-шпилька. Ваши действия? Как минимум, вы взвизгнете:

— Нельзя ли поаккуратней?

Или того хлеще:

— Смотри, куда прешь, идиотка!

— Сам кретин, — огрызнется дама, — раскинул копыта, дурак.

И начнется свара, стихийно перерастающая в скандал. Результатом же военных действий будет капитально испорченное настроение, головная боль и отвратительное ощущение, будто наступил в дерьмо. Ну и чего добьетесь, затеяв выяснение отношений?

Я поступаю иначе. Просто отдергиваю ногу и говорю:

— Извините, вытянул конечности в проход, вот вы и споткнулись.

Не ожидающая ничего подобного женщина, как правило, смущенно бормочет:

— Простите, случайно вышло.

— Ничего, — улыбаюсь я, — даже приятно, когда такая красавица задевает в толпе.

Услыхав последнюю фразу, наши, не привыкшие к комплиментам соотечественницы мигом покрываются свекольным румянцем, и инцидент заканчивается, не успев начаться. Причем, в результате хорошо всем, и мне, и женщине, и нога перестает болеть ровно через минуту. Если не становиться на одну доску с хамом, улыбнуться ему и сказать что-нибудь приятное, можно добиться поразительных результатов. Вы все равно не перекричите нахала, он ведь профессионал и ждет от вас определенного поведения, то есть всегда готов к отпору. Вот он, сверкая глазами, шипит:

— Молодой человек, немедленно уступите мне, ветерану, место!

Он уже настроен на борьбу, с его языка сейчас сорвется следующая фраза:

— Нахал, да как ты смеешь!

И тут вы ломаете ему всю малину, со спокойной улыбкой отвечая:

— О, простите, бога ради, не заметил вас сразу.

Все. Конфликт задавлен в зародыше. Попробуйте, здорово действует.

Вот и сейчас, девица, совершенно не ожидавшая от меня такого поведения, побрела в свой джип. Я вновь погрузился в приключения хоббитов.

— Эй, парень, — вновь раздалось с улицы.

Девушка, по-прежнему мерно двигая челюстями, заискивающе сказала:

— Слышь, будь другом.

— Да, пожалуйста.

— Видишь, вон там, на другой стороне проспекта, ларек?

— Да.

— Сходи мне за сигаретами.

— Вам очень нужно?

— Да вот, — занудила девица, — не могу отойти от машины, Колян велел сидеть в джипе, не послушаюсь, пиздюлей навешает, а курить охота!

Я протянул ей «Мальборо».

— Угощайтесь.

— Ну, такое говно я не курю.

Я заглянул в пачку, потом вылез наружу.

— Сходишь? — обрадовалась нахалка.

— У меня самого сигареты заканчиваются, заодно и вам возьму, только скажите, какие.

— «Собрание», — прочирикала бабенка.

Я кивнул и пошел через дорогу. Когда через пять минут, с сигаретами в руках, я вновь поравнялся с джипом, у внедорожника неожиданно раскрылись все двери, и из глубин салона вывалилась целая куча людей, похожих друг на друга, словно зубья у расчески. Все как один были одеты в кожаные черные куртки, джинсы и тупоносые ботинки. На головах, несмотря на мороз, красовались бейсболки.

— Ну парень, — заорал один, самый высокий, — ну, блин, мы тебя два года ищем!

— Такого не бывает, — подскакивала на месте девица со жвачкой.

Удивившись неожиданному повороту событий, я протянул ей сигареты.

— Держите.

— Ну, блин, — восторгалась девушка, — ты молодец, давай знакомиться.

— Что происходит? — спросил я.

— Ты выиграл приз, — заорали парни в бейсболках, — повезло тебе, мы с телевидения, понял?

— Нет, — покачал я головой, — нельзя ли объяснить более доходчиво.

— Вали сюда, — велел длинный и втянул меня в джип.

— Давай знакомиться, Николай Хоменко, ты меня че, не узнал?

— Нет, простите.

Все заржали.

— Да, — хлопнул себя по колену Николай, — облом вышел, так мне и надо, думаешь, всей стране известен, а потом, бац, и не узнают. А так, тоже не припоминаешь?

Он стащил бейсболку, взъерошил кудрявые волосы, выпучил круглые глаза и прохрипел:

— Добрый день, здрасти вам, в эфире шоу Николая Хоменко «Невероятная ситуация».

— Простите, — осторожно ответил я, — нет.

В джипе повисло молчание. Не желая обидеть телевизионщиков, я быстро добавил:

— К сожалению, я очень занят по работе и у меня мало свободного времени, поэтому многие, даже лучшие передачи, проходят мимо меня.

Это как раз один из тех редких случаев, когда я сказал неправду. Если всерьез, то я просто не люблю всяческие шоу и дурацкие представления. Смотрю только новости и фантастические фильмы.

— Дайте я ему объясню! — взвизгнула «жвачная» девица.

Из ее ярко накрашенного ротика полились слова. Шоу «Невероятные ситуации» существует на экране уже два года, но за этот срок совершенно не приелось зрителям. Его идея проста, как топор. Телебригада выезжает на улицы Москвы и устраивает какую-нибудь мелкую пакость. Ну, например, как в случае со мной, «зажимает» машину. Жертва выбирается совершенно произвольно, никакого плана нет, от непредсказуемости ситуация делается только прикольней. Ну а потом человека начинают специально злить, доводя его до обморока. Съемочная группа, находясь в укромном месте, покатывается со смеху, запечатлевая на ленте кадры. Впрочем, потом этот хохот передается и зрителям, потому что люди, естественно, не подозревающие о том, что стали объектом розыгрыша, ведут себя соответственно.

— Вчера, — веселилась девица, — мы облили одной тетке пальто кефиром. Я вроде как шла из магазина, споткнулась, ну и все на нее выплеснула.

— Мать моя, — заржал Хоменко, — что она говорила! Уж поверь, я сам не белый лебедь, а прямо покраснел. Такие матюки! Драться полезла!

— А когда узнала, что мы с телевидения, — подхватил парень с камерой, — бросилась на Николашу с визгом: «Милый, я тебя не узнала!» Цирк!

— Сегодня, значит, машинку твою «заперли», — продолжала девица, — тоже ждали скандальчика...

— И ничего! — захохотал Николай. — Решили за сигаретами послать. Ну, думаем, сейчас ты Аньке навешаешь. Глядим, идешь. Слышь, парень, ты, часом, не священник?

— Колька, — сказал оператор, — а ты вспомни того батюшку, которому мы предложили собачку окрестить, ну-ка? Забыл, как он нас по кочкам понес? Любо-дорого слышать было.

— Ладно, кончай базар, — поморщился Хоменко. — Вот что, парень, давай пиши здесь свои координаты.

— Зачем?

— Давай, не спорь, имя, фамилию, отчество, место работы, где живешь... Ну, быстренько.

— Объясните, к чему вам эта информация?

— О боже, — закатил глаза Хоменко, — приз тебе положен большой. Вызовем в студию, покажем передачу, потом тебя... И скажем: вот, дескать, нашелся в нашем городе патологически незлобливый человек.

— Один за два года, — хихикнула девица.

— Приз вручим торжественно, повезло тебе, — громыхал Николай Хоменко, — автомобиль получишь, «Жигули».

— Спасибо, — ответил я, — но вынужден отказаться.

— Ты не понял, парень, — подхватил оператор, — тачку вручим, настоящую.

— Но у меня уже есть одна, вторая не нужна.

— Продашь, дурья башка.

Ситуация стала мне надоедать. Я развел руками:

— Извините, господа, я очень тороплюсь, теперь, надеюсь, вы отгоните джип или «Волгу».

— Слышь, чудак, — тихо сказал Николай, — мы тебя покажем крупным планом на всю страну. Я лично обещаю, что сумеешь передать всем привет, пять минут тараторить разрешу в виде исключения.

— Спасибо, я не жажду славы, — ответил я и толкнул дверцу джипа.

— Ребя, он псих, — прошептал оператор, — сбежал от дедушки Кащенко.

Я улыбнулся:

— Способна ли собака понять кенгуру?

— Не понял, — протянул Хоменко, — ты нас оскорбляешь?

— Упаси бог! Собака и кенгуру относятся к отряду млекопитающих, очаровательные животные, но договориться друг с другом им не суждено, у них совсем разный менталитет.

— Так кто из нас собака? — просвистел Хоменко, сравниваясь цветом кожи с коренным жителем Америки. — Кто?

— Если вы так не любите друзей человека, хорошо, — быстро согласился я, — тогда вы — кенгуру.

«Жвачная» девица хрюкнула и завела мотор. Я вышел на тротуар, потом сел в «Жигули» и уехал в институт к Наташе Потаповой. Дурацкая история!

Будущих Песталоцци и Ушинских[1] «выпекали» в обшарпанном здании, которое давно, нет, не просило, кричало о ремонте. Притормозив одну из девиц, я поинтересовался:

— Наталью Потапову где можно найти?

— Какая группа? — спросила девчонка.

— Не знаю.

— Тогда идите в учебную часть, — посоветовала студентка и унеслась.

Мысленно поблагодарив ее за хороший совет, я двинулся по извилистым коридорам, разглядывая двери кабинетов. Нужная отыскалась в самом конце. Я приоткрыл дверь и сунул голову в щель.

— Разрешите?

— Приемные часы для студентов после пятнадцати ноль-ноль, — рявкнула, не поднимая глаз от каких-то бумаг, женщина лет шестидесяти пяти, — сейчас учиться надо, а выпрашивать допуск на пересдачу следует в определенное время.

Я улыбнулся. На пожилых дам мой внешний вид действует безотказно, более того, буквально через

---

[1] И о г а н н  П е с т а л о ц ц и — швейцарский педагог-демократ. К о н с т а н т и н  У ш и н с к и й — русский педагог-демократ. (*Прим. автора.*)

пару минут разговора неприступные, «железобетон-
ные» леди готовы сделать для меня все, что угодно.
Молодым женщинам и девушкам я кажусь занудой,
но тетки за шестьдесят самый мой контингент.

— Бога ради, извините, — «бархатным» тоном
завел я, входя в комнату, — естественно, я приду
после трех. Еще раз простите, не хотел мешать вам
работать, меня извиняет только то, что попал сюда
впервые.

Инспектриса подняла глаза, оглядела мой костюм, галстук и слегка сбавила тон:

— Садитесь.

— Нет-нет, не стану вам мешать, зайду после трех.

— Это правило для студентов, — улыбнулась женщина, — на вас не распространяется, садитесь, слушаю.

Я сел на «огрызок» стула.

— Будьте любезны, подскажите, в какой группе
учится Наташа Потапова.

— А вам зачем? — свела вместе брови служащая.

Собираясь сегодня на задание, я понимал, конечно, что столкнусь с трудностями, но плохо представлял себе размеры бедствия. Получается, что мне
все время приходится врать, то есть заниматься не-
благовидным и непривычным делом. Но подумайте
сами, если я сейчас начну объяснять старухе истин-
ное положение вещей, действие растянется на час, а
мне всего-то следует узнать номер группы.

— Я ее дядя.

— Надо же, — покачала головой инспекторша, —
кто бы мог подумать, что у Потаповой такие приятные родственники. Уж не обижайтесь, но ваша пле-
мянница просто оторва.

Я скорчил постную мину:

— К сожалению, современная молодежь вся такая, у нас...

— Были принципы и воспитание, — подхватила

старушка, обрадованная встречей с единомышленником, — а вы видели, какой ужас у Наташи на голове?

Я чуть было не спросил «какой?», но вовремя прикусил язык и спросил совсем другое:

— Вроде у них сессия началась?

— Нет, идите в триста вторую аудиторию, там найдете Потапову.

Я вышел в коридор и вздохнул. Наверное, следует намекнуть Норе на повышение зарплаты.

## ГЛАВА 5

Наташу Потапову я нашел в коридоре, возле двери с табличкой 302. Голова у нее и впрямь выглядела впечатляюще. Девчонка была обрита почти наголо, и коротенький, едва ли сантиметровый ежик топорщащихся волос оказался... ярко-зеленого цвета. Мне до сих пор еще не приходилось сталкиваться со столь экстремальным вариантом прически. Но в целом, если не замечать макушку, смахивающую на весеннюю лужайку, Наташа была хорошенькой. Большие блестящие карие глаза, маленький ротик, изящная фигурка с тоненькой талией и длинными ножками.

Мне всегда нравились «карманные» женщины, хрупкие, невысокие, изящные. Они вызывают желание взять их на руки, уложить на диван, накрыть пледом... Терпеть не могу мужеподобных баб огромного роста с громовыми голосами и необъятным бюстом. Девушка, которая сейчас стояла передо мной, идеально соответствовала стандарту внешности моей избранницы. Плохо только, что ей небось не больше восемнадцати. Знаю, знаю, многие представители мужского рода готовы бежать на край света за свеженькой мордашкой, но я никогда не страдал педофилией.

Конечно, сексуальные отношения — это прекрасно, но потом, после них, когда вы со вкусом закуриваете сигарету, ваша партнерша разевает рот и начинает беседу. И тут пропадает весь флер очарования. Сами знаете, какие глупости болтают дамы в постели. «Дорогой, скажи, как ты меня любишь?», «Милый, что ты такой грустный, тебе не понравилось?», «Почему мой котик надулся?». Впрочем, кое-кто мигом пытается заарканить вас: «А когда мы пойдем в загс?» или «Как считаешь, красное платье не слишком экстравагантный наряд для невесты?». И уж совсем выбивает меня из равновесия заявление: «Скажи скорей, о чем ты сейчас думаешь?» Мне всегда приходится врать в подобном случае. Ну скажите, разве можно честно ответить, о чем думаю? Да о том, когда ты замолчишь, милая. Вот и приходится мести хвостом, сюсюкая глупости.

— Вас выгнали из аудитории? — улыбнулся я Наташе.

— Нет, — процедила та сквозь зубы и повернyлась ко мне спиной.

— Вам привет от Насти, — сказал я.

— От кого? — обернулась девчонка.

— От Насти Королевой, вашей подруги.

— Не знаю такую, — буркнула Наташа.

— Ну как же, — я решил не сдаваться, — Настя, вы еще были у нее в гостях со своим кавалером Толей, он живет на этаж ниже Королевой.

— А-а-а, — протянула Наташа, и легкая тень улыбки промелькнула на ее лице, — Настюха, только я ее фамилию не знаю.

— Скажите, Наташенька, вы помните свой последний визит к ней?

— Ну так, — замялась студентка, — вообще-то, да. Только она мне не подруга, просто знакомая.

— Но вы припоминаете последнюю встречу? Насколько я знаю, вы пришли к ней вместе с Толей...

— Вместе, — фыркнула Наташа, — да я его, считайте, на себе приволокла, пьянь рваная!

Я лицемерно заявил:

— Ну, сейчас все равны в отношении выпивки, в том смысле, что все любят заложить за воротник.

— Ага, — хмыкнула собеседница, — только одни равны больше, чем другие.

Я в изумлении уставился на ее хорошенькую, но глуповатую мордочку. Девица процитировала книгу «Скотный двор» строго-настрого запрещенного в социалистической России писателя Джорджа Оруэлла. Это там, на ферме, висело объявление «Все животные равны, но одни равны больше, чем другие». А она не такая уж дура, хотя небось я ошибаюсь. Девчонка просто случайно произнесла фразу, ставшую классической.

— Толя пьет жутко, — продолжала как ни в чем не бывало Потапова, — еще год-другой, и кранты, законченный ханурик.

Я хотел было спросить, зачем же она связывает свою судьбу с этим типом, но удержался. В мою задачу не входило воспитывать студентку, мне просто нужно разузнать кое-что.

— Он и тогда завелся, — бесхитростно вываливала Наташа, — другой, кто поумней, нажрется — и на бочок, спать, а это чучело на подвиги тянет, давай руками размахивать и орать.

В тот день Наташа доволокла потерявшего человеческий облик любовника до квартиры и уже собралась впихнуть Толю в дверь, но тот неожиданно уперся рогом:

— Не хочу домой!

Уставшая и злая Наташа резко спросила:

— Куда же ваше величество желает, на прием к английской королеве?

— Пошли к Настьке, — икнул Толя, — погудим, погуляем.

— С тебя хватит, — попыталась вразумить любовника девушка.

Куда там! Анатолий, глупо хихикая и шатаясь, побрел по лестнице вверх. Пришлось Наташе идти с ним. Настю она не слишком любит, впрочем, та тоже особой радости при виде Потаповой не выказывает, а Наташе кажется, что Королева просто мечтает, что Толя заведет себе новую любовницу.

— Хитрая она, жуть, — бубнила Наташа, — только зачем вам знать про нашу вечеринку?

— Сейчас объясню. Скажи, сделай милость, у Насти, кроме вас, были гости?

— Эта сидела, — поджала губки Ната.

— Кто?

— Ну Рита Родионова, подруга ихняя.

Пропустив мимо ушей чудесное словечко «ихняя», я переспросил:

— Чья подруга?

— Ну ихняя, — повторила Наташа, — Настька, Толька и эта Ритка дружат. Да что вы ко мне привязались?

— Рита Родионова погибла, разве ты не знаешь?

Потапова побелела и вытаращила глаза.

— Нет, а что с ней приключилось?

— Как раз после той вечеринки она, возвращаясь домой, попала под машину, разве тебе Толя не сказал?

— Ой, — взвизгнула Наташа, — мы с ним с того вечера не встречались.

— Почему?

— В запой он ушел, какой толк общаться. Господи, как же это так? Ритка мне совсем не нравилась, но смерти я ей не желала, поверьте.

— Конечно, я верю, — попытался я успокоить девчонку, — только сделай доброе дело, расскажи поподробней про тот вечер.

— А вы вообще кто?. — напряглась Наташа. —

Какого хрена ко мне примотались? Из легавки, да? Виноватую ищете? Думаете, поругались с Риткой, и она под машину сиганула?

— Разве я похож на милиционера? — удивился я.

— Ну, не слишком, — сбавила тон студентка, — но пока не представитесь, и слова не скажу.

— Понимаешь, — завел я, — бабушка Риты, Элеонора, не верит в случайность кончины внучки, она полагает, что Маргариту убили.

— Во, блин, — выпалила Наташа, — а за фигом кому ее мочить? Смысл какой? Девка как девка, противная только, заносчивая да дура, но за это же не убивают.

— Верно, но Элеонора наняла частного сыщика, чтобы разобраться в ситуации.

— Вас, что ли?

Я кивнул. Если так пойдет дальше, скоро стану просто заправским вруном.

— Ну и что? — нервно поинтересовалась Наташа. — Я-то для чего вам понадобилась?

— Вы были последней, кто видел Риту живой, пожалуйста, попытайтесь вспомнить какие-нибудь детали.

— Какие? — тупо спросила Ната.

— Разные, — терпеливо растолковывал я, — может, звонила она кому или еще что-то...

Потапова прищурилась:

— Очень есть хочется, тут рядом кафе «Сбарро», вот и сводите меня туда! Что в грязном коридоре маячить.

Признав справедливость ее заявления, я сказал:

— Конечно, пойдемте.

В забегаловке Наташа не стала стесняться и преспокойно заставила поднос тарелками. Пицца, пара салатов, большая чашка кофе, кусок торта, стакан сока, пара булочек. Я только крякнул, поглядев на чек. Надо же, при внешней хрупкости девчонка об-

ладает аппетитом молотобойца, впрочем, может, у
нее солитер?

Наташа выбрала столик у окна и принялась быстро поглощать угощение.

— А вы что же? — поинтересовалась она. —
Возьмите пиццу, тут вкусно делают.

Я поморщился. Лепешка из жесткого теста, зава-
ленная кашей из мелко нарубленных ингредиентов...
Увольте, это не для меня. Вообще я не обладаю аппетитом Гаргантюа[1], но от хорошего куска мяса не откажусь, желательно, с жареной картошкой и острым
соусом. Вот Нора обожает весь этот фаст-фуд и частенько просит купить ей гамбургеры, чизбургеры
или готовые блинчики. Для меня остается загадкой,
отчего, имея дома искусную повариху, Нора лако-
мится подобной дрянью.

— Не хотите, — продолжала Наташа, — а зря,
жуть, как вкусно.

Чтобы она отвязалась, я купил себе кофе и попробовал. Поверьте, напиток оказался редкостной
гадостью, хуже его только широко разреклимирован-
ный «Нескафе», отвратительное растворимое пойло,
суррогат. А я не люблю, когда кролик прикидывается
норкой. Сколько ни крась мех длинноухого в разные
цвета, он никогда не станет похож на шубку элитно-
го животного. Заяц, он и есть заяц, даже если пытается выдать себя за гепарда. А растворимый напиток
густо-коричневого цвета — это не кофе, и никакая
реклама со сладко улыбающимися девушками не
убедит меня в обратном!

Я подождал, пока Наташа проглотит еду, и поинтересовался:

— Ну, вспомнили?

---

[1] Гаргантюа — главный персонаж книги Рабле
«Гаргантюа и Пантагрюэль». Это имя стало нарицатель-
ным для обжоры. (*Прим. автора.*)

Девица пожала плечами:

— Вроде ничего не произошло.

Ну уж нет, дорогая. Заставила меня отвести тебя в кафе, поела, попила, и все? Придется поработать.

— Наташенька, — попросил я, — вы просто расскажите максимально подробно о той вечеринке, а я уж сам решу, что интересно, а что не заслуживает внимания.

Потапова вздохнула и начала рассказ.

Когда она вошла в комнату, там уже сидела Рита, как всегда с усмешкой на губах. Наташа не очень-то любит Родионову. Маргарита, по ее мнению, слишком ярко красится, чересчур обильно обливается французскими духами и отвратительно дорого одевается. Да еще обвешивается золотом. К тому же у Ритки имеется собственный автомобиль, да не какой-нибудь отстойный «жигуль», а отличный «Фольксваген», мечта молодой девушки. Только в тот раз Ритка оказалась безлошадной. Наташа посмотрела, как Родионова безостановочно опрокидывает рюмку за рюмкой, и ехидно поинтересовалась:

— Не боишься садиться за руль выпивши или надеешься, бабушка за тебя откупится?

Но Рита в тот день не была расположена к скандалам.

— Да нет, — вполне дружелюбно ответила она, — я пешком сегодня. Сломался автомобиль.

Потом Настя вытащила бутылку «Чинзано» и водку, то ли две, то ли три бутылки. Толя опрокинул рюмашечку и мигом отключился. В нем уже сидело прилично ханки, и последние капли просто сбили парня с ног. Кое-как добредя до дивана, он рухнул на плед и захрапел.

— Погодите, — решил уточнить я, — сколько выпивки там было?

— Море, — отмахнулась Ната, — у Насти всегда так. Водяра льется рекой, а закуски пшик. Я тоже окосела и задремала в кресле. А потом Рита умелась, то есть они ушли с Настей.

— Уже был вечер?

— Нет, только шесть часов пробило.

Я удивился:

— И вы точно помните, что Маргарита ушла?

— Ага. Вместе с Настей. Только я сразу заснула и ничего дальше не помню. Открыла глаза, когда часы заиграли, в туалет сходила и опять спать завалилась, а их не было: ни Насти, ни Ритки.

Я в недоумении начал вертеть в руках чайную ложечку. Странно, однако. Маргарита ушла от Насти в шесть, а я встречал ее около одиннадцати на троллейбусной остановке...

— Ну, и дальше что? — просто для порядка поинтересовался я.

— «Чинзано» я перепила, — вздохнула Ната, — около Толяна продрыхла. Проснулась в десять, как раз «Новости» по НТВ начались, гляжу, Ритка с Настькой чай гоняют. Обе ни в одном глазу, словно и не пили вовсе.

— Постой, постой, они же ушли.

— Ага, я сама удивилась, но только открыла глаза и вижу: сидят.

Я в задумчивости уставился в окно. Интересно, куда моталась Рита? То, что не домой, совершенно точно. Я в тот день просидел в кабинете безвылазно, мы вместе с Норой приводили бумаги в порядок, только около одиннадцати хозяйка попросила:

— Ваняша, не в службу, а в дружбу, сходи за Маргошей к остановке. Она сегодня без машины, что, кстати, только к лучшему. На дороге сплошной лед.

Значит, Риточка где-то побывала...

— Они чему-то радовались, — пояснила Наташа. — Ритка подняла бокал с вином и заявила: «Давай за успех!» А Настя поднесла палец к губам: «Тише».

— Ерунда, — отмахнулась Ритуся, — эти дрыхнут!

Но Наташенька уже проснулась и сквозь полуприкрытые ресницы наблюдала за девицами. Те опрокинули емкости, потом Настя вздохнула:

— Больше не пей, хватит с тебя.

— Хорошо, — согласилась Рита.

— Если вы хотели, чтобы я припомнила что-то необычное, так это было Риткино поведение, — сообщила Наташа.

— А что в нем было странного?

— Ну вы-то ее не знали, — хмыкнула девушка, — Ритулька запросто мужиков перепивала, ей бутылку водяры, как мне пол-литра кефира скушать, и ни в одном глазу... А уж сухое винище вообще как воду хлебала. С чего бы Насте у нее стакан отнимать? Чтобы Ритке нажраться, море надо. И уж совсем непонятно, отчего та послушно отставила рюмашку. Ритке ничего приказать нельзя, мигом наоборот сделает.

И это сущая правда. Дожив до восемнадцати лет, Марго, как звала ее бабушка, сохранила подростковое упрямство. Правда, Нору она всегда слушалась. Впрочем, пару раз Ритуся нахамила бабке, но Элеонора не из тех людей, которые стерпят молча оскорбления. «Если вас ударили по правой щеке, подставьте левую» — это не для нас. Смирения в моей хозяйке нет ни на йоту, но, с другой стороны, она идеально владеет собой. На наглое заявление Риты что-то типа: «Отвяжись от меня, сама знаю, как поступить», Нора мирно ответила:

— Сама так сама.

Рита, не ожидавшая столь легкой победы, даже растерялась, но, очевидно, она плохо знала бабку. Вечером того же дня Марго сунулась к Элеоноре в кабинет и попросила:

— Дай денег.

Элеонора спокойно поинтересовалась:

— Зачем?

— Ну, — удивилась внучка, — у меня все кончились...

Нора развернула инвалидное кресло и спросила:

— И когда у тебя стипендия?

— Хрен ее знает, — оторопела Рита, — не помню.

— Придется вспомнить!

— Почему?

— Потому что теперь это твой единственный источник дохода.

— Как, — обомлела Маргоша, — ты не дашь мне ничего?

— Нет, — заявила Нора, — ты сегодня сказала, что хочешь самостоятельности. Пожалуйста, получи ее в полном объеме.

Ритуля слегка растерялась. С ней произошло то, что случилось с народами Африки, истово боровшимися за свою независимость. Когда проклятые колонизаторы наконец-то покинули Черный континент, выяснилось, что свобода не всегда приносит счастье и процветание. У бедных государств не было денег на еду, медицинское обслуживание и образование граждан. Голод, эпидемия, развал экономики — вот следствие неуемного желания иметь независимость. Можно ли разрешить трехлетнему ребенку жить так, как он хочет?

Через неделю Рита поняла, что бабушка не шутила, а еще через две явилась к той в кабинет и прошептала:

— Ну извини, я вела себя как дура.

Нора спокойно открыла сейф, вытащила стопку купюр и отдала внучке со словами:

— Со мной лучше дружить.

С тех пор Ритуся остерегалась хамить бабушке, но на остальных это правило не распространялось. И насчет пьянства правда.

Пить Марго начала лет в пятнадцать. Обеспокоенная Нора отволокла девочку к наркологу, и здесь выяснилась удивительная вещь. Впрочем, сам я практически не разбираюсь в медицине, но попробую объяснить вам суть дела. Уж не взыщите, если не сумею вникнуть во все детали.

Коротко дело выглядит так. У всякого человека, кажется, в желудке имеется фермент, разлагающий алкоголь. От количества этой субстанции зависит способность организма к опьянению. Больше фермента — вы держитесь молодцом, меньше — падаете замертво. Кстати, у северных народов — чукчей, эскимосов, якутов, ненцев — этого фермента практически нет, поэтому они и спиваются. Русскому мужику требуется для кайфа бутылка, а какому-нибудь эвенку достаточно чайной ложки. Таковы их физиологические особенности. Конечно, степень опьянения можно слегка уменьшить, если «принимать» горячительное под хорошую, желательно жирную, закуску или съесть перед выпивкой два-три куска хлеба с толстым слоем масла. Но, повторюсь, степень опьянения от этих мер изменится только слегка, в конечном итоге все зависит от химических процессов в организме.

Так вот, Рите досталось от природы рекордное количество этого фермента, хватило бы на пятерых мужиков. Поэтому девица могла пить не морщась и практически никогда не испытывала похмелья. Но, тем не менее, сидя в гостях у Насти, послушно отставила стакан. Интересно, что они задумали? Об успехе какого предприятия говорили?

— Это все? — спросил я у Наташи.

— В общем, да, — протянула та.

— Что еще тебя насторожило?

— Ерунда, — отмахнулась Потапова.

— Все же?

— Ритка переоделась.

— Да ну? Зачем?

— Вот и я удивилась, — усмехнулась Наташа, — знаете, какие у нее вещи? Фирма, сплошной эксклюзив. Ритуся никогда не возьмет даже в руки кофточку с рынка, а тут появилась в голубом свитере, явно купленном в переходе у метро.

— Ничего не путаете?

— У меня на шмотки глаз наметан, — вздохнула девчонка, — сначала на ней красовался такой серый пуловер, светлый, явно очень дорогой. А потом, когда они с Настькой вновь явились, на Ритке был другой прикид, который решительно отличался от первого.

— Может, вам показалось? — решил уточнить я. — Освещение было разным?

— Не-а, — протянула Наташа, — во-первых, другой цвет. Серый и голубой, согласитесь, они разные. А потом, качество... Нет, первая вещь была фирменной, а вторая — дешевка. Да у метро в ларьке такими торгуют. С чего бы Ритка на себя дерьмо нацепила?

Я взял у Потаповой ее домашний телефон, адрес и вышел на улицу. Кто бы мог подумать, что ремесло сборщика информации такое тяжелое? Кажется, сущая ерунда, а я уже устал, ладно, поеду завтра к Насте Королевой, мне не хочется вновь беседовать с девицей, но надо, потому что лучшая подружка Риты наврала мне с три короба.

## ГЛАВА 6

Часы показывали ровно час, когда я прибыл на место. На звонок в дверь никто не отзывался. Небось девушка спит. Но придется нашей врушке проснуться и ответить на кое-какие неприятные вопросы...

Мой палец уткнулся в черненькую кнопочку, было великолепно слышно, как в квартире заливается «соловей», но никаких признаков жизни с той стороны не обнаруживалось. Полный разочарования, я дернул ручку, и дверь приоткрылась.

— Настя! — крикнул я, всовывая голову внутрь. — Настя, вы где?

В ответ — тишина. Я вошел в квартиру и понял, почему дверь открыта. На ней висел самый примитивный замок. Элементарная конструкция, сделанная, скорей всего, в семидесятые годы, не захлопывается, ее следует снаружи и изнутри запирать на ключ. Но ключа в скважине не оказалось. Либо безголовая девица, избавившись от похмелья, унеслась в неизвестном направлении, либо дрыхнет без задних ног. Ясно одно, ни в том, ни другом случае не следует оставлять квартиру открытой. Правда, похоже, красть тут нечего...

Вздохнув, я вошел в комнату. Беспорядок остался прежним, пепельницы не вытряхнуты, и запах стоял соответственный — отнюдь не аромат роз. Крохотная кухонька была пуста. Насти не видно. Глупая девчонка ушла. Я сел на табуретку. И как поступить? Оставить квартиру без запора опасно. С другой стороны, не сидеть же мне тут невесть сколько, девушка могла умотать в гости и заявиться домой через пару дней. В задумчивости я поднял глаза вверх и увидел свет, горевший в ванной комнате. Если помните, во многих пятиэтажках между кухней и санузлом зачем-то существует окно. Очевидно, Настя принимала перед уходом душ, а потом выскочила второпях на улицу. Куда же она так спешила?

Я встал, вышел в коридорчик и, прежде чем щелкнуть выключателем, ради порядка заглянул в ванную.

Первое, что бросилось в глаза, бутылочка из-под шампуня, покачивающаяся на воде. Ну и неряха! Даже воду после себя не слила, а ведь, если заявится домой дня через три, тут такая вонь пойдет, что соседи придут!

Ощущая себя брюзгливым стариком, я шагнул внутрь и дернул за цепочку. Грязная, мыльная вода с ревом устремилась в трубу, и я увидел сначала нечто непонятное, а потом появилось тело Насти, лежащее на дне ванны.

Наверное, будь я женщиной, из моей груди вырвался бы крик ужаса. Но, честно вам скажу, молчание далось мне с трудом. Девушка лежала скрючившись, словно младенец в утробе матери.

Я патологически добропорядочен, стараюсь переходить улицу только на зеленый свет, тщательно соблюдаю на дороге скоростной режим и всегда вовремя оплачиваю полученные счета. Согласен, такое поведение слегка отдает занудством, но я педантичный человек. Иногда моя маменька, отличающаяся, кстати, крайней безалаберностью, говорит:

— Боже, Вава, тебе следовало родиться немцем.

Может, оно и так, только, соблюдая законы и правила, легче жить. Хотя в наши дни фраза «жить по правилам» звучит слегка двусмысленно.

За всю свою жизнь я видел трупы всего несколько раз. И это были люди, отошедшие в мир иной в результате старости или долгой болезни. Тела их, уложенные в гробы и заваленные цветами, походили скорее на восковые куклы. Зрелище было, безусловно, неприятным, но не страшным. Сегодня же увиденное поразило меня даже сильней, чем наезд на Риту. Только вчера я говорил с девчонкой, и вот она уже превратилась в нечто без разума и души. Стараясь не потерять остатки самообладания, я сел на унитаз и увидел на старой, ободранной стиральной машине почти пустую бутылку мартини. Все стало ясно.

Желая избавиться от изматывающего похмелья, Настасья решила выпить. Девчонка медленно, но

верно превращалась в алкоголичку. Синдром опох-
мелки — четкий показатель этого процесса. Залезла
в ванну и принялась глотать мартини. Вермут вообще коварная вещь. При всей своей сладости он способен здорово ударить по мозгам.

Перед глазами мигом возникла картина. Крохотный санузел, наполненный паром, и Настя, глотаю-
щая из горлышка «лекарство». Скорей всего, она потеряла сознание и утонула. Но что делать мне? Обычно
в таких случаях нужно вызывать милицию, но сначала посоветуюсь с Норой.

— Слушаю, — рявкнула хозяйка, — говорите.

— Тут некоторые сложности, — сообщил я.

— Короче, — буркнула Нора.

— Приехал к Насте, если помните, ситуация сложилась так, что пришлось посетить ее еще раз...

— Быстрее, — недовольно поторопила Элеонора.

— Но на звонок никто не открывал...

— Изложи суть дела, — прервала меня хозяйка, — не рассусоливай!

— Хорошо, что сделать с трупом?

Надо отдать должное Норе, десять дам из десяти,
услышав подобное заявление, мигом бы завизжали и
стали задавать дурацкие вопросы, но моя хозяйка
спокойно поинтересовалась:

— Кому принадлежит тело?

— Насте.

— Надеюсь, ты звонишь с мобильного?

— Да.

— Молодец, теперь возьми салфетку, вообще
любую тряпку и вытри все предметы, к которым при-
касался: дверные ручки, выключатели. Понял?

— Да.

— Потом уходи. Тряпку не бросай в квартире,
возьми с собой. Ты там курил?

— Вчера да.

— Забери окурки. Высыпь в мешочек, затем прикрой дверь. Мешок выброси где-нибудь в мусорный бачок, но не делай этого во дворе у Насти, и быстро езжай домой.

— Но следует сообщить в милицию! Нельзя же оставить тело просто разлагаться в ванне.

— Хорошо, — каменным голосом заявила Элеонора, — отъезжай от места происшествия, найди телефонную будку и, не называясь, скажи все, что надо. Но не делай этого около нашего дома.

Следующие полчаса я, ощущая себя настоящим преступником, тщательно заметал следы. И если с уничтожением отпечатков пальцев справился легко, то с окурками все оказалось не так просто. В комнате было полно блюдечек и консервных баночек, забитых чинариками. Я, естественно, не помнил, куда запихивал остатки «Мальборо».

Не желая сортировать бычки, я просто вытряхнул все пепельницы в найденный полиэтиленовый пакет и унес его в «Жигули». Будку я отыскал в центре, возле магазина канцтоваров «Комус», там же швырнул в урну кулек с окурками и набрал 02.

— Семнадцатая, милиция, слушает.

— Здравствуйте, — сказал я, — запишите адрес.

— Зачем? — строго поинтересовалась диспетчер.

— Там находится в ванне труп девушки, Анастасии Королевой. Несчастная утонула.

— Слушаю.

Я сообщил необходимые координаты.

— Кто говорит? — донеслось из трубки.

— Благонадежный гражданин.

— Кто? — повысила тон женщина. — Имя, фамилия, адрес проживания.

Я молча отсоединился и пошел в машину.

Вся эта история начинала мне нравиться все меньше и меньше. До сих пор я еще никогда не утаивал от милиции какие-либо сведения о себе.

Выслушав мой отчет, Нора забрала диктофон и сказала:

— Прекрасно, иди обедать. Завтра продолжишь.

Решив расставить точки над «i», я попробовал посопротивляться:

— Нора, мне совершенно не по душе то, чем я занимаюсь, не говоря уже о том, что выступать в роли анонима совершенно противоречит всем моим моральным принципам.

— Иногда, — спокойно заявила хозяйка, — приходится поступаться принципами.

— Но до сих пор у меня не было нужды делать это!

— Все когда-нибудь происходит в первый раз.

— Мне это не нравится...

— Вава, — прищурилась Элеонора, — если хочешь уволиться, милости прошу. Конечно, я к тебе привыкла, и ты меня устраиваешь, но незаменимым специалистом ты не являешься, а когда услышат про зарплату, смею тебя уверить, очередь из претендентов выстроится до Кольцевой дороги.

Я молчал.

— И потом, — улыбнулась хозяйка, — прикинь, что с тобой сделает Николетта, когда сообразит, что из-за того, что сынок потерял место, она больше не сможет устраивать файф-о-клоки и журфиксы. Ейбогу, как представлю ее гнев, делается тебя жаль. Поэтому от души советую: иди спокойно поешь, отдохни, почитай про хоббитов, а завтра с новыми силами за работу. Ступай, дружочек, не зли меня.

Я молча вышел в коридор. Вот змея, нашла самое уязвимое место и ужалила именно в него. Николетта — это моя матушка. Не успели мои мысли потечь в совершенно ином направлении, как зазвонил телефон. Я похлопал себя по карманам, выудил крохотный пищащий аппаратик, откинул крышечку.

— Слушаю вас.

— Вава, — раздался высокий, пронзительный голос, — голубчик, где ты?

Я невольно вздрогнул. Стоит нечистого помянуть, как он тут как тут. На том конце провода злилась Николетта. Вообще-то моя маменька носит имя Вероника, но оно ей показалось слишком простым, поэтому на всех афишах фигурировала Николетта Адилье. Фамилию Подушкина матушка категорически носить не хотела, собственная, Адилье, казалась ей более подходящей.

Хотя, если вдуматься, то поступила она очень глупо. Ее дальним предком был солдат наполеоновской гвардии, замерзавший в 1812 году на Смоленской дороге. Войска Кутузова гнали захватчиков назад, в Европу, стоял жуткий мороз, и хилые европейцы, одетые в тоненькие сюртучки и обутые в сапоги, полками гибли от холода, наши же войска, имевшие на ногах валенки, а на плечах, скорей всего, тулупы, двадцатиградусный мороз воспринимали легко.

Может быть, и погиб бы несчастный Пьер, но в деревеньке с веселым названием Большая Грязь нашлась добрая баба Марфа, пожалевшая чернявого парня с горбатым носом. Так на Руси появилась семья Гадилье, потом первая буква потерялась, и осталось Адилье. Следовательно, маменька моя из крестьян, и ее брак с представителем славного древнего рода дворян Подушкиных следует считать жутким мезальянсом.

Но все знакомые считали маменьку тонкой натурой, человеком сильных эмоций, что, в общем-то, верно. Почти все актрисы — истероиды. Только, пожалуйста, не надо считать, будто я оскорбляю племя лицедеев и называю представителей прекрасного пола истеричками.

Истероид — это тип характера, бывают холерики, сангвиники, эпилептоиды (не путать с эпилептиками) и истероиды, которые вовсе не истерики, хотя определенную склонность к бурному проявлению чувств имеют. Николетта обожает быть в центре внимания. Ее карьера в театре сложилась в общем неплохо. В ряд звезд матушка не выбилась, но в шеренге тех, кто исполнял роли второго плана, занимала достойное место. Впрочем, пару раз ей достались главные роли и благожелательные рецензии.

В детстве я ее боялся. Вернее, совершенно не понимал, как следует себя вести с ней. Вот Николетта веселая как птичка возится в спальне.

— Вава, любимый, — душит она меня в объятиях, — ах, ты мой дорогой мальчик, котик сладенький, ну давай, мусечка, тебя поцелую.

Облизанный и заласканный, я уходил в свою комнату и мирно начинал играть в солдатиков. Вдруг дверь в детскую с треском распахивалась и влетала мать.

— Негодный мальчишка, — вопила она, — ты меня в могилу загонишь! Почему уроки не делаешь, марш к столу!

Бесполезно было ей объяснять, что все домашние задания давным-давно выполнены. Оловянные солдатики швырялись на пол, в руки мне совали толстенную книгу, и маменька, завершившая процесс воспитания, удалялась с гордо поднятой головой. Я начинал читать подсунутый текст и даже увлекался, но примерно через полчаса Николетта заглядывала в комнату и сюсюкала:

— Вава, хочешь мороженое, эскимо? Да брось дурацкие учебники, поиграй лучше, все равно всех знаний не получишь.

И так по пятнадцать раз на дню. Она могла надавать ни за что пощечин, потом кинуться со слезами меня обнимать, купить новый футбольный мяч и тут же вышвырнуть его в окно, а потом опять нестись в магазин за другим мячиком. Контрастный душ, а не женщина! С младых ногтей я усвоил простую истину: маменьку следует слушаться, даже если она говорит откровенные глупости. Потом, повзрослев и став умней, я больше с ней не спорил. Зачем? Самый сильный инстинкт у человека — это самосохранение, а Николетта была способна превратить в ад жизнь того, кто смел высказывать свое собственное мнение. Какие скандалы она закатывала! Какие истерики! Вытерпеть подобное поведение мог только такой святой человек, как мой отец. Впрочем, у него была своя метода борьбы с вздорной женщиной. Стоило маменьке пойти вразнос и начать крушить посуду, как папенька мигом одевался и, провожаемый яростным воплем: «Можешь сюда больше не возвращаться», — исчезал из дома.

Приходил он назад, как правило, за полночь. И утром маменька примеряла либо новую шубку, либо колечко, либо восторгалась шикарным букетом. Папенька просто откупался от нее: цветы, конфеты, колечки, браслетики, сережки, шубки. Последним, кажется, был автомобиль «Волга» «ГАЗ-21» с железным оленем на капоте. Матушка была одной из первых женщин, севших в Москве за руль. Году этак в шестидесятом она в красивой шубке, сидящая на водительском месте, вызывала настоящий ажиотаж на дорогах как у шоферов, так и у сотрудников ГАИ. В нарушение всех правил ее пропускали вперед при повороте со второстепенной магистрали на главную, а о том, что может существовать помеха справа, Николетта никогда не задумывалась, потому что чувствовала себя королевой всегда и везде.

Одним словом, папенька разбаловал матушку до невозможности, а потом вдруг скончался. Первые месяцы после его смерти Николетта вела себя как раньше, но потом до нее дошло, что жизнь изменилась, а единственный мужчина в ее жизни — это я.

Нора дружила с моими родителями давно и, когда ей понадобился секретарь, тут же предложила мне место. Теперь Николетта чувствует себя опять прекрасно. Благодаря тому, что я отдаю ей большую часть своего заработка, маменька может по-прежнему собирать по вторникам подружек на файф-о-клок, или попросту — на чаепитие. Еще у нее есть журфикс, что в переводе с французского обозначает «определенный день». То есть каждую неделю по пятницам к ней являются гости.

— Вава, — тарахтела Николетта, — ты где?

— Дома.

— Твой дом здесь, — припечатала маменька.

— Я имел в виду у Норы.

— Немедленно приезжай.

— Куда?

— Хватит идиотствовать, — повысила голос Николетта, — ко мне, естественно.

— Зачем?

— Вава, — ледяным тоном процедила матушка, — ты забыл? Сегодня журфикс, все в сборе.

— Но, честно говоря...

— Немедленно замолчи и приезжай, — прошипела Николетта, — я нашла для тебя великолепную партию, чтобы через полчаса явился.

Я со вздохом сунул телефон в кресло и подошел к шкафу. У Николетты просто маниакальное желание меня женить, и здесь мы с ней никак не можем прийти к консенсусу. Девушки, которые нравятся мне, заставляют Николетту брезгливо поджимать губы, а от тех дам, которых сватает она, у меня дыбом встают волосы даже на ногах. Но делать нечего. Перспектива приятно провести вечер в кресле у камина, с любимой книгой в руках лопнула, словно воздушный шарик. Сейчас придется влезать в смокинг, застегивать бабочку, зашнуровывать лаковые ботинки и мчаться к Николетте, чтобы узреть очередную кандидатку на роль госпожи Подушкиной.

## ГЛАВА 7

Дверь мне открыла домработница Таисия. Тася служит у маменьки много лет, когда-то родители вывезли ее из деревни, и своей семьи у нее нет. Когда мы с маменькой враз стали нищими, Таисия не ушла от хозяев, перестав получать зарплату, да и куда ей было идти? Она превратилась в нечто непонятное, вроде компаньонки или дальней родственницы, живущей в доме из милости и ведущей в благодарность все хозяйство.

— Здравствуй, Ванечка, — сказала Тася, — давай пальтишко приму.

— Спасибо, — ответил я и вытащил из кармана шоколадку «Вдохновение», — угощайся.

— Балуешь ты меня, — зарделась Таисия, — хочешь, иди на кухню, поешь, кулебяка у меня сегодня высший класс. Тебе втихаря кусочек из серединки заначила.

— Думаешь, в гостиной мне угощенья сегодня не достанется?

— Николетта в боевом настроении. А уж тебе красоту подыскала, — захихикала Тася, — лучше послушай меня и поешь спокойно на кухне, а то глянешь на невесту и мигом аппетита лишишься.

Не обращая внимания на ее ворчание, я распахнул дверь в гостиную и обозрел окрестности.

Так, все те же лица. Две маменькины старинные подружки, находящиеся, как и Николетта, в позднем постклимактерическом возрасте: Лёка и Киса. Естественно, у них имеются нормальные имена. Лёка, кажется, по паспорту Ольга Сергеевна, а Киса — Екатерина Андреевна или Алексеевна, точно не скажу, весь бомонд зовет их исключительно кличками. Лёка и Киса. Обе они бывшие актрисы, впрочем, что это я, актрисы никогда не уходят со сцены. Перестав играть перед зрительным залом, они делают это дома и в гостях постоянно.

— Вава! — взвизгнула Лёка. — Как ты вырос!

Если учесть, что мне сорок, это заявление пришлось как нельзя кстати.

— И потолстел, — брякнула Киса.

Я посмотрел на ее тщедушное тельце, тощенькую шейку, высовывающуюся из воротничка элегантной блузки, ручки, похожие на куриные лапы... Видели когда-нибудь непотрошеных кур, лежащих на прилавках? Бело-серые тушки покоятся, воздев вверх морщинистые, желтовато-пупырчатые «пальчики». Вот напяльте на них мысленно штук шесть брильянтовых колец, на «запястье» — браслеты, покрасьте когти в кровавый цвет — и готово: перед вами рука Кисы.

Подавив вздох, я галантно улыбнулся и произнес:

— Старею потихоньку, зато над вами, милые дамы, время не властно. Наверное, знаете средство Макропулоса...

Ну вот, скажете вы, убеждал всех, что никогда не врет, а сам... Но прошу учесть, что ложь ради получения выгоды отвратительна, светское же поведение предполагает определенную дозу лицемерия. И вообще, психологи подсчитали, что нормальный человек кривит душой примерно раз двадцать в день, причем чаще всего делает это из лучших побуждений. Ну-ка, припомните, утром у вас спросил коллега по работе: «Как дела?»

Вы что, начали ему подробно объяснять семейную ситуацию? Нет, конечно, буркнули быстро: «Да нормально», — и ушли.

Более того, если бы вы вдруг, уцепив его за лацкан, принялись рассказывать правду про жену, пилившую вас весь воскресный вечер из-за того, что соседи сделали ремонт и купили мебель, а у вас развалился диван, то скорей всего удивили бы парня безмерно и приобрели репутацию зануды. Знаете, кто такой зануда? Человек, который на вопрос: «Как поживаешь?» — начинает подробно рассказывать о своих проблемах.

— Вава, — верещала Лёка, — ты еще не женился? Это очень плохо. Семья — главное в жизни.

Если учесть, что за спиной у Лёки то ли шесть, то ли семь разводов, ее можно считать настоящим авторитетом в «брачной» области.

— Ну не нападай на него, — подала голос Николетта. — Вава, иди сюда скорей.

Я подошел и приложился к хрупкой ладошке, пахнущей духами.

— Добрый вечер, Николетта.

Когда мне исполнилось пятнадцать лет, она строго-настрого запретила звать себя мамой.

— Наличие взрослого сына отвратительно старит, — заявила маменька, — я еще совсем молода и очаровательна, но когда на пороге появляешься ты со своим ростом и басом бубнишь: «Мамочка», присутствующие мигом накидывают мне как минимум десять лет.

Рост у меня и впрямь ого-го, около метра девяносто пяти, и матушку я с тех пор зову только по имени. Кстати, давно собираюсь попросить ее, чтобы она перестала употреблять мое детское прозвище Вава. Останавливает только то, что Николетта не послушается или, что еще хуже, станет всех поправлять: «Ой, умоляю, не говорите «Вава», он этого не переносит».

— Садись, Вава, садись, возьми кулебяку, — трещала Николетта, указывая на румяный пирог, — с капустой, твоя любимая.

Я на самом деле люблю Таисину выпечку, поэтому нацелился на самый аппетитный кусок, но тут Николетта дернула меня за плечо.

— Знакомься, Вава, это Люси.

Я обернулся, увидел в кресле, под торшером молодую женщину и от ужаса уронил на пол ломоть пирога.

— Вава! — возмутилась маменька. — Какой ты неаккуратный! Тася, подойди сюда.

Домработница материализовалась на пороге, она посмотрела на валявшиеся на ковре куски мякиша и ошметки капусты, перевела взгляд на мое лицо и, тщательно скрывая ухмылку, заявила:

— Сейчас замету.

— Да уж постарайся побыстрей, голубушка, — недовольно процедила Николетта, — совсем не следует объяснять нам, что ты собираешься делать, главное, выполни работу.

Потом она вновь обратила внимание на меня.

— Вава!!! Это Люси!!! — И добавила уже совсем тихо: — Ты что, чувств лишился?

— Сражен ее неземной красотой, — шепнул я в ответ и двинулся знакомиться с очередной кандидаткой в невесты.

Кстати, я совершенно не соврал, внешность дамы подействовала на меня потрясающе. Таких особ, ей-богу, я еще не встречал.

Представьте себе стог сена, замотанный в эксклюзивное платье от дорогого портного. Впрочем нет, не платье, а чехол для танка из тонкого бархата, расшитый золотошвейками. Прямо на стоге без всякой шеи сидела голова с огромным количеством черных кудрявых волос. Растительности было столько, что их обладательница запросто могла победить на конкурсе пуделей. Когда-то в школьных учебниках биологии была иллюстрация «Волосатый человек Евтихиев». Люди моего поколения обязательно припомнят эту фотографию. Так вот, Люси могла считаться его родственницей. Ее брови, черные, густые, сросшиеся, напоминали брови Леонида Ильича

Брежнева, а мощным усикам над пухлой влажной красной губкой могло позавидовать любое лицо кавказской национальности. Думаю, что в обнаженном виде ее тело должно выглядеть экстравагантно, если она не тратит весь бюджет на эпиляцию.

Поцеловав потную руку претендентки, я сел рядом и завел светскую беседу.

— На улице холодно.

— Просто невероятно, — ответила Люси, краснея, — метет.

— Отвратительная погода.

— Совершенно согласна.

— Слишком ветрено.

— Просто с ног сбивает.

— Дорога — каток.

— И не говорите, еле доехали.

— Снег просто валит.

— Сплошной туман.

— Желаете коньяку?

— О, нет, благодарю, лучше кофе, но, похоже, его не скоро подадут.

— Для вас я готов пойти на кухню.

— Что вы, что вы, ни в коем случае.

— Желание дамы для меня закон, — заявил я и, обрадовавшись, что хоть на время избавлюсь от копны, почти побежал к Таисии.

На столе стояла тарелка с кулебякой. Я взял кусок и пробормотал:

— Твоя правда, следовало сначала зайти сюда и подкрепиться.

Тася, колдовавшая у мойки, захихикала.

— Жуткая уродина, где Николетта таких отыскивает? По-моему, она нарочно их подбирает.

— Что, Ванечка, — раздался сзади голос, — удрали от предполагаемой женушки?

Я обернулся. На пороге, широко улыбаясь, стоял Лев Яковлевич Водовозов. Я люблю этого старика.

Во-первых, он единственный из всех знакомых, который ни разу не назвал меня Вава. Во-вторых, он давний приятель отца, Николетты и Элеоноры. А в детстве я просто обожал Льва Яковлевича, потому что он один мог спокойно заявить маменьке:

— Николетта, отцепись от ребенка.

— Но он опять принес кучу двоек! — вопила маменька, горевшая справедливым желанием надавать мне пощечин.

— Уймись, — велел ей Водовозов, — себя вспомни, у тебя в аттестате не было ни одной четверки, сплошные «удочки».

— Лева, — отбивалась маменька, — при ребенке непедагогично критиковать родителей.

Но Лев Яковлевич обнимал меня за плечи и смеялся:

— Ничего, ничего, пусть знает правду. И потом, ну как он может с такими родителями проявлять способности к точным наукам? Не тушуйся, детка, двойка тоже отметка, вот кабы ноль поставили.

— Не понравилась Люси? — веселился Водовозов. — И что только Николетта каждый раз выдумывает! Решишь жениться, приходи ко мне на кафедру. Аспирантки, соискательницы, студентки, такая палитра.

Я не успел поблагодарить старика, так как в ту же секунду в кухню влетела Николетта, злая, словно Баба Яга.

— Безобразие, — зашипела она, — Вава, не смей меня позорить, шагом марш в гостиную.

— Сейчас, только приготовлю кофе для Люси...

— Отцепись от парня, — вздохнул Водовозов, — захочет ярмо надеть — сам себе пару найдет.

— Лева, — процедила мать, — умоляю тебя, не вмешивайся. Вава не способен найти себе приличную партию. Он каждый раз приводит сюда нищих, безродных дворняжек! Я же нахожу потрясающие варианты, но он из ослиного упрямства все портит. Люси патологически богата! У нее такое приданое! Дом, роскошная квартира в центре, а посмотрите на ее украшения!

Я молча мешал кофе в джезве.

— Но она ему не нравится, — рявкнул Лев Яковлевич, — извини, конечно, но спать-то ему с ней, а не с квартирой.

— Лева! — повысила голос Николетта. — Вава обязан думать не только о себе! У него есть я!

Я попытался подавить смешок, дернул ручку турки, и кофе устремился на плиту, угрожающе шипя.

— Вот видишь, Лева, — ткнула Николетта пальцем с безукоризненно отполированным ногтем в лужу, — видишь, он ничего не может, даже такой ерунды, как сварить кофе! Поэтому пусть благодарит бога, что у него есть мать. Люси — великолепная партия. Женится, а потом может спать с кем хочет!

— Дорогая, — в притворном ужасе воскликнул Водовозов, — ты толкаешь ребенка в пучину порока!

— Лева! — побагровела матушка. — Со своим сыном я как-нибудь разберусь самостоятельно. Таисия, немедленно вымой плиту и подай Люси кофе. Вава, в гостиную, живей.

Перечить маменьке нет никакого смысла. Подталкиваемый остреньким кулачком в спину, я продефилировал к гостям, уселся возле стога сена и продолжил светскую беседу.

Утром следующего дня я проснулся от стука в дверь.

— Ваняша, хорош дрыхнуть, — заявила Нора, вкатываясь в мою спальню.

Схватив бамбуковую палку с крючком, она ловко раздвинула занавески и швырнула мне на одеяло ярко-голубой дамский пуловер.

— Ну-ка глянь.

— Зачем?

— Что можешь сказать об этой вещичке?

Я помял в руках грубоватое трикотажное полотно.

— Ну, пуловер, женский. Выглядит отвратительно, но, насколько я знаю, теперь такие в моде. У Риты полно таких кофт.

— Таких, да не таких, — рявкнула Нора, — Марго одевалась в бутиках, а эта тряпка стоит не дороже двухсот рублей. Прикинь, как странно.

— Что?

— Эта вещь была на Рите в день гибели.

Я вздрогнул и невольно отложил кофтенку подальше. Словно не замечая моей реакции, Элеонора неслась дальше:

— В тот день Рита надела брючки от Гальяно, колготы «Премиум», пятьдесят долларов за упаковку, эксклюзивное белье от «Дим», если скажу, сколько стоит комплект, трусики и лифчик, тебя стошнит. Повесила на шею несколько золотых цепочек, в ушки воткнула сережки от Тиффани, на запястье пристроила часики от Картье, надушилась парфюмом Живанши, имей в виду, это одна из самых дорогих и престижных фирм, влезла в сапоги от Гуччи, норковую шубейку... И дополнила ансамбль свитерочком из подземного перехода? Нонсенс!

— Может, он ей очень понравился, по цвету, например, — пожал я плечами, — берлинская лазурь! Ярко, насыщенно. Рите шли такие наряды.

— Ты плохо знаешь женщин, — вздохнула Нора, — если Маргоша нацепила на себя прикид с помойки, значит, ее вынудили к этому чрезвычайные обстоятельства. Вопрос, какие?

Она вытащила сигареты и замолчала. Я смотрел на свитерок. На мой взгляд, эту вещичку совершенно не отличить, во всяком случае, издали, от тех шмоток, которыми забиты шкафы девчонки. Мне кажется, Нора слегка преувеличивает значение этого пуловера. Ну купила девушка себе приглянувшуюся вещь, эка невидаль. Схватила кофту, прибежала к подружке и мигом переоделась. По-моему, все ясно и понятно. Вполне в женском духе, сразу нацепить на себя понравившуюся тряпку...

— Собирайся, — велела Нора, хватая свитерок.

— Куда?

— Поедешь к этой Потаповой Наташе и велишь ей прийти ко мне, прямо сейчас. Сама побалакаю с девчонкой.

— А вдруг она не захочет?

— Ты постарайся, убеди ее.

Выплюнув последнюю фразу, Нора развернула кресло и выкатилась в коридор. Я со вздохом влез в халат, открыл дверь в ванную и уставился на отросшую за ночь щетину. И женщины еще смеют стонать по поводу ежемесячных дамских неприятностей! Попробовали бы они каждое утро бриться!

— Слышь, Вава! — гаркнула Элеонора.

Я уронил станок в раковину.

— Господи, как вы меня напугали!

— Нежный ты у нас, цветок душистых прерий, — хмыкнула Нора. — Вот что, скажи этой Наташе, что бабка Риты, дама взбалмошная и непредсказуемая, хочет отдать все носильные вещи внучки той из подруг, которая приедет первой. Живо примчится.

— Вы и впрямь собираетесь это сделать?

Нора пожала плечами:

— Пусть уж лучше их доносит не слишком обеспеченная девушка. А то придется вывезти на помойку.

Честно говоря, последняя фраза слегка резанула мой слух, но Нора человек жесткий, если не сказать жестокий. Впрочем, подумайте сами, может ли быть сентиментальной дама, нажившая многомиллионное состояние исключительно благодаря своему уму и деловой хватке?

## ГЛАВА 8

В институте Наташи Потаповой не было.

— Она сегодня не приходила, — сказала староста их группы, хорошенькая рыжеволосая толстушка.

Я сел в «Жигули» и набрал номер телефона.

— Алло, — ответил высокий нервный голос.

— Позовите, пожалуйста, Наташу.

— Кто говорит? — рявкнула весьма невежливо дама.

Очевидно, мать Потаповой кавалеры дочери довели до последней точки кипения. Решив ее не злить, я мирно ответил:

— Вас беспокоит дядя подруги Наташи. Меня зовут Иван, если можно, передайте ей трубочку.

— Невозможно, — буркнула тетка.

— Ее нет дома?

— Наташа скончалась.

— Что? — не понял я. — Что вы хотите сказать?

— Ната умерла, — пояснила женщина, — вчера вечером. Родители, как понимаете, в шоке.

От неожиданности я отсоединился и тут же вызвал Нору.

— Она умерла!

Элеонора, мигом сообразившая, что к чему, поинтересовалась:

— От чего?

— Не знаю.

— Так выясни.

— Как?

— О господи, Вава! Отправляйся к ней домой, расспроси родственников.

— Думаю, им сейчас не до разговоров!

— Вава, — сердито сказала хозяйка, — преступление можно раскрыть только по горячим следам. Действуй!

— Но как я войду к ним в дом? Под каким предлогом?

— О боже! Купи букет пошикарней... Разменяй сто долларов мелкими купюрами, положи в конверт. Скажешь, студенческая группа собрала на поминки. У тебя есть деньги?

— Да вы же вчера дали мне на непредвиденные расходы.

— Вот и действуй.

Ощущая страшную неохоту, я превратил одну зеленую бумажку в кучу голубых и розовых, выбрал восемь красных роз и покатил в район Марьино, на другой конец города.

Дверь Наташиной квартиры стояла нараспашку. В небольшой прихожей были кучей навалены сапоги, ботинки, а с вешалки буквально падали куртки, шубы и дубленки. Пахло тут какими-то сердечными каплями — то ли валокордином, то ли корвалолом.

Я потоптался у входа, потом снял пальто, ботинки и пошел на поиски хозяев.

— Здравствуйте, — сказала стройная девушка, курившая на кухне, — вы кто?

— Да вот, — пробормотал я, показывая на букет и конверт, — от деканата. Материальную помощь выписали, уж извините, больше не вышло.

— Значит, вы из Наташиного института, — уточнила девчонка, — из деканата? Преподаете у них?

Вот почему я не люблю врать. Стоит начать, и процесс становится неуправляемым. Одна неправда тянет за собой другую, громада лжи растет, словно снежный ком. Но делать нечего, раз принялся лгать, приходится продолжать.

— Да, моя специальность — русская литература.

— Понятно, — протянула девица, бесцеремонно разглядывая меня с ног до головы, — ясно, как вас зовут-то?

— Иван... Иван Павлович.

— Света, — пробормотала девчонка, — идите в большую комнату, там мать Наты, ей и вручите.

— Светочка, — проговорил я, — а вы Наташе кто?

— Двоюродная сестра. Наши отцы братья.

— Знаете, я очень неловко себя чувствую, просто не соображу, что и говорить в таком случае, будьте добры, сделайте милость, передайте сами родителям цветы и деньги.

— Ладно, — легко согласилась Света, — я тоже, честно говоря, растерялась. Ну как положено реагировать на смерть? Жуть берет. Хотите кофе?

— С большим удовольствием, — воскликнул я, — замерз как собака.

Минут пять мы говорили о всякой ерунде, наконец я счел момент подходящим и осторожно спросил:

— Что случилось с Натой? Видел ее вчера на занятиях, веселую, совершенно здоровую...

— Жуть, правда? — спросила Света, помешивая ложечкой темно-коричневую бурду, не имеющую ничего общего с благородным напитком инков. — Прямо оторопь берет. Говорят, тромб оторвался. Вроде у нее на ноге вена деформированная имелась, сгусток отскочил и прямо в сердце.

— Это откуда такие сведения?

— Врачи сказали, вскрывали ее сегодня в восемь утра и сообщили причину смерти.

— Где же ее нашли? Ей дома стало плохо?

Света кивнула:

— Ага, на глазах у меня.

— Да ну?

— Точно. У нас сейчас в квартире ремонт, вот я и переселилась к Наташке. Вчера часов в десять лежу себе, читаю детективчик, вдруг Наталья вваливается вся бледная, прямо зеленая и бормочет: «Дай попить скорей».

Света даже испугалась, так плохо выглядела двоюродная сестра. Наташа села на диван, а Светлана кинулась на кухню за минералкой. Но когда она принеслась с бутылкой, Ната лежала без движения, навзничь. Перепуганная Света даже не сообразила сразу вызвать «Скорую помощь». Она принялась теребить сестру, а поняв, что та не дышит, испугалась так, что чуть не потеряла сознание. Словом, когда наконец появились медики, что-либо предпринять было поздно. Слабым утешением для Светы послужило заявление врача:

— Спасти твою сестру могла только срочная операция, в таких случаях дело решают не минуты, а секунды. Мы бы не успели довезти ее до больницы, значит, судьба такая, карма!

Света замолчала. Я покачал головой:

— Да уж, досталось вам! Не дай бог никому пережить такое! Вы еще молодец, другая бы заболела.

Девушка прищурилась:

— Вы тоже хорошо держитесь.

— Я что! Посторонний человек, преподаватель.

Света ухмыльнулась:

— Ладно вам, я все знаю, мне Ната рассказывала.

— Что?

— Ну, про вас.

— Не понимаю, я из деканата...

Светлана вздохнула:

— Скажите спасибо, что на меня нарвались.

— Почему?

— Там, в комнатах, другие девчонки из института сидят, уж они бы точно визг подняли, дуры!

— В чем дело? — отбивался я.

— Мы с Натой учимся вместе, — спокойно пояснила Света, — и я великолепно знаю всех наших преподавателей. Русскую литературу у нас ведут три совершенно отвратительные бабищи, никакого Ивана Павловича нет и в помине. Потом, народ из деканата никогда не станет посылать розы и деньги, жлобье там, ясно? Так что можете не стараться и бросить ломать комедию. Очень хорошо знаю, кто вы.

Интересно, что ощущают шпионы, когда понимают истину: их раскрыли? Мне, право слово, было весьма неуютно. Но здесь пригодилось светское воспитание, данное Николеттой. Моя маменька всегда твердит:

— Главное, не выглядеть идиотом. Даже если вошел в гостиную, и брюки свалились к твоим ногам, не тушуйся, держи марку, сделай вид, что просто хотел посмешить всех. Медленно переступи через них и заяви: «Смотрите, господа, вот так теперь мужчины появляются в парижских салонах, чтобы смутить дам».

Штаны я не терял ни разу, но на откровенной лжи меня поймали впервые. Стараясь сохранить лицо, я заявил:

— Ну и зачем, по-вашему, я сюда явился?

— Вы любовник Наташи, — спокойно ответила Света.

— Кто?! — оторопел я.

— Ой, боже мой, — всплеснула руками Света, — ну хватит, говорю же, я все знаю! У Наты целых полгода длился роман с пожилым мужчиной вашего возраста, она мне все рассказала. И как вы в Санкт-Петербург катались, и как в рестораны ходили...

— Минуточку, — растерялся я, — но ведь у Наташи вроде были тесные отношения с этим парнем, Толей...

— Федотовым, что ли? Нет, они только трахались! Современные девушки способны загнать в тупик любого!

— Погодите, — растерялся я окончательно, — ничего не понимаю.

— Вы, главное, не дергайтесь, — сочувственно вздохнула Света, — чего там! Натку не вернуть.

— Нет уж, — пробормотал я, — сделайте милость, объясните что к чему.

— Ежели хотите, пожалуйста, — пожала плечами Света.

Она начала рассказывать. Я осторожно включил в кармане диктофон и превратился в слух.

Примерно полгода назад Наташа познакомилась с обходительным мужчиной. Пожилой, прекрасно обеспеченный, он начал галантно ухаживать за девушкой. У Наты до сих пор были только кавалеры-одногодки, нищие студенты. Максимум, на что они оказывались способны, это поход в кино или покупка дешевой выпивки. Новый же обожатель вел себя совершенно по-иному. Дарил цветы, духи, водил по дорогим ресторанам, приглашал в театры. Наташе такое положение вещей страшно нравилось, и, естественно, она, давно потерявшая девственность, совершенно спокойно улеглась со старичком в постель. К тому же тот обставил «первую брачную ночь» невероятно красиво. Снял номер в отеле, и девушка оказалась в нем после шикарного ужина с настоящим, дорогим шампанским. Нате, которой до сих пор удавалось совершать сексуальные действия только второпях, либо в отсутствие родителей, либо в подъезде на подоконнике, впервые пришлось столкнуться с таким великолепием. Действие напоминало сцену из мексиканского «мыла». Огромная кровать. Шелковое белье, джакузи в ванной, шампанское на столике. Было только одно но. Кавалер оказался импотентом. Как он ни старался, как ни помогала ему партнерша, ничего у него не получалось. Наташеньке совершенно не хотелось терять обеспеченного «папика», и она абсолютно искренне сказала старичку:

— Дорогой, я получила потрясающее удовольствие от твоих объятий, знаешь, непосредственно сам процесс мне никогда не нравился. Всегда искала такого, как ты!

Старикашка пришел в восторг и тут же купил девице прехорошенькую золотую цепочку. Ната была очень довольна. Кавалер, объяснивший ей, что женат, мог встречаться с девчонкой только раз в неделю. Остальные шесть дней Наташа была вольна делать, что хочет, а для траханья, простого и грубого, для элементарного удовлетворения молодого здорового организма имелся Толик. Вот так они существовали, все страшно довольные: старичок, Наташа и Анатолий.

— Парень-то почему радовался? — удивился я.

Света захихикала:

— «Папик» Натке денег давал, а та Толяну отстегивала. Думаю, Толька знал все про дедульку. Вот такой компот. Да вы не переживайте, новую найдете.

— Что же вы мне правду про Наташу и Толю рассказываете, если считаете, будто я любовник сестры, — поинтересовался я.

— Так вы сами про Федотова упомянули, — не полезла за словом в карман девчонка, — значит, знали все. И потом, она ведь умерла, а вы другую найдете. Кстати, вам Ната очень нравилась?

— Почему вы спрашиваете?

— Я не сумею ее заменить? — прищурилась Света и выпятила вперед плоскую грудь. — Вот уж про меня никто не сможет сказать, что я вожу любовника за нос. Я честная. Вы платите — я ваша.

Подобное понятие о честности, ей-богу, удивляет. Я не успел сказать ни слова, как Света ухватила меня за руку и зашептала:

— Ну к чему вам время тратить на поиски новой девушки? На меня гляньте.

Испугавшись, что она сейчас начнет раздеваться, я быстро сказал:

— Светлана, вы прелестны, но, к сожалению, ошибаетесь.

— Да, — вскинула бровки собеседница, — и в чем?

— Во-первых, я не подхожу вам по возрасту.

— И что из этого?

А действительно, что? Не с того аргумента начал.

— Я никогда не имел никаких дел с Наташей.

— Розы тогда зачем принесли? И деньги?

Вздохнув, я решил признаться:

— Меня наняли собрать сведения о подругах погибшей Риты Родионовой. Вы знали ее?

— Конечно, — фыркнула Света.

— Хорошо?

— Учились вместе, только Риточка со мной даже не разговаривала. Кивнет утром, и все дела.

— Почему?

— По кочану. Она богатая, мы бедные, дельфин и русалка.

— Кто? — изумился я. — При чем тут дельфин и русалка?

— При том, что они, как известно, не пара, — хихикнула Светочка, — вы радио слушаете?

— Очень редко.

— Оно и видно. А кто вас нанял?

— Бабушка Риты, Элеонора.

— А-а-а, ну-ну, — пробормотала девчонка недоверчиво, — деньги, значит, заберете.

— Оставьте себе.

Света мигом спрятала конверт в карман, я подождал, пока она одернет свитерок, и поинтересовался:

— А Наташа что-нибудь конкретное говорила о кавалере?

— Что именно?

— Возраст, например.

— Нет, упомянула только, что старый, ну вот, как вы, например.

Тяжелый вздох вырвался из моей груди. Светочке небось только-только исполнилось восемнадцать, и я, справивший сорокалетие, должен казаться ей Мафусаилом. Впрочем, кавалеру могло быть и пятьдесят, и шестьдесят, если он хорошо следил за собой.

— А имя она не упоминала?

— Иван, — ухмыльнулась Света, — по странному совпадению его тоже зовут Иван, впрочем, он просил, чтобы Ната звала его Вава.

— Как? — оторопел я.

— Вава, — засмеялась девица, — правда, идиотизм!

В машину я сел в полной растерянности. Иван, да еще и Вава! Хорошенькое совпадение.

Домой я явился к обеду. Элеонора выслушала доклад, несколько раз погоняла туда-сюда запись на диктофоне и ухмыльнулась.

— Ты, оказывается, шалун! Завел с девчонкой шашни!

— Интересно, кто же это решил назваться моим именем?

— Никто, — спокойно ответила Нора, — просто того похотливого козлика, любителя свежего женского тела, тоже зовут Иван. Совсем не редкое имя для старичков.

И она весело рассмеялась.

— Но Вава?

Нора, продолжая улыбаться, подъехала к письменному столу и достала папочку.

— Ну-ка, прочти.

Я вытащил несколько газетных вырезок и уставился на подчеркнутые красным фломастером строки: «Скажи, Ваня, какое из воспоминаний детства больше всего тебя раздражает?» — «Ну, наверное, дурацкая кличка Вава, которую мне дали одноклассники!»

— Что это? — удивился я.

— Интервью с известным эстрадным певцом Иваном Аржа, — пояснила Нора, — дальше листай.

«Почему герой вашего нового романа носит какую-то совершенно неблагозвучную и немужественную кличку Вава?» — «Вот тут я с вами категорически не согласен. Вава — так звали меня в детстве родители. До сих пор при звуках этого имени меня обуревают счастливые воспоминания. Имя Иван мне не по душе. Скажу по секрету, жена и дочь зовут меня только Вава».

Я поднял глаза на Нору.

— А это разговор с модным писателем Иваном Потворовым. Если дальше посмотришь, там еще несколько отрывков из бесед с разными людьми на эту тему.

— Но зачем вы их собираете?

Нора фыркнула:

— Решила поработать психотерапевтом. Я великолепно знаю, как ты дергаешься, услыхав «Вава», вот и решила избавить тебя от комплекса. Видишь, многих Иванов в детстве звали именно так, но кое-кому это нравилось. Так что можешь успокоиться.

— Интересно, почему?

— Тебе Николетта не объясняла?

— Ну, вроде в младенчестве, когда я только начал лепетать, на вопрос: «Как тебя зовут?», отвечал: «Вава».

— Думаю, что и у других та же история, — вздохнула Нора, — детские прозвища самые живучие. Многих Сергеев отчего-то зовут Серый, а Володей — Вованами или Вовчиками.

Я молчал. Честно говоря, Нора меня удивила. Надо же, составляла досье, чтобы показать мне.

— Ладно, — хлопнула хозяйка рукой по подлокотнику, — собирайся.

— Куда? — изумился я.

— Съездишь к этому Анатолию и порасспрашиваешь его.

— Зачем?

— Да так, — пожала плечами Нора. — Ты, главное, не спорь, делай, что тебе говорят, и все, думать стану я. Хорошо? Действуй, Вава!

Делать нечего, пришлось покориться и вновь ехать в тот дом, где жила Настя Королева.

## ГЛАВА 9

Дверь в квартиру Анатолия распахнулась сразу, вернее, я даже не успел нажать на звонок, как она открылась, и на лестничную площадку вышла грузная тетка лет шестидесяти, в отвратительно грязной куртке и жуткой, клочкастой, самовязаной шапке. В руках она держала объемистую и весьма замурзанную хозяйственную сумку.

— Вы к кому? — безнадежно устало поинтересовалась женщина и подняла на меня выцветшие глаза.

Но кожа на ее лице еще не успела окончательно увянуть, и я понял, что тетка ненамного меня старше, просто она из простонародья и не слишком заботится о внешности. Ест сколько хочет, в основном макароны и хлеб с маслом, вот и превратилась в доменную печь, растеряв всякое сходство с прекрасной дамой.

— Вы к кому? — словно эхо повторила баба, ставя сумку на заплеванный пол.

— Мне нужен Анатолий.

Женщина скользнула по мне взглядом и тихо поинтересовалась:

— Из органов, что ли?

— Каких? — удивился я.

— Внутренних, — ответила она и стала методично запирать целый ряд замков, которыми щетинилась неказистая дверь.

В моем понимании внутренние органы — это печень, почки, легкие... Но баба явно имела в виду милицию. Интересно, зачем она так тщательно запирает квартиру? Насколько я успел заметить, посетив вчера Анатолия, красть там нечего, и уж совсем смешно крепить запоры на хлипкой деревяшке, которую можно элементарно вышибить легким движением плеча.

— Из нашего отделения, что ли? — бормотала

баба, пряча связку ключей в карман. — Насчет заявления?

Неожиданно мой язык сам по себе брякнул:

— Нет, я из министерства, из МВД.

Женщина попятилась:

— Чего еще на мою голову?

Я страшно обозлился сам на себя. Ну какого черта соврал? А главное, как естественно, походя, сделал это! Сейчас женщина потребует документы и с позором спустит меня с лестницы. Но собеседница неожиданно навалилась телом на перила и заплакала.

— Господи, ну за что мне это? Ну чем прогневала создателя? Что же все мне говно да говно на башку льет...

Я совершенно не переношу женских слез и ощущаю себя полным идиотом, когда при мне плачут. Рыдающая баба размазывала жидкость по лицу грязно-серой варежкой, а у меня нехорошо защемило сердце.

— Ну-ну, — заквохтал я, похлопывая ее по плечу, — ну-ну, не стоит так расстраиваться, все, что нас не убивает, делает нас только сильней.

Женщина стащила с головы шапку, мне в нос ударил запах давно не мытых, сальных волос и сказала:

— Авось помрут, сил моих нету больше.

— Кто должен скончаться?

— Да ироды мои, Толька и Гришка, — произнесла собеседница и вновь заплакала, но на этот раз тихо, поскуливая, словно обиженное животное.

— Толя дома?

— В больницу свезли вчерась, — шмыгнула баба носом и показала на грязную торбу, — вот волоку туда шмотье...

Я оглядел разбухшую поклажу и неожиданно в порыве вдохновения произнес:

— Ладно, все равно вас опросить надо, давайте довезу, говорите куда.

— Вот спасибо так спасибо, — засуетилась женщина, — в токсикологическую, на Коровинское шоссе.

— Знаете точный адрес?

— Да он туда уж в пятый раз попадает, — сообщила она, — ой, давайте сумочку, тяжело небось.

Но я понес отвратительную авоську в «Жигули», светское воспитание страшно осложняет жизнь. Пусть бы она сама тащила потрепанную сумку, но, увы, Николетта твердо вбила в меня кодекс джентльмена.

По дороге мы познакомились.

— Анна Егоровна, — пробормотала спутница и быстро добавила: — Зовите просто Нюша.

— Иван, — отозвался я.

— Что Толя-то наделал? — осторожно поинтересовалась Нюша.

— Не волнуйтесь, он просто свидетель по одному делу.

— Господи спаси, — перекрестилась женщина, — хорошо вам говорить, а я вся на нервах, только и жду, чего еще выкинет. Слава богу, хоть Гришку посадили, все спокойней стало, а то хоть из дома беги.

— Гриша, это кто?

— Муженек мой, чтоб ему сдохнуть, — в сердцах сплюнула Нюша, — вот надеюсь, на зоне придавят, говорят, там козлов не любят.

Воспитанный интеллигентными родителями, обучавшийся сначала в престижной школе, а затем в элитном Литературном институте, я редко сталкиваюсь с простонародьем. Все мои друзья принадлежат к одному кругу, в нем приняты свои правила поведения. Нет, я видел алкоголиков, наркоманов и женщин более чем легкого поведения. С одной, Ксенией Людовой, даже прожил почти целый год, пока до меня не дошло, что делю ее еще с пятеркой других мужчин. Но как следует разговаривать с Нюшей? На всякий случай я укорил ее:

— Ну зачем же желать смерти другому человеку? Это не по-христиански.

— А, не по-божески, — взвилась она, — а он со мной по-хорошему? Нет, уж вы послушайте, чего расскажу.

Я молча повернул налево. Ну вот, началось. Отчего-то в моем присутствии большинство дам начинает откровенничать, превращая меня в жилетку для слез. Но Нюшу уже не остановить.

— Эх, — горько жаловалась она, — еще когда мне маменька говорила: «Осторожней, Нюша, выходи лучше за Петьку, ну и подумаешь, что у него глаза косят, зато трезвый, не чета Гришке».

Но глупая Нюша только отмахнулась. Ей совершенно не хотелось иметь дома супруга, у которого один глаз глядит на Киев, а другой на Урал. И потом, Петька казался скучным занудой, корпел над учебниками, собирался поступать в институт, хотел стать врачом. Гришка же был намного веселей, да из себя хоть куда — кудрявый, быстроглазый, с гитарой. По нему сохло полдома, но из армии он просил ждать его Нюшу.

Потом сыграли свадьбу, родился Толик, и потекла семейная жизнь. Гриша пил, но этот факт совершенно не смущал Нюшу. А что, кругом все прикладываются к бутылке по субботам. Но потом хмельными в их доме стали понедельник, вторник, среда и все остальные дни недели. Естественно, работать шофером Гришка не смог. Сначала он подался в грузчики, затем в дворники, потом начал перебиваться разовыми заработками. Когда же и они прекратились, начал таскать из дома вещи, воровать у Нюши деньги. А еще он от души колотил жену и раздавал затрещины Толику. Правда, парень рос неплохим, учился хорошо и даже ухитрился поступить в педагогический, куда традиционно, с большой охотой, брали практически всех мальчиков. Но на первом курсе Толик тоже начал пить, причем, если Григорий шагал к алкоголизму медленно, то сыну понадобилось чуть меньше года, чтобы превратиться в законченного ханурика.

— Ну и дура же я была! — причитала Нюша. — Курица безголовая! Подумаешь, глаза косые, эка ерунда, привыкла бы через неделю! Зато теперь он профессор, хирург, уважаемый человек. Дачу построил, квартиру купил, машину, дом — полная чаша. Вот повезло Соньке Рымниной, когда она его в загс отвела. А я еще над ней смеялась. Ведь Петька по мне сох, а уж когда я с Гришкой расписалась, его Сонька подобрала. И что вышло? Кому теперь смешно? Сонька — профессорша в шубе, а я...

И она зашмыгала носом.

— Вы не пробовали их лечить? — спросил я.

— Гришка ни в какую не шел, — пояснила Нюша, — только орал: «Отстань, пью как все». А Толя в который раз в токсикологию попадает. Нажирается до полной отключки. Его в больнице в себя приведут, покапают всякого в вену, и готово, здоров! Другой кто одумался бы, за ум взялся. Ну плохо тебе от водки, значит, заканчивай ее жрать, только моему урок не впрок. Приедет домой и по новой хлещет. Ой, горе-горькое. Измотали они меня, словно собака тряпку, прямо в ничто превратили. Слава богу, Гришка сел!

— За что?

— Да мужика убил у ларьков, бутылку они не поделили, ну мой и приложил парня черепушкой о стенку. Семь лет дали. Теперича пишет, будто с водкой завязал, только мне все равно, я с ним развелася и выписала его вон. Отмучилась, авось пришьют на зоне, и хорошо.

Она замолчала. Честно говоря, я не знал, что и сказать. Жизнь у бедняги, похоже, и впрямь беспросветная. Только почему же она столько лет терпела побои и издевательства?

— Отчего же вы раньше не развелись?

— Так квартира! Мебель, телевизор, холодильник, легко говорить, все тяжелым трудом нажито, и отдать?

Я закурил. Что ж, каждый народ достоин своего вождя, а русским женщинам свойственна патологическая жалость. Француженка, немка, англичанка и уж тем более американка мигом бы бросили пьянчугу, не пожелав портить свою жизнь. Русская же баба с молоком матери впитывает истину: бьет, значит, любит, а пьет, значит, как все. Вот уж не знаю, чего тут больше: глупости или природного мазохизма?

— Что, Толя опять запил? Плохо ему стало?

— Да уж как плохо, — запричитала Нюша, — вызвала «Скорую», сто рублей дала, чтобы увезли, вот тащу теперь тапки, костюм тренировочный, кружку... Небось оклемался уже чуток. Надо бы к восьми утра явиться, только работа у меня, никто не отпустит!

— Кем же вы работаете? — для поддержания разговора машинально поинтересовался я и въехал в ворота больницы.

— Воспитательницей, — ответила Нюша, — в детском саду, государственном, не работа, а мука, тридцать два ребенка, и нянька уволилась. Я вчерась, когда их всех спать утолкала, окошко нараспашку открыла, думала, может, кто простынет и сегодня не явится. Куда там, к половине девятого всех приволокли.

Я припарковал машину у корпуса. Если у меня когда-нибудь и будут дети, что, право слово, сомнительно, ни за что не отдам их в муниципальные учреждения.

Пока Нюша носилась взад-вперед по протертому линолеуму, выясняя, в какую палату положили Анатолия, я спокойно сидел на колченогом стуле в коридоре с пухлой сумкой. Глаза изучали интерьер. В подобном месте я оказался впервые. Отец ложился всегда в Кремлевскую больницу, а Николетта, слава богу, не болеет. Да и знакомые мои лечились в каких-то приличных заведениях, эта же клиника, по крайней мере внешне, напоминала ожившую натуру из фильма ужасов. Стены коридора, где я тосковал в ожидании информации, были выкрашены жуткой темно-зеленой краской, двери палат, когда-то белые, теперь покрывали разводы и пятна, пол представлял опасность для ходьбы, потому что линолеум топорщился вверх клочками и лохмотьями. Запах тут стоял соответственный. К застарелому «букету» из ароматов лекарств и мочи примешивалось амбре[1] переваренной капусты и чего-то совсем тошнотворного.

Не успел я классифицировать вонь, как из-за угла показалась щуплая старушонка, толкавшая перед собой каталку, на которой вздрагивали три ведра с эмалированными крышками и огромный чайник.

— Эй, — завопила бабка, — вторая палата, жрать лежачим привезла, давайте миски! Сегодня щи, битки с гречей и кисель, объеденье прямо, ну, шевелитесь, команда инвалидская, мне за разнос к койкам не платят!

Продолжая визжать, она подняла крышку, и я чуть не скончался от вони. Интересно, сколько дней нужно проголодать, чтобы прикоснуться к подобному вареву.

— Ну, давайте, шевелитесь, уёбища, — вопила бабка, — до утра мне тута стоять? Не желаете, дальше покачу, пеняйте на себя, коли голодными останетесь.

---

[1] А м б р е — запах (*фр.*).

Голос ее, въедливый, влетал прямо в мозг. Бывает такой тембр, высокий, пронзительный, от которого у окружающих мигом начинается мигрень. Я хотел было встать и пересесть в другое место, но внезапно раздался другой крик, более низкого тона, совершенно отчаянный:

— Боженька мой! За что же, за что... Толенька, кровинушка, сыночка единственный, на кого же ты меня несчастную покинул, зачем бросил? Помогите, помогите...

Я вскочил и увидел Нюшу, несущуюся по коридору. Женщина бежала, странно растопырив руки, словно гигантская птица с переломанными крыльями. За ней шел мужчина в белом халате. Увидев меня, стоящего в растерянности за каталкой, она взывала еще громче:

— Господи, господи, господи...

— Что случилось? — в растерянности спросил я.

И тут Нюша, продолжая исходить воплем, рухнула на пол и забилась в корчах. Падая, она задела ногой каталку, та неожиданно поехала по коридору.

— Стой, куда! — бестолково завизжала старушонка.

Но каталка, естественно, не притормозила. Более того, набрав скорость, очевидно, коридор шел под уклон, она пронеслась без остановки до противоположного конца и с размаху стукнулась о стену. Одно из ведер, наполненное отвратительным супом, подскочило и свалилось на пол.

— ..., — заорала бабка, — вона чего приключилось!

— Вы ее родственник? — сухо поинтересовался доктор, наклоняясь над бьющейся в припадке теткой.

— Нет, просто знакомый.

— Это хорошо, — пробормотал врач и заорал: — Эй, Валентина!

Появилась медсестра.

— Слушаю, Михаил Иванович.

— Давай, введи ей...

Последовала тарабарщина.

Минут через пятнадцать я сидел в ординаторской. Михаил Иванович радушно предложил:

— Хотите чаю?

— Извините, вынужден отказаться, — покачал я головой, — что-то аппетита нет.

— Да уж, — хмыкнул эскулап, — чай не водка, много не выпьешь.

— Отчего он скончался?

— Передоз.

— Что? — не понял я.

— Передозировка героина, — пояснил нарколог, — обычное дело по нынешним временам, в нашем отделении каждый второй такой.

— Мать говорила, он вроде алкоголик.

— Ну и что? — совершенно не удивился нарколог. — Был пьянчуга, стал наркоманом.

— Но она уверяла, будто Толя прикладывался лишь к бутылке!

Михаил Иванович со вкусом хлебнул из кружки и пожал плечами.

— Вам это покажется странным, но близкие люди, как правило, узнают последними о пагубных привычках детей. Да у него на ногах живого места нет.

— На ногах?

— Ну да.

— Вроде обычно в руки колют.

Нарколог вытащил сигареты.

— Ну, «торчки» теперь хитрые пошли. Понимают, если, конечно, не совсем уж пропащие, что верхние конечности на самом виду, вот и хитрят, как могут. Кое-кто в ноги колется, кое-кто в пупок норовит.

— Значит, героин, — пробормотал я, — жаль парня!

Нарколог секунду помолчал, потом сказал:

— Наверное, я покажусь вам слишком жестоким, но поверьте, в данной ситуации повезло всем: и парню, и матери.

— Хорошо везение!

— Слава богу, что вы не знаете, какова жизнь несчастных, обитающих в одной квартире с наркозависимыми, — вздохнул Михаил, — а юноша все равно не жилец был, лучше уж сразу. Езжайте спокойно, мы его мать в терапию положим на время.

Я спустился во двор, сел в «Жигули» и поехал домой. Странно, ничего не делал, а словно мешки с мукой таскал. Хотя на самом деле я никогда, естественно, не работал грузчиком, но, думаю, именно так ощущает себя человек, разгрузив парочку вагонов.

Внезапно раздался противный писк. Мне не слишком нравятся мелодии, которые издают мобильные телефоны, хотя их создатели явно пытаются разнообразить музыку. Вчера, когда сидел у матушки в гостях, слышал, как сначала трубка Лёки заиграла Гимн СССР, а потом телефон Кисы начал исполнять «Боже, царя храни». Наверное, поэтому я настроил свой аппарат на самое простое «дзынь, дзынь».

— Вава, — послышался голос Николетты, — ты где?

— Еду по Ленинскому проспекту, а что?

— Когда наконец ты научишься не отвечать вопросом на вопрос, — вспылила Николетта, — отвратительная привычка! Ты помнишь, что сегодня у меня файф-о-клок?

— Забыл.

— Естественно, — фыркнула Николетта, — ровно в восемь изволь явиться как штык.

— Я бы с радостью, но сейчас Элеонора поручила мне одно страшно хлопотное дело, я все время занят, не уверен, что получится заехать!

— Только что с ней разговаривала, — отрезала матушка, — в половине восьмого ты будешь совершенно свободен. Кстати, купи коробку кураги в шоколаде. Обязательно!

— Хорошо! — ответил я и быстренько нажал на зеленую кнопочку, чтобы Николетта не успела еще чего-нибудь брякнуть. Но она, естественно, тут же перезвонила.

— Нас разъединили! Вава, милый, не успела сказать тебе «до свидания». Кстати, дорогой, вчера брюки на тебе выглядели мятыми, проследи сегодня за собой. И, умоляю, больше не пользуйся парфюмом «Фаренгейт».

— Почему?

— Меня от него тошнит.

— Хорошо, воспользуюсь другим одеколоном.

— Пожалуйста, прихвати свои стихи.

— Зачем?

— Почитаешь нам.

— Но...

— Не желаю ничего слышать, — рявкнула Николетта, и из трубки понеслись частые гудки.

Значит, надо купить курагу в шоколаде. Однако странно, до сих пор маменька отказывалась от всего, связанного с какао-бобами, справедливо полагая, что эти лакомства слишком калорийны.

На поиски абрикосов я затратил почти час. Как назло, везде имелся в полном ассортименте чернослив. Данный сухофрукт был представлен в шоколаде, как в белом, так и в черном, в йогурте, в желе, в кокосовой крошке, а кураги не наблюдалось. Пришлось ехать в фирменный магазин фабрики «Красный Октябрь». Наконец, постояв во всех пробках и измочалившись окончательно, я приобрел нужную коробку.

Нора встретила меня в холле и сурово буркнула:
— Все записал на диктофон?
— Конечно.
— Давай. Избавлю тебя сегодня от устной беседы.
Я удивился:
— Почему?
Хозяйка покатила к кабинету.

— Ты нужен мне живым, — бросила она на ходу, — а если учесть, что тебя сладострастно поджидают на чаепитии... — Она притормозила и, обернувшись, сказала: — Я думаю, тебе следует дать время на кратковременный отдых. Хороший хозяин бережет свою скотину, холит и лелеет, только тогда он получает от нее молоко и яйца. Поэтому можешь быть свободен до завтра, до восьми утра.

Вот всегда она так! Страшно боится показаться сентиментальной. Проявит заботу — и мигом скажет гадость. Первое время меня ее поведение жутко коробило, потом я понял, что под внешним хамством моя хозяйка прячет ранимую душу.

— Кстати, — продолжала Элеонора, — мне самой завтра придется уехать около семи, на телевидении буду выступать, в программе «Добрый день», позвали в качестве гостя, этакого экзотического фрукта. Хотят всем показать: глядите, инвалид, а голова на месте.

— Зря вы так!

— Ерунда, — хмыкнула Нора, — я согласилась только потому, что хочу всем сказать: «Ребята, если врачи пообещали, что вы обязательно помрете в ближайшее время, не верьте им! Не отчаивайтесь, боритесь! Никогда не сдавайтесь! Нет ног, есть руки, нет рук — есть голова».

Я смотрел на ее раскрасневшееся лицо и блестевшие глаза. Ей-богу, люди, подобные Норе, достойны не только уважения, но и искреннего восхищения. Уж не знаю, как бы я проявил себя, оказавшись спинальным больным. Вполне вероятно, что мог впасть в жесточайшую депрессию. Нет, у нее потрясающе сильный характер.

— Поэтому сейчас слушай, что будешь делать завтра, — велела Нора, — ну-ка зайди на секундочку в кабинет. Дам задание, и будешь свободен.

Я пошел за ней.

— На, — сказала Нора, протягивая мне пакет.

— Что это? — поинтересовался я, заглядывая внутрь.

— Дурацкий свитер, в котором была Рита в момент смерти, и ее фотография.

— Зачем?

— Ты найдешь ларек, где Маргоша приобрела кофту.

— Каким же образом я это сделаю?

— Просто, — пожала плечом Нора, — будешь ходить и спрашивать.

— Но, — попробовал я вразумить хозяйку, — это невозможно!

— Почему?

— Вы представляете, сколько в Москве торговых точек? Мне жизни не хватит обойти даже половину.

— У нас больше нет никаких ниточек, — тихо сказала Нора, — все погибли, вернее, всех убили.

— Кого?

— Настю Королеву, Наташу Потапову и этого, Анатолия.

— Ну ведь Настя утонула пьяная, Наташа погибла от тромба, Толя вколол себе слишком большую дозу героина...

— Ага, — кивнула Элеонора, — а Маргоша не воспользовалась подземным переходом и стала жертвой вульгарного дорожного происшествия. И тебе не кажется странным, что все, кто был в тот злосчастный день дома у Насти, умерли?

— Но их смерть выглядит естественной!

— Именно выглядит, — вскипела Нора, — причем только на первый взгляд, и то, если смотрящий — клинический идиот. Поэтому ты завтра с раннего утра начнешь обходить палатки. В приличные магазины не суйся, там такой дрянью не торгуют. В первую очередь прочеши подземный переход около нашей станции метро, затем возле Ритиного института, потом возле дома Насти. Думаю, на завтра хватит. Придумай версию, почему ищешь девушку, только не сболтни, что она умерла. Испугаются и ничего не скажут, ясно?

Я кивнул. Куда уж ясней! А еще понятно, что завтрашний день будет ужасным.

— Ладно, — смилостивилась Нора, — ступай, поешь спокойно, отдохни и не куксись.

Я не успел дойти до двери, как она произнесла:

— Ваня!

Я обернулся:

— Что?

— Никогда не сдавайся, — улыбнулась Нора, — слышишь, никогда! Даже если все обстоятельства, весь мир против тебя! Никогда не сдавайся!

## ГЛАВА 10

К Николетте я прибыл в полдевятого, за что мигом получил сердитое замечание:

— Ну сколько можно тебя ждать?

— Дорога как стекло, — попытался я оправдаться.

Но маменька разозлилась еще больше:

— Выехал бы пораньше и не опоздал бы! Вава, ты опять не погладил брюки!

— Забыл.

— Просто невозможно, — бубнила Николетта, — отвратительно. Конфеты купил?

— Вот, — протянул я ей коробку.

— Отдашь Люси.

— Кому?

— *Люси*, — повысила тон маменька, — скажи мне спасибо.

— За что?

— О боже, — взметнула Николетта ко лбу тонкие руки, — сейчас мигрень начнется! Затем, дурья башка, что ты должен за ней ухаживать, а она вчера обронила, что обожает курагу в шоколаде. Видишь, как здорово получилось, девушка случайно сказала о любимых конфетах, а ты сегодня явился с коробочкой под мышкой, очень элегантно. Уж поверь, женщинам такое внимание по душе.

— По-моему, ей следует избегать сладкого, — заметил я, причесываясь у зеркала.

— Не умничай, — покраснела Николетта и втолкнула меня в комнату.

Сегодня в двадцатиметровом пространстве клубилась целая толпа, поедавшая пирожные. Я скользнул взглядом по присутствующим. Хоть бы одно приятное лицо! Слава богу, возле буфета стоит Водовозов.

Перецеловав по дороге кучу надушенных дамских ручек, я добрался до профессора.

— Ваняша, — обрадовался тот, — заложник материнской любви. Пожинаешь плоды отцовского воспитания? Ей-богу, поверь старику, гаркни как-нибудь на Николетту громовым голосом, она мигом присмиреет.

— У меня не получается кричать, — улыбнулся я, — голос мигом срывается.

— Знаешь, дружок, ты копия Павла, — вздохнул профессор, — тот так же отвечал, и вот результат. Николетта...

— Что такое? — осведомилась маменька, появляясь около нас. — Ты опять мной недоволен? Что — Николетта?

— Лев Яковлевич хотел сказать, как ты сегодня прекрасно выглядишь. — Я решил прийти на помощь профессору.

— Как бы не так, — фыркнула маменька, — на коробку. Отдай немедленно Люси.

Понимая, что сопротивление бесполезно, я поискал глазами кандидатку в жены и, обнаружив девушку в самом углу, на софе, или, более правильно, козетке, двинулся к ней.

Козетка — это такая штука, вроде маломерного диванчика, куда с трудом могут втиснуться трое тощих или двое полных людей.

— Вы сегодня очаровательны, — улыбнулся я, — вот, держите.

— Что это? — спросила девушка.

— Ваши любимые конфеты, — пояснил я, — хотите, открою?

— Курага в шоколаде?

— Она самая.

— Ой, ни в коем случае!

— Почему?

— У меня аллергия на абрикосы.

— Да ну? — изумился я. — Не может быть. Вчера вы сказали, что обожаете сухофрукты в шоколаде.

— Только изюм и чернослив.

Вспомнив о том, как мне на каждом углу предлагали чернослив, я постарался скрыть усмешку. Значит, Николетта перепутала. Кажется, у О'Генри есть рассказ о человеке, который, выполняя прихоть молодой жены, всю ночь носился по городу, пытаясь купить ей персик. Естественно, этого фрукта нигде не было, и ему везде предлагали апельсины. Пережив кучу неприятностей, он таки принес желаемое и услышал из уст новобрачной:

— Фи, я же просила апельсин!

А может, рассказ написал Джек Лондон?

— Люси, — прочирикала подлетевшая Николетта, — что это у тебя? Ах, курага, как мило! Вот видишь, какой Вава внимательный кавалер. Давай откроем, полакомимся.

Не дожидаясь ответа, она мигом содрала хрусткую обертку и подсунула угощение Люси под нос. Девушка отшатнулась.

— Ой, не надо!

— Ешь, не стесняйся, — настаивала Николетта, выуживая конфетку, — м-м-м, как вкусно.

— У меня аллергия на курагу, — пробормотала Люси. — Иван перепутал, я обожаю чернослив.

Николетта на секунду замерла, потом с возмущением воскликнула:

— Ну, Вава, как можно! Не ожидала от тебя.

В этом вся Николетта, признать свою ошибку она никогда не может.

— Вам нравится детское прозвище? — тихо спросила девушка, когда моя маменька, оставив аромат французских духов, унеслась прочь.

— Я как-то не задумывался над этим вопросом, — покривил я душой.

— А я свое ненавидела, — призналась Люси.

— И как вас звали?

— Ужасно.

— Ну, пожалуйста, скажите.

— Кики.

— По-моему, очень мило!

— Омерзительно. Слава богу, моя мама перестала его употреблять.

— Как же вам удалось убедить маменьку забыть про Кики?

Неожиданно Люси рассмеялась:

— Она наняла домработницу, кстати, великолепную, просто никаких претензий. А у той имелся попугайчик, носивший кличку Кики. Пришлось маме прекратить звать меня так. Стоило ей крикнуть: «Кики!», как птичка мигом прилетала и весело чирикала. Мне просто повезло. Впрочем, советую вам завести собачку, дворняжку, какую пострашней, и наречь ее Вава. Думаю, Николетта мигом прикусит язык.

Я расхохотался. А она ничего, с чувством юмора. Жаль только, что я никогда не являлся поклонником толстых женщин, у меня физиологическое неприятие полноты. Все мои любовницы были в весе пера, и к тому же сейчас я ушел из «большого секса». Нет, только не подумайте, что у меня какие-то половые проблемы, просто с течением времени начинаешь понимать, что, кроме постели, в жизни существует много других приятных моментов.

Наверное, мне достался от природы не слишком мощный темперамент, а может, просто я принадлежу к той редкой, даже исключительной категории мужчин, которые смело признаются: дамский пол не является приоритетным среди их интересов. Мысль о женитьбе меня просто пугает. У меня сложился вполне определенный образ жизни, а супруга, скорее всего, потребует к себе внимания, не дай бог, появятся дети, а я не обладаю чадолюбием. Младенцы меня раздражают, подростки бесят. И потом, ну зачем заводить жену?

Ем я мало, к тому же сейчас полно полуфабрикатов. СВЧ-печка — и все проблемы! А убирать хоромы можно нанять тетку, которая все сделает быстро, а главное, молча. Радости семейной жизни... Что-то все приятели, едва столкнувшись с холостяком, начинают ему завидовать... Еще вспомните про стакан воды, который будут подавать умирающему... Мучиться всю жизнь для того, чтобы хлебнуть жидкости на пороге кончины? Но ведь неизвестно, захочется ли мне пить в данной ситуации. Представьте себе глубину разочарования мужика, который долгие годы терпел сварливую супругу, а у гробовой доски с тоской почувствовал полное отсутствие жажды?

Нет уж, мне очень хорошо с Элеонорой, бытовых

трудностей никаких, работа в благотворительном фонде интересная, не нравится мне только ее идея корчить из себя детектива Ниро Вульфа, но, думаю, эта придурь скоро пройдет. А если бес вступит мне в ребро, всегда можно найти временную любовницу. Одним словом, спаси нас господи от семейного уюта. Надеюсь, Николетта когда-нибудь отвяжется от меня.

Пока эти мысли вертелись в голове, я машинально болтал с Люси о последней премьере в Театре Луны, а глаза скользили по гостиной. Что-то матушка сегодня разошлась. Народу-то сколько! Хорошо, что файф-о-клок предполагает фуршет. У окна, там, где Тася разливала чай и кофе, толпилось особенно много народа. Вечер тек как всегда. Сначала гости, разбившись на группки, что-то обсуждали, потом часть из них затеяла игру в карты. Бридж и карелла — вот во что играют сейчас в московских салонах. Естественно, никакого покера, преферанса и тем более подкидного дурака, только бридж и карелла. Но бридж у них сегодня не составился. Николетта, правда, призывала всех начать именно эту игру, но нашлось только двое желающих, а для хорошей партии требуется по крайней мере четверо. Маменька хищным взглядом посмотрела в мою сторону, но я сделал вид, будто невероятно увлечен флиртом с Люси. Пару секунд Николетта колебалась, решая, что для нее важнее: игра в бридж или женитьба сына; потом приняла решение и велела:

— Тася, раскладывай стол для кареллы.

Играли, как всегда, на фанты. Первого проигравшего заставили целовать хрустальную подвеску на люстре. Второго попрыгать на одной ноге по всем комнатам, третий получил задание посложней. Ему пришлось, поставив на голову чашку с водой, обойти всех гостей, здороваясь с ними за руку. При этом учтите, что средний возраст присутствующих составляет в матушкином салоне шестьдесят пять лет. Из «молодежи» тут были только я и Люси. Но тяжелей всего пришлось Льву Яковлевичу: когда он оказался в проигрыше, Николетта взвизгнула:

— А тебе, Лева, принести мне розу желтую, с красной серединой! Ищи, где хочешь!

— Желание дамы — закон, — ответил профессор и ушел.

Картежники веселились, остальные гости болтали о ерунде, мы с Люси добрались до темы «Авангардное искусство». Вдруг девушка покраснела и тихо спросила:

— Простите, Ваня, я вижу, что совсем вам не нравлюсь.

— Ну что вы...

— Не надо, — отмахнулась Люси, — это очень хорошо.

— Почему?

— У меня есть любимый человек.

— Да? — удивился я. — Тогда почему Николетта усиленно пытается нас свести?

— Моя мама, — пояснила девушка, — очень хочет, чтобы я вышла замуж за мужчину из общества. У нас очень много денег, просто девать некуда, но мамусю не принимают там, куда ей страшно охота попасть, у Милосердовых, например.

Я кивнул, понятно. Кока Милосердова страшная снобка, и попасть к ней на суаре[1] — это значит прослыть светским человеком. Если вас встретили в салоне у Милосердовой, то мигом позовут и в другие места. Приятельствовать с Кокой — все равно что иметь своеобразный знак качества. Теперь понятно. Матушка Люси готова принести дочь в жертву амбициям. В качестве тещи сына Николетты Адилье она проникнет везде. Моя же маменька наконец вздох-

---

[1] С у а р е — вечер (фр.).

нет свободно, потому что перестанет бояться нищей старости. Мы же с Люси только пешки в этой игре. Ловко придумано.

— Мне никогда не разрешат выйти замуж за Севу, — тихо пояснила Люси, — только в одном случае можно выцарапать согласие у мамы.

— И в каком?

— Если я буду от него беременна.

— В чем же проблема? По-моему, это нетрудно.

Девушка вздохнула:

— Как раз наоборот. Меня никуда не отпускают одну, стерегут, как невесту в средневековой Испании. Езжу только на машине с шофером, дома телефон всегда подслушивают... Но с вами меня бы отпустили, в театр, например.

— Не понял, — пробормотал я, — вы хотите, чтобы...

— Ой, — покраснела Люси, — и что вам только в голову взбрело. Я прошу, чтобы вы сейчас сказали Николетте, что приглашаете меня, ну, например, в консерваторию. Естественно, та сообщит маме. Вы завтра заедете за мной, посадите в свою машину, и мы отправимся якобы на концерт. Только вы отвезете меня к Севе.

— Ага, — сообразил я, — а назад как?

— Ну, договоримся о встрече, и вы благополучно вернете меня домой.

Я призадумался.

— Пожалуйста, — шепнула Люси, и ее карие глаза начали медленно наливаться слезами, — помогите. Иначе мама выкрутит всем руки, и нас потащат в загс. Думаю, вам это нужно еще меньше, чем мне.

— Ладно, — согласился я, — попробуем.

— Спасибо, — обрадовалась Люси, — век не забуду услуги.

Следующие часы протекали в светской беседе. Словом, все шло как обычно. Небольшое оживление

вызвал Лев Яковлевич, появившийся с цветами, не с
одной розой, а с целым букетом из роскошных расте-
ний, желтых, с кроваво-красными серединками.

— Лева, — взвизгнула Николетта, принимая под-
ношение, — где нашел?

— У мужчин свои секреты, — усмехнулся Водовозов, — и к майонезу они не имеют никакого отношения.

Домой я попал около полуночи. Тихо, чтобы не
разбудить хозяйку, снял верхнюю одежду и пошел к
себе. Мое внимание привлек луч света, пробивав-
шийся из-под двери кабинета. Значит, Нора работает. Ничего странного в этом нет. Она частенько заси-
живается почти до утра, у Элеоноры бессонница.

Я постучал в дверь, а потом приоткрыл ее.

— Добрый вечер.

Хозяйка сидела спиной к двери. Мне ее поза показалась странной. Она полусвесилась из коляски на
левый бок.

— Нора, — испугался я, — вам плохо?

Быстрым шагом я обошел инвалидное кресло и
увидел, что моей работодательнице более чем не по
себе. Из приоткрытого рта стекала прозрачная струйка
слюны, глаза странно косили.

— Что? — окончательно перепугался я. — Что,
Нора!

— М-м-м-м, — еле выдавила из себя она, —
м-м-м-м.

Инсульт! Мигом вспотев, я ринулся к телефону и
вызвал врача, потом подлетел к Норе и осторожно
выпрямил скособоченное туловище.

— М-м-м, — стонала Нора.

— Пить?

— М-м-м.

Я сбегал на кухню и приволок минералку, но
Элеонора не сделала ни глотка.

— М-м-м.

— Что? Ну что? — засуетился я, ощущая полнейшую беспомощность. — Чем я могу помочь?

Внезапно мутный взгляд Элеоноры сфокусировался и устремился на письменный стол. Обрадованный, я схватил лист бумаги и ручку. Но правая рука отказывалась повиноваться хозяйке. К сожалению, я слишком хорошо разбираюсь в инсультах. У моего отца их было ровно шесть. Отсутствие речи его совершенно не пугало и, по-моему, даже радовало, потому что он наконец-то получил право со спокойной совестью не беседовать с маменькой, а писать он мог, правда, правая рука его вначале не очень хорошо слушалась, хоть и не отнялась, но была как чужая. Однако отец скоро нашел выход, начал тыкать пальцами в клавиши пишущей машинки. Все воспоминания молнией пронеслись в моем мозгу, и я подкатил Нору к клавиатуре компьютера.

— Вот.

Нора, кое-как подняв правую руку, начала нажимать на клавиши. По экрану побежали слова: «Найди убийцу Риты».

— Хорошо, хорошо, — постарался я успокоить Нору, — обязательно.

«Поклянись».

— Но...

«Поклянись».

— На чем?

«Возьми из шкафа Библию».

Я неверующий человек. К сожалению, мои родители были атеистами. Жаль, что с самого детства в мою голову не вложили мысль о существовании господа. Верующему человеку жить легче. Хотя лет пять тому назад я, поддавшись всеобщей моде, крестился. Как у всех людей, у меня в душе живет небольшой червячок сомнения. Создателя нет, мы всего лишь высокоразвитые животные... А вдруг? Поэтому сейчас брать в руки Библию мне совершенно не хотелось.

«Поклянись».

— Хорошо, — вздохнул я и произнес то, чего от меня ждали. — Обязательно найду убийцу Риты.

«Нет. Пусть я подохну, если нарушу обещание».

Сами понимаете, что отказать почти умирающему человеку нельзя. Я повторил фразу.

«Открой сейф».

Внутри железного ящика лежали тугие пачки денег.

«Бери сколько надо. Пока я не выздоровлю, ты хозяин в доме».

— Хорошо, — кивнул я.

И тут в квартиру ворвались врачи. Примерно через час Нору повезли в палату, я шел за каталкой, ощущая острое чувство жалости.

— Скажите, доктор, какой прогноз?

Врач покосился на закрытые глаза Элеоноры и тихо сказал:

— Может не выкарабкаться, возраст, состояние здоровья, в общем, понимаете, все в руках божьих.

Внезапно Нора распахнула веки:

— М-м-м.

Я наклонился к ней:

— Все в порядке, дорогая, едем в палату, вызвана лучшая медсестра, пост будет круглосуточным.

— М-м-м.

— Что?

Нора с видимым усилием подняла руку, сложила пальцы в фигу и ткнула этой «конструкцией» в доктора.

— Что с ней? — изумился врач.

Старательно скрывая усмешку, я ответил:

— Элеонора услышала ваш прогноз относительно своей судьбы и хочет сообщить вам: «Не дождетесь!»

Слабое подобие улыбки промелькнуло на лице больной.

— М-м-м.

— Еще, насколько понимаю, она говорит, что спляшет на ваших похоронах. Думаю, это правда. Никогда не сдавайся!

Обалдевший эскулап замолчал. Я положил руку на плечо Норы.

— Горжусь тобой. Ты — молодец!

Каталка исчезла за порогом, я пошел на выход. Надо же, впервые за долгие годы я обратился к своей хозяйке на «ты».

## ГЛАВА 11

На улице было холодно и малолюдно, что, учитывая поздний час, неудивительно. Я глянул на циферблат: два.

Дорога выглядела ужасающе, сплошной лед, припорошенный снежком. Соблюдая крайнюю осторожность, я полз по набережной. Ночью не езда, а пряник, никаких прыгающих под колеса пешеходов и пробок. Не успел я порадоваться ситуации на дороге, как невесть откуда появился огромный самосвал, груженный бетонными блоками. Махина неслась прямо на меня. Я вильнул в сторону, но «КамАЗ» проделал тот же маневр; понимая, что столкновение неминуемо, я нажал изо всех сил на тормоз. Господи, пронеси, выполню клятву, данную Элеоноре на Библии, займусь поисками, превращусь в Арчи и Ниро в одном флаконе, только отведи беду! «Жигули» развернуло боком, машина замерла. Я сидел с закрытыми глазами, ожидая удара, но было тихо. Я расцепил веки, увидел справа от себя нечто огромное, хотел присмотреться повнимательней, и тут раздалось оглушительное «бум». Несчастный «жигуленок» подскочил на месте. Я вжался в сиденье, ощущая себя мухой, плывущей на щепке через Атлантический океан. Потом вновь воцарилась тишина. Придя в себя, я через пассажирскую дверь вылез наружу и почувствовал дрожь в коленях. Оглушительно воя, примчались сразу две патрульные машины. Гибэдэдэшники распахнули дверь «КамАЗа» и выволокли наружу совершенно пьяного парня, тупо повторяющего:

— Ну... так... ну..!

Милиционеры ловко пристегнули его наручниками к грузовику. Потом один, самый молодой, повернулся ко мне:

— Повезло же тебе!

— Смерти избежал, — добавил другой, — в рубашке родился. Глянь, чего вышло-то! «КамАЗ» затормозил, и ты успел, вас развернуло и параллельно друг дружке поставило. Сколько служу, такое вижу впервые. Ровно стоите, словно рельсы, и плита не задела.

Я посмотрел на выпавшую из кузова бетонную конструкцию, валявшуюся на дороге. Тут только до меня дошла суть происходящего. Если бы машины не занесло и не развернуло параллельно друг другу, я бы уже лежал в черном пластиковом мешке, если бы «жигуленок» сдал чуть назад, ему на крышу упал бы бетонный блок, и я опять оказался бы в морге. Однако каким-то чудом мне повезло, и, что уж совсем удивительно, на автомобиле не было ни одной царапины.

— В рубашке родился, — повторял милиционер, — ты, парень, завтра в церковь ступай.

— Зачем? — клацал я зубами, ощущая нервную дрожь во всем теле.

— Свечки поставь.

— Неверующий я, к сожалению.

— Это тебе господь знак послал, — продолжал гибэдэдэшник, — по всем законам ты уже покойник, но беду отвел бог. Небось весть тебе подает.

— Какую? — совершенно обалдел я, наблюдая, как другие сотрудники милиции меряют тормозной путь.

— Вот уж этого не знаю, — развел руками собеседник, — видать, дела у тебя есть еще на этом свете неоконченные, если на земле оставили. Мой совет: сходи в церковь.

Я вспомнил клятву, данную на Библии, свою мольбу, только что в отчаянии вознесенную к небесам, и пробормотал:

— Кажется, мне придется работать Арчи у Ниро Вульфа.

— Кем? — не понял мент.

— Да так, — я пришел в себя окончательно, — болтаю от шока всякую ерунду.

— Ты еще молодец, — одобрил патрульный, — хорошо держишься, другой бы давно обосрался.

В десять утра я, вооруженный свитером и фотографией, начал обходить торговые точки. Так как в них сидят в основном женщины, я придумал красивую байку. Моя любимая девушка ушла из дома, не оставив адреса. Вот и показываю ее одежду и снимок людям, может, кто видел красавицу...

При более детальном рассмотрении версия не выдерживала никакой критики, но это было единственное, что пришло в мою, не склонную к фантазиям голову. Но продавщицы проникались трогательностью момента и старательно морщили лбы.

— Нет, не помним.

— А кофточку не у вас купили? — не успокаивался я.

— Нет, такими не торговали.

Так или примерно так отвечали везде. Устав,

словно ездовая собака, я около пяти вечера позвонил в квартиру Люси. Ее маменька, кокетливо велевшая: «Дружочек, зови меня просто Розой», — промурыжила меня почти час, выясняя всякие детали.

Сколько раз был женат? Имею ли детей? Много ли у меня родственников? Слыша каждый раз «нет», она становилась все любезней и любезней и в конце концов превратилась в халву, глазированную шоколадом.

Потом наконец-то появилась Люси, выглядевшая ужасно в ярко-красном платье с темно-синим поясом на том месте, где у некоторых людей бывает талия.

Маменька проводила нас до машины и даже помахала вслед рукой.

— Спасибо, — сказала Люси, когда фигура ее мамы пропала из виду.

— Куда теперь?

— Сиреневый бульвар, двадцать три.

Я покорно покатил в сторону Измайлова. У подъезда Люси попросила:

— Иван, концерт в консерватории заканчивается полдесятого. Не могли бы вы где-то в двадцать один сорок позвонить моей маме и сказать, что мы еще сходим в кафе?

— Вдруг она попросит вас?

— Сразу отсоединяйтесь, мать тогда наберет мой мобильный.

Вот оно, главное преимущество сотового, когда вам звонят на стационарный аппарат, всегда понятно, где вы находитесь. А на мобильный? Приходится спрашивать: «Ты где?» — и верить услышанной информации.

Договорившись о всех деталях и решив встретиться в пол-одиннадцатого возле метро «Первомайская», мы, довольные друг другом, разбежались в разные стороны. Вернее, страшно довольна была

Люси, я же, уставший и злой, обнаружил полное отсутствие сигарет, подъехал к метро «Измайловский парк» и пошел искать «Мальборо». В наземных киосках бело-красных пачек не нашлось, пришлось спускаться в переход. Точка, торгующая куревом, находилась между цветочной лавкой и магазинчиком, забитым тряпками. Все продавщицы стояли снаружи, весело болтая, покупателей не наблюдалось. Я вытащил пятьсот рублей.

— «Мальборо», красные, пожалуйста.

— Помельче не найдется? — недовольно спросила одна из девиц и двинулась к своему ларьку.

— Сейчас поищу, — ответил я и принялся рыться в портмоне. — Если мелочью?

— Однофигственно как, лишь бы без сдачи, — процедила торгашка, — железками даже лучше. Вон, говорят, у народа денег нет, а все с пятисотенными идут.

Я начал выуживать монетки, получил в обмен на них «Мальборо», пошел было к выходу, но тут вдруг сообразил, что стою ведь около метро «Измайловский парк», Рита часто ездила сюда к подругам, иногда мне приходилось забирать ее как раз возле этого перехода. Элеонора не разрешала Рите садиться за руль подшофе.

Не надеясь на успех, я вытащил из бумажника фотографию и показал одной из продавщиц.

— Простите, вы никогда не встречали эту девушку?

— Хорошенькая, — одобрила девица, решившая на всякий случай пококетничать с незнакомым мужчиной.

— Можно гляну? — поинтересовалась другая девчонка, из цветочной палатки.

— Пожалуйста, — ответил я, закуривая, — любуйтесь сколько угодно.

— Что-то мне ее личность знакома, — пробормотала газетчица, — где-то ее видала...

— Да? — заинтересовался я. — Где? Не припомните?

— Дайте посмотреть, — попросила цветочница, — ну девки, вы совсем беспамятные! Это же та дура, что у Ленки кофту купила, а потом у меня вазон опрокинула.

— А и верно, — воскликнула Лена, — она! Еще двадцать рублей обещала принести, не хватило у ней!

— У Риты не хватило денег? — удивился я.

— Ага, — кивнула продавщица, — вытаскивала, вытаскивала из карманов, всю ерунду вытряхнула...

Я почувствовал себя охотничьей собакой, почуявшей след зайца.

— Будьте любезны, расскажите поподробней.

— А зачем? — спросила Лена. — И чего мне за это будет?

И тут я, неожиданно для самого себя, сделал невероятную вещь: взял красную, покрытую цыпками ладошку Лены, поднес к губам и сказал так, как говорю дамам из моего круга:

— Вы очень меня обяжете, если все расскажете. Эта девушка моя несчастная любовь. Сбежала из дома, оставив меня, и теперь я хожу в полной тоске, ищу ее. Но я никогда предположить не мог, что обнаружу ее в этом районе. Пожалуйста, припомните все обстоятельства вашей встречи.

Лена стала пунцовой, ее товарки замерли с раскрытыми ртами, потом та, что продавала цветы, вздохнула:

— Встречаются же такие мужчины! А мне отчего-то постоянно пиздюки попадаются.

Потом она ринулась в ларек, вытащила оттуда ободранную табуретку, накрыла ее газеткой и сказала:

— Да вы садитесь, мы ща все припомним, правда, Ленк?

Лена кивнула и завела рассказ.

Эта встрепанная девчонка подлетела к ее торговой точке и сразу закричала:

— Голубой свитер есть?

Лена слегка удивилась. Обычно покупательницы долго разглядывают витрины и только потом наклоняются к окошку. Эта же нервно повторила:

— Ну? Есть голубой свитер или нет?

Лена выложила на прилавок товар на выбор.

— Нет, — покачала головой девчонка, — воротник чтобы большой такой, толстый, рукава клешеные.

— Такой?

— Нет, — вновь осталась недовольна странная покупательница.

В конце концов она таки выбрала, правда, пробормотав:

— Вязка не та, да и хрен с ней!

— Подождите минуточку, — попросил я и рысью понесся в машину.

Через пару минут Лена, держа в руке свитер, воскликнула:

— Он!

— Точно знаете?

Продавщица ухмыльнулась:

— А то! Вот видите, на воротничке написано «Саш».

— Ну и что?

— «Саш» дорогая фирма, — хмыкнула девушка, — у них в магазине такой прикид тысячи на полторы потянет, если не больше... А мы за четыреста рублей продаем!

— Зачем же торгуете себе в убыток?

Торговки дружно рассмеялись, потом Лена пояснила:

— Наш хозяин надомниц держит, те кофты вяжут, потом ярлык фирменный пришивают — и ко мне, на продажу. Издали очень хорошую вещь напоминает, но вблизи, конечно, сразу понятно, что к чему... И стирать ее не рекомендую, мигом полиняет и сядет. Покупателям, естественно, об этом не рассказываю.

— Вас не удивило, что роскошно одетая девочка, в норковой шубке, решила приобрести такую дрянь? — решил уточнить я.

Лена выпучила глаза:

— Она? Да вы че? В китайскую куртку была замотана, на рыбьем меху, вон, как у них.

И продавщица ткнула пальцем в стайку длинноногих девчонок, явно студенток, куривших у входа в метро. Я окинул взглядом верхнюю одежду красавиц, пошитую, похоже, из клеенки, и удивился безмерно. Насколько я знаю Риту, она даже щипцами не прикоснется к этому «шику».

— Вы ничего не путаете?

— Нет, скажи, Тань, — повернулась Лена к цветочнице.

Татьяна кивнула головой:

— Точь-в-точь такая куртенка, модно, но холодно!

— Я ей стоимость сообщила, — подхватила Лена, — а она вытащила три сотни, одну бумажку в пятьдесят и поет: больше нет.

— А вы?

— Чего я, — пожала плечами продавщица, — цену хозяин назначает, я от себя чуть-чуть накидываю.

Вот Лена и ответила покупательнице:

— Не пойдет, тут не рынок, подземный переход, приличное место, хочешь торговаться, ступай в Черкизово, а у нас твердые цены.

— Мне очень, просто очень надо, — затараторила девчонка, вцепившись в вещь.

— Купи вон ту, — предложила Лена красную кофту, — всего триста, еще пятьдесят останется!

— Эту надо, ну, пожалуйста, уступи.

— Иди на хрен, — обозлилась продавщица, — кончай ныть. Сказано: нет, значит, нет.

И она попыталась выдернуть свитер из рук девицы, но та вцепилась в шмотку мертвой хваткой.

— Погоди, сейчас.

Покупательница стала шарить по карманам. Нашла две мятые, грязные десятки, затем высыпала гору мелочи. Железок оказалось еще на червонец.

— Вот, бери, — пробормотала она, пододвигая груду к Лене.

— Тут двадцати рублей не хватает.

— Ну, пожалуйста, занесу.

— Когда?

— Завтра.

— Оставь залог, — настаивала Лена, хорошо знавшая, что верить людям нельзя, мигом надуют, а ей потом доплачивать из своего кармана.

Девчонка уставилась на продавщицу.

— Ну где я тебе его возьму?

— Сережки оставь!

— Нашлась деловая колбаса! Они дороже всей кофты стоят!

— Тогда уходи, — обозлилась Лена, — вали отсюда!

— Ну ладно, ладно, не злись, — пробормотала девчонка, — возьми.

— Это что?

— Книга, не видишь разве, — ответила взбалмошная покупательница.

— На фига она мне? — удивилась Лена и прочитала: «Учебник по биологии».

— Тебе и вправду незачем, — покачала головой девушка, — вот, видишь штамп?

— Ну?

— В училище я взяла, в библиотеке. Завтра принесу двадцатку и выкуплю книжку. Если я ее на абонемент не верну, меня к сессии не допустят! Неприятностей целая куча. Не волнуйся, завтра же заберу.

Лена тяжело вздохнула. Девица выглядела совершенно безумной. Глаза у нее бегали из стороны в сторону, руки мелко-мелко подрагивали, голос иногда предательски срывался. Покупательница загораживала собой полностью окошко, за ее спиной маячили две хорошо одетые женщины. Одну из них Лена знала. Тетка лет пятидесяти, приобретающая два раза в месяц, очевидно, в день получки, бесконечные свитера и юбки. Наглая девчонка мешала бизнесу, к тому же двадцать рублей — это как раз та сумма, которую Лена добавляет «для себя»... В общем, торговка со вздохом сказала:

— Ладно, но завтра принеси деньги, и пакетик не дам, он платный.

— Да насрать на упаковку, — взвыла от радости девица и понеслась к выходу.

Очевидно, она боялась, что Лена передумает, поэтому побежала со всех ног и через секунду налетела на одну из пластиковых емкостей, набитую розами.

— Вот шалава, — влезла Таня, — у меня вода разлилась, цветы рассыпались, вон те, желтые, с красными серединками. Одна сломалась, между прочим, восемьдесят рублей штучка! Ну, думаю, погоди, падла, придешь завтра за учебником, я с тебя денежки стребую. Мне по полтиннику всего в день платят! А она не пришла.

— Ага, — подтвердила Лена, — обманула, небось не ее книжечка.

— Спасибо, — поблагодарил я, вставая.

— Не за что, — хором ответили девушки.

Я прошел по переходу до конца, нашел ларек с конфетами, купил два набора «Моцарт», которые больше всего любит Николетта, и вернулся опять в переход.

Девушки вновь курили.

— Это вам, — протянул я одну коробку Лене.

— Вы что? — отпрянула та. — Зачем?

— За рассказ и вот еще двадцать рублей, которые осталась должна Рита. А это, Танечка, и вам сто целковых.

— Не надо, — замахала девушка руками, — ерунда, я цветок подрезала и продала.

— Возьмите, пожалуйста, а мне отдайте, если можно, этот учебник по биологии.

— Берите, конечно! — воскликнула Лена.

Я положил небольшую книжечку в карман и пошел к машине.

— Эй, погодите! — раздался крик.

Я обернулся, ко мне бежала Лена.

— Что случилось?

Девушка остановилась, перевела дыхание и тихо спросила:

— Вы эту девчонку очень любите?

Я кивнул.

— Почему вы спрашиваете?

Леночка стала свекольно-бордовой.

— Мне никто до вас руку не целовал.

Я улыбнулся:

— Вы молоды и прекрасны, все еще впереди.

— Ну, в общем, я хотела сказать, ежели она вам вдруг разонравится, то приезжайте ко мне, я свободна. Впрочем, — быстро добавила она, — если совсем вам не нравлюсь, то у Тани тоже никого нет. Вы не смотрите, что она тут торгует, у ней образование есть, десятилетка.

Я посмотрел в ее по-детски пухлое личико и заверил:

— Обязательно. Если поругаюсь с Ритой, приду к вам.

## ГЛАВА 12

В машине я дотошно изучил добычу. Это оказался не учебник, а карманный справочник для изучающих биологию. Маленькая книжка, так называемый покет, страшно удобная вещь для чтения в метро и незаменимая из-за своей компактности вещь на контрольной. На первой странице был приклеен кармашек и стоял штамп, бледный, светло-фиолетовый, еле читаемый, но все же различимый: «Медицинское училище № 92».

Я сунул книжонку в «бардачок» и покатил к метро «Первомайская», где следовало взять Люси. Я всегда являюсь раньше намеченного срока. А все из-за того, что отец говорил:

— Помни, Ваняша, точность — это лишний повод дать человеку понять, как ты к нему относишься. Опаздывать нельзя никогда и никому!

— Даже царю? — один раз поинтересовался я.

— Точность — вежливость королей, — спокойно ответил папа, — правитель не станет унижать своих подданных ожиданием, если только не хочет их наказать. Человек благородных кровей и хорошего воспитания придет навстречу заблаговременно, исключая визит в гости, вот здесь следует припоздниться примерно на полчаса. Назначено к семи — явись к половине восьмого.

— Почему? — удивлялся я.

— Так принято в свете, — ответил отец.

Долгие годы эта фраза служила для меня знаком окончания разговора. «Так принято в свете». Почему надо вставать с места, когда входят женщины и люди старше тебя по возрасту? Отчего следует всем улыбаться? Зачем говорить комплименты? Зачем целовать руки дамам? На все эти вопросы звучал один ответ — так принято в свете.

— Понимаешь, Ваняша, — один раз разоткровенничался отец, — людей благородной крови осталось мало, почти всех истребили. Тоненькая-тоненькая прослоечка, ничтожная среди пластов плебса и хамства. Мы не можем себе позволить поведения быдла.

Я не спорил, я всегда слушался отца.

Но, очевидно, Люси тоже вдолбили в голову, что опаздывать стыдно, потому что, когда я за десять минут до урочного времени прибыл к месту встречи, она уже ходила перед зданием метро, одетая в шикарную соболиную шубу и казавшаяся от этого еще толще. Рядом с ней семенил щуплый подросток, по виду лет тринадцати.

Я открыл дверцу и крикнул:

— Люси!

Девушка подошла к машине, нырнула внутрь, подросток за ней.

— Спасибо, Ваня, — сказала Люси, — знакомься, это Сева.

В полном изумлении я уставился на паренька и тут же понял, что вижу перед собой взрослого мужчину, лет тридцати пяти, не меньше, с желчно сжатыми губами и морщинистым личиком вечно недовольного человека.

— Добрый вечер, — неожиданно сочным басом заявила плюгавая личность.

Две-три минуты мы поговорили о погоде и плохой дороге, потом влюбленная парочка обменялась поцелуем, и Сева исчез в пурге. Я осторожно поехал по дороге. После того как ночью чуть не лишился жизни, я стал проявлять повышенную осторожность на шоссе.

Сначала мы молчали. Потом Люси с жаром спросила:

— Он вам понравился?

— Кто?

— Сева, конечно.

— Приятный молодой человек.

— Ему тридцать девять лет!

Надо же! А смахивает на тринадцатилетнего! Но вслух я, естественно, произнес совсем другое:

— Он великолепно выглядит. Если не секрет, где работает ваш избранник?

— Севочка великий писатель, — гордо заявила Люси.

Я чуть не въехал в угол дома.

— Кто?

— Великий писатель, — повторила Люси, — невероятно талантливый.

— Что он написал?

— Сева трудится над эпохальным романом. Эпическое полотно рисует картину современной жизни и философского осмысления событий, — сказала Люси явно чужую фразу.

Я хмыкнул:

— И давно он ваяет сие произведение?

— Уже семь лет, — пояснила Люси, — но, когда закончит, поверьте, вещь произведет фурор, Сева получит Нобелевскую премию.

— Что-то больно долго он ее создает, — осторожно заметил я.

— Ну, Лев Толстой тоже не за три дня «Войну и мир» писал, — улыбнулась Люси, — и потом, у него была жена, Софья Андреевна, а Севочка один. Вернее, живет с мамой.

Я включил «дворники». Резиновые щетки с шуршанием побежали по ветровому стеклу. Насколько я знаю, у графа Толстого были большие сложности в семейной жизни. Дневники Софьи Андреевны, кстати, опубликованные только недавно, рассказывают о том, как мучилась графиня с мужем. Она не хотела спать с ним в одной комнате, не желала рожать детей и тяготилась ролью переписчицы рукописей. Лев Николаевич обладал завидной потенцией и без конца делал детей не только законной жене, но и служанкам. А переписывать «Войну и мир» литератор заставил супругу то ли десять, то ли двенадцать раз. Под конец жизни он вообще ушел из дома, покинул Ясную Поляну и умер на железнодорожной станции Астапово, не захотев обнять жену и детей.

Но Люси была уверена в обратном.

— Севушке только нужно создать необходимые условия. Около него должна жить самоотверженная женщина, готовая пожертвовать собой ради любимого.

Я молча вырулил на Кутузовский проспект. В каждой российской даме живет жена декабриста. Пешком за супругом в Сибирь, желательно, босиком по снегу, голодая в пути. И тогда она будет совершенно счастлива. Чем гаже парень, чем он противней, тем больше нравится представительницам прекрасного пола. Такой вот парадокс. Наши соотечественницы любят убогих, инвалидов, пьяниц. Вот и Люси взахлеб вещает о мужике, на которого даже плюнуть не хочется. Неожиданно меня охватила злость.

— А на какие доходы он существует, где служит?

Люси захлопнула рот, потом неуверенно ответила:

— У него мама есть, учительница.

— Понятно, — буркнул я и припарковался возле громадного здания.

Все ясно. Пока у «гения» была в наличии матушка, готовая на горбу тащить сына, а теперь, когда она скорей всего подустала, появилась Люси, способная взять на себя бремя материальных забот. Черт возьми, не думал, что Сева такой отвратительный. Может, зря я согласился на просьбу Люси. Но потом мой взгляд упал на ее тумбообразную фигуру, замотанную в соболя. Господи, ну кому такая может понравиться, даже если учесть, что в кармане у нее миллионы.

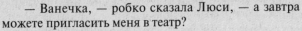
— Ванечка, — робко сказала Люси, — а завтра можете пригласить меня в театр?

Я покачал головой:

— Увы, я занят.

— Тогда в четверг, — не успокаивалась спутница.

— Ладно, — согласился я, кляня себя за мягкосердие.

Через десять минут я принимал из рук Розы, матери Люси, чашку с чаем. Беглый взгляд на их гостиную мигом раскрывал состояние и положение хозяев. Богатые, но не светские. Скорей всего, нажили капитал на торговле и совсем не книгами, а, например, куриными лапами или свиными копытами. Все тут выглядело, как говорит Николеттина домработница Тася, «богато». Бронзовая люстра, весящая, наверное, пуда два, с ужасающими хрустальными подвесками, лакированная, скорей всего немыслимо дорогая мебель, красный кожаный диван и такие же кресла. Зайди Николетта в такую квартиру, она бы потом на улице скривила носик и заявила:

— Фу, какая вульгарщина!

А это, господа, самое страшное обвинение в устах светской особы. Можно быть бедным, не беда, в конце концов, позволительно выглядеть немного смешным и неуклюжим, но вульгарным никогда.

Роза подвинула мне чашку из сервиза «Мадонна». Перламутровый фон и картинка из жизни крестьян восемнадцатого века. Пастушок играет на свирели, пастушка внимает ему, оттопырив ножку. Варварское великолепие. С Николеттой бы приключились корчи при взгляде на эту посуду.

— Ну, повеселились? — поинтересовалась Роза. — Что слушали?

— Баха, — сказала Люси.

— Моцарта, — одновременно выпалил я и растерялся.

Надо же, как глупо, мы не обговорили программу. Но Люси мигом нашлась:

— Да, а во втором отделении давали «Маленькую ночную серенаду». Восхитительно.

— Потрясающе, — добавил я, — волшебное произведение.

— Мне больше по душе Гендель, — заявила Люси.

— Дорогая, у вас безупречный вкус.

— Ах, так хочется теперь побывать в опере, — сказала Люси и быстро глянула на меня.

— За чем же дело стало, милая? — подхватил я. — Завтра, к сожалению, я занят, а вот через день с огромным удовольствием повезу вас в Большой.

— Спасибо, — потупилась лгунья, — если это вас не обременит.

— Для меня только радость сопровождать вас, — пел я.

Посидев с полчаса, я откланялся.

— Люси, проводи Ивана, — улыбнулась Роза и подмигнула мне, — не пойду в прихожую.

Я натянул пальто. Внезапно спутница поднялась на цыпочки и поцеловала меня в щеку.

— Спасибо, Ванечка.

— Пожалуйста, Люси, — в тон ей ответил я и ушел, ощущая на коже легкое покалывание.

Девушке надо удалить усики над губой, сбрить или воспользоваться специальным кремом.

На следующий день утром, около одиннадцати, я подрулил к медучилищу номер девяносто два. В здании шли занятия, и в коридорах не было ни одного человека. Я пошатался по рассохшемуся паркету и нашел то, что искал, дверь с табличкой «Библиотека».

В тесно заставленной стеллажами комнате пахло пылью и старыми книгами. Я вдохнул знакомый аромат и неожиданно ощутил прилив сил. Такой запах стоял у отца в кабинете. Он хранил газетные подшивки и не разрешал домработнице орудовать в этой комнате пылесосом и тряпкой.

За шкафами у окна обнаружился стол, за которым читала журнал женщина без возраста. Взглянешь слева — тридцать, посмотришь справа — шестьдесят. Дама оторвала от страницы слегка выпуклые глаза и спросила:

— Вы ко мне?

Я вытащил из кармана книжечку и улыбнулся:

— Простите, что побеспокоил, это ваша?

Библиотекарша открыла издание.

— Да, хотите сдать? Вы от кого?

— Извините, я не знаю.

— Как это? — удивилась дама.

В ту же секунду из-за шкафов вынырнула девчонка, одетая, несмотря на мороз, в коротенькую юбчонку, сшитую, похоже, из полотенца, и обтягивающую футболочку.

— Рената Николаевна, — заорала она, — дайте!..

— Виноградова, — сурово прервала ее библиотекарь, — во-первых, влетая сюда, следует сказать: «Здравствуйте», во-вторых, я занята, в-третьих, книгохранилище открывается только в час дня. Я доходчиво объяснила?

Девица захлопнула ярко накрашенный ротик и кивнула, продолжая стоять на месте.

— Иди на занятия, — велела Рената Николаевна.

Виноградова резко повернулась и убежала.

— А где «до свиданья»? — крикнула дама.

Но в ответ раздался только стук захлопнувшейся двери.

— Вот видите, — со вздохом сказала Рената Николаевна, — набрали бог знает кого, и приходится их всему учить. Не поверите, педагоги просто стонут, ведь медсестер выпускаем, а девочки носовыми платками не пользуются, рук после туалета не моют. И где же вы взяли эту книжечку?

Я улыбнулся.

— Представляете, заехал пообедать в «Макдоналдс», сел за столик, вижу — лежит. Открыл — и понял, что из библиотеки. Я сам, знаете ли, преподаватель и понимаю, как нужны учебники...

Самое интересное, что вру я теперь совершенно свободно. Вчера абсолютно спокойно разыграл с Люси сцену «Поход в консерваторию», сегодня, пожалуйста, прикинулся учителем.

— Специально приехали, чтобы отдать найденную книжку, — всплеснула руками Рената Николаевна. — Вы не представляете, как я вам благодарна. Сами знаете, сколько денег сейчас выделяют на покупку учебной литературы, слезы просто, а эти девчонки без конца теряют или вот что делают!

Библиотекарь схватила со стола книжку и раскрыла. Я увидел изрезанные страницы.

— Лень им шпаргалки писать, — возмущалась женщина, — берут ножницы — и чик-чик, готово. Варвары! Исключать таких надо, а у нашей директрисы только одно заявление: деньги заплатили, теперь вы их учите. Но нельзя же все рублями мерить!

Я только-только хотел поинтересоваться, как зовут девочку, которая брала пособие по биологии, как Рената Николаевна воскликнула, порывшись в картотеке:

— Вот Нестерова ваша!

— Кто?

— Ну Евгения Нестерова из третьей группы, та, которая эту книгу в «Макдоналдсе» оставила, ведь уже не первую теряет. Я директрису прямо умоляла: не допускайте ее к сессии, пока с библиотекой не рассчитается. И что?

Я изобразил на лице пристальное внимание.

— Ну?

— А, — отмахнулась Рената Николаевна, — все впустую, вот результат.

Я послушал еще пару минут ее стоны, потом церемонно откланялся и пошел искать безалаберную Евгению Нестерову из третьей группы.

Девчонка курила на втором этаже возле двери с табличкой «Кабинет анатомии».

— Вы Нестерова, — строго спросил я, оглядывая небесное создание с головой, выкрашенной во все цвета радуги.

— А че? — поинтересовалась будущая медсестра.

— Так вы или нет?

— Ну и че?

— Вы Евгения?

— Тьфу, че примотались, говорю же, я.

По-моему, эту фразу она произнесла первый раз. Вытащив из кармана фото Риты, я сунул его Жене под нос.

— Вам знакомо это лицо?

— А че?

— Так знакомо или нет?

— Ну че?

— Послушайте, ответьте нормально. Знаете девушку, изображенную на фотографии?

— Ясное дело.

— Да или нет?! — вскипел я.

— А че?

Впервые за долгие годы мне захотелось стукнуть по голове представительницу прекрасного пола. Последний раз подобное желание возникло у меня в первом классе, когда противная соседка по парте отняла у меня ластик, украшенный переводной картинкой. Помнится, я дал ей по макушке учебником, за что был сурово наказан отцом.

— Запомни, Иван, — произнес папенька, лишая меня пирожных, — женщин нельзя никогда бить, ни в коем случае.

В дальнейшем я всегда придерживался этой

точки зрения. И вот, пожалуйста, сейчас руки просто чешутся.

— А че? — повторила Женя.

— Ниче, — рявкнул я, — милиция, отвечать быстро, смотреть в лицо, а то арестую!

Однако моя злобная фраза не произвела никакого впечатления на Нестерову. Та прищурила слишком густо намазанные глазки и протянула:

— Ну, блин, и тарарам.

Я ощутил полнейшее бессилие. Способны ли договориться собака с кошкой, даже если обе проявляют редкостное дружелюбие при встрече? Одна станет лаять, другая мяукать. Евгения не воспринимает нормальную человеческую речь. Сейчас вообще очень странно разговаривают, именно поэтому я не люблю смотреть телевизор, просто никогда не понимаю, что же хотел сказать ведущий?

Пару недель назад к маменьке в салон на очередной журфикс забрел Леня Черепанов, журналист из газеты, он смешил присутствующих детскими стишками, переделанными на современный лад. Всем известное, каноническое стихотворение про Таню, которая рыдает, глядя на плавающий в реке мяч, ну помните...

> Наша Таня громко плачет,
> Уронила в речку мячик.
> Тише, Танечка, не плачь.
> Не утонет в речке мяч...

Так вот, эти строки в вольном переложении Лени звучали следующим образом:

> Наша Таня, типа, плачет,
> Уронила, типа, мячик.
> Нет бы ей прикинуть, дуре,
> Не утонет он, в натуре.

Вот Леня бы договорился с Евгенией мигом, он умеет болтать на современном суахили. Хотя...

Внезапно я рассердился на себя. Неужели у меня

самого не получится? В конце концов, во мне ровно половина от Николетты, и я ей никогда не разрешал поднимать голову, а если попробовать? Должны же у меня присутствовать актерские задатки? Вспомнив Черепанова, я скривил рот набок, шмыгнул носом и, противно акая, протянул:

— Ты это, типа, заканчивай ваньку валять. Знакома с девкой или нет? Давай, выкладывай живо, а то ведь и в глаз получить можешь.

— Так я знаю, — ответила Женя, услыхавшая родные звуки, — это Катька Кисина.

— Кто? — изумился я.

— А че?

— Ниче! Катя Кисина? Ничего не путаешь?

— Не.

— Где живет?

— Кто?

— Катя, — стараясь сохранить спокойствие, повторил я.

— Ну хрен ее знает.

Чувствуя, что сейчас потеряю контроль над собой, я рявкнул:

— Блин, живо говори, откуда знаешь девчонку?

— Че орешь-то? — весьма мирно ответила Нестерова. — Визжишь, как потерпевший. Давай подымим спокойно. Ща расскажу, ничего тут и нет.

## ГЛАВА 13

Закурив, она стала неторопливо излагать события. Женечка живет возле метро «Первомайская» в большой блочной башне, построенной в конце шестидесятых годов. Дом их ведомственный, здание возводил завод точных приборов, и квартиры тут получили в основном сотрудники предприятия. Одним словом, все друг друга знают, а народившиеся дети ходили скопом в школу, стоявшую во дворе. Нестеровы живут на седьмом этаже, выше, на восьмом, обитают Кругловы. Их сын Паша — бывший одноклассник Жени, дружат они до сих пор.

Я терпеливо ждал, пока девчонка, вывалив кучу ненужных подробностей, доберется до сути дела. Примерно неделю назад Женя, столкнувшись с Пашкой в лифте, спросила:

— Слышь, Павлуха, никому из твоих баб куртка не нужна?

— Какая? — вяло поинтересовался парень.

— Да эта, — показала девушка на свою одежду.

— Чего сама носить не хочешь?

— Маловата чуть-чуть.

— Зачем брала?

— Так за полцены предложили, вот и пожадничала, отдам за те же деньги.

— Лады, — ответил Пашка, — поспрашиваю.

Вечером того же дня он пришел к Жене вместе с девчонкой и сказал:

— Во, Катька Кисина, ей куртенка требуется, и цена устраивает.

Радостная Женечка мигом схватила с вешалки ненужную вещь. Катя нацепила обновку, покрутилась перед зеркалом и пришла в полный восторг:

— Клево, супер. Прямо на меня!

Торговую сделку осуществили в прихожей, обрадованная Женя схватила деньги. Про тоненькую книжонку, лежащую в кармане, она напрочь забыла. Катя тоже оказалась невнимательной и ничего не заметила.

— Давай адрес! — велел я.

— Чей?

— Павла Круглова.

— Говорю же, в одном доме со мной живет, на этаж выше...

— Послушай, — взревел я, — ну-ка припомни, сколько раз я к тебе в гости приходил? Говори адрес.

— Больно вы, менты, грубые, — протянула Женя, — и вообще...

— Что?

— Не слишком на легаша похожи.

— Почему?

— Костюмчик, рубашечка, галстук... Да еще пальто!

— По-твоему, сотрудники органов должны ходить голыми?

— Нет, — захихикала Женя, — только все, кого я до сих пор видела, в джинсах и куртках шлялись, слишком уж вы шикарны.

— В следующий раз, чтобы сделать тебе приятное, замотаюсь в рванину, — пообещал я. — Адрес!!!

Спустя десять минут, почти насквозь мокрый от пота, я спустился к машине. Если Николетта испытывала на сцене такие же муки, прикидываясь бедной служанкой или невинной девушкой, на нее, ей-богу, нельзя сердиться за припадки гнева, потому что у меня у самого сейчас от злобы трясутся руки и очень хочется почистить зубы после «милой болтовни».

С трудом попадая ключом в скважину, я принялся отпирать автомобиль. По тротуару тек людской поток. Из общей массы выделились два мужика примерно моих лет. Один сердито сказал другому:

— Слышь, Колян, одень на х... шапку, а то уши отморозишь, холодина какая!

Внезапно злость улетучилась, и я чуть было не расхохотался в голос. Нет, вы вдумайтесь, какая гениальная фраза! «Одень на х... шапку, а то уши отморозишь». Теперь представьте, что вам нужно перевести сие высказывание на иностранный язык. Подумайте, сколько сил вы потратите, объясняя немцу, англичанину или французу, зачем натягивать головной убор на причинное место, и уж совсем непонятно, откуда там взялись уши.

К «Первомайской» я подъехал около двух. Право слово, все чаще кажется, что передвигаться по городу удобнее на метро, по крайней мере, там нет пробок. Зато взрываются бомбы на станциях!

Дверь нужной квартиры распахнулась сразу.

— Вам чего? — спросил парень лет двадцати.

— Вы Павел?

— Нет, Константин.

— Простите, где можно найти Павла Круглова?

— Ясное дело, на работе.

— Адресок не подскажете?

— Зачем вам? — набычился Костя.

— Ну, в общем, знакомые посоветовали обратиться, — стал я выкручиваться, — сказали, он хороший специалист, а мне срочно надо...

На этой фазе язык замер. Что мне надо? Ведь я не имею малейшего понятия, кем работает Павел. Предположим, скажу, что хочу настроить рояль, а парень слесарь. Представляю, как отреагирует этот малопривлекательный Костя.

Но шкафоподобный юноша неожиданно приветливо улыбнулся, обнажив крепкие белые зубы.

— А, ясненько. Фотки заказать хотите. Пашка — мастер, расстарается, останетесь довольны.

— Да-да, — подхватил я, — именно фото. Только, видимо, мои приятели перепутали и дали домашний адрес.

— Нет, — усмехнулся Костя, — все правильно, у него в подвале мастерская. Ехайте на первый этаж, у лифта лесенка вниз пойдет.

Обрадованный столь простым решением проблемы, я добрался до нужного помещения и уставился на объявление: «Фотосалон. Режим работы: ежедневно с 10.00 до 17.00, кроме понедельника и четверга. Вторник, среда — работа по записи. Пятница —

санитарный день. Суббота, воскресенье — выходной». В полном недоумении я поехал назад и вновь потревожил Костю.

— Не нашли? — удивился парень.

— Там на двери такое странное расписание вывешено...

— А, — засмеялся юноша, — не обращайте внимания, поколотите ногой, Павлуха и откроет. Бумажку приделали, чтобы всякие с глупостями не лезли. Мешают работать, прутся косяком: на паспорт сними, уроды!

Я опять покатил вниз. Да уж, следует признать, что в современной жизни я мало что понимаю. Всегда казалось, что в фотомастерской как раз и должны делать любые снимки. Чем больше клиентов, тем выше заработок.

Я постучал, дверь распахнулась. На пороге стояла девчонка, чем-то отдаленно похожая на Люси, только стройная и высокая.

— Вы к кому? — вежливо, но весьма сурово осведомилась она.

Радуясь, что впервые за последние два дня слышу из уст молодой дамы нормальную речь, Люси не в счет, я воскликнул:

— К Павлу Круглову. Костя сказал, что он тут.

— Ступайте в мастерскую, — мотнула кудлатой головой девочка в сторону длинного извилистого темного коридора.

Кое-как, спотыкаясь о непонятные предметы, я добрался до маленькой дверки, рванул ручку и в ту же секунду зажмурился, ослепленный ярким, безжалостным светом.

После мрачного коридора контраст казался разительным. Все пространство было залито огнями. Посередине сооружен помост, а на нем в окружении софитов стояла девушка потрясающей красоты. У меня просто отвисла челюсть при взгляде на нее.

Роскошные белокурые волосы красиво переливаясь, спадали до талии. Большие глаза, ярко-синие, бездонные, сияли под черными соболиными бровями, ротик с пухлыми губками растянулся в милой улыбке. Мой взгляд заскользил ниже. Девушка снималась топлесс, и, поверьте мне, а я видел красивых женщин на своем веку, грудь у нее была совершенной формы, просто мечта древнегреческого скульптора. Еще чуть ниже, на неправдоподобно тонкой талии, казалось, ее можно обхватить двумя пальцами, красовалась крохотная мини-юбочка с широким поясом. Из-под нее начинались длинные, просто бесконечные ноги, обутые в элегантные лодочки на тонких каблуках. Надо же, в грязном подвале, бог весть в каком районе, и такой цветок!

Впустившая меня девушка подошла к парню, одетому в рваные джинсы, колдовавшему возле треноги с фотоаппаратом, и что-то шепнула ему. Юноша обернулся и приветливо мне кивнул:

— Погодите секундочку.

Потом он повернулся к красавице и крикнул:

— Машка, все, хорош, умывайся, будя на сегодня. Свет погас.

— Что у вас? — спросил Паша, подходя ко мне.

Я вдохнул крепкий запах дорогого одеколона «Кензо». Точь-в-точь такой подарила мне Нора на именины.

— В каком смысле?

— Ну портфолио хотите заказать?

— Простите? — не понял я.

— Портфолио, — спокойно повторил Паша и принялся растолковывать глупому посетителю суть. — Альбомчик такой, с фотографиями, для манекенщиц.

Я хотел было продолжить разговор, но тут челюсть у меня просто отвисла, потому что красавица, спокойно спустившись с подиума, стала медленно

переодеваться, совершенно не смущаясь толпив-
шихся вокруг людей.

Сначала она скинула лодочки на головокружи-
тельных шпильках, и сразу стало понятно, что ноги у
нее самые обычные, даже слегка толстоватые в ляж-
ках. Затем красотка, сопя от напряжения, расстегну-
ла пояс, и тонкая-претонкая талия... исчезла. Очевидно, широкий поясок исполнял функцию корсета.
Потом дама поднесла руку к груди и, пробормотав:
«Прилип так крепко, зараза», — отодрала от бюста
несколько полосок скотча.

Вмиг под воздействием земного тяготения куски
соблазнительно торчащей плоти поникли. Они не
превратились в «ушки спаниеля». Помните этот анек-
дот? Мужчина приходит в магазин белья и просит
продать ему бюстгальтер для жены. Продавщица
спрашивает размер, но заботливый супруг лишь раз-
водит руками:

— Не знаю!

Желая помочь покупателю, торговка говорит:

— Ну, давайте подумаем, какой формы грудь у
вашей жены? Как дыня?

— Нет.

— Как груша?

— Нет.

— Как яблоко?

— Нет.

— Как слива?

— Нет.

Устав окончательно, девушка предлагает:

— Может быть, вы сами придумаете, на что
похож бюст вашей супруги?

— На ушки спаниеля, — последовал ответ.

Нет, здесь был не такой экстремальный вариант,
но роскошные формы исчезли, как только от тела
оторвали скотч.

На следующем этапе красотка лишилась волос,

белокурые локоны оказались париком, в глазах были линзы, а когда она принялась стирать ватным тампоном грим и вместо бархатистой кожи цвета молодого персика появилось нечто серо-сине-бледное с широкими порами, я не выдержал и сказал:

— Ну надо же! Только что так хороша была!

Паша засмеялся:

— Ловкость рук — и никакого мошенства. В портфолио они все ангелы. Не волнуйтесь, я из козы способен белого лебедя сделать. Ну так как? Когда сниматься будем? Сразу предупреждаю, в выходные я занят.

Я вытащил из кармана фото Риты.

— Вам знакома эта девушка?

Паша уставился на снимок.

— Вроде знаю...

— Так это же Катька, — сказала красавица, завершившая процесс превращения в чудовище, — Катька Кисина, забыл?

— Верно, — засмеялся Пашка, — только она вроде как и не она.

— Нет, — протянула девица, — просто платье, глянь, какое, из бутика. Мы похожее на календарь снимали. Интересно, где эта обдерганка его взяла?

— Катя плохо одевается? — спросил я.

— Дешевка, — поморщилась девушка, — пришла сюда в таком говне!

— Она тут часто бывает?

— Я ей снимки делал для агентства, — пояснил Паша.

— Портфолио?

— Нет, на альбом ей не потянуть, просто пару раз щелкнул из жалости. А к чему вам Катька?

— И из жалости же предложили ей купить за полцены черную курточку у Жени Нестеровой, вашей соседки?

— Точно! Откуда вы узнали?

— Павел, — строго сказал я, — мне нужен адрес этой девочки.

— Из милиции, что ли? — посерьезнел Круглов и потом добавил: — Не похоже.

— Я частный детектив. Эта девушка убита.

— Ексель-моксель, — пробормотал Паша, — адреса-то нет.

— Как она к вам попала, ведь не с улицы же пришла? Кто подсказал ей ваши координаты, или вы любого желающего снимаете?

— Ее прислали из агентства «Модес», — тихо подсказала девочка, открывавшая дверь.

— Точно, — обрадовался Паша, — Галина Селезнева ей подставу дала. Идите к Галине, та эту Кисину собиралась на работу брать.

Я получил все координаты агентства «Модес» и призадумался.

Конечно, если прикидываться милиционером, то люди будут охотно делиться информацией, но не все. Кое-кто из вредности не вымолвит ни слова. А вот частный детектив вполне подходящая роль. Ну-ка, поедем домой и откроем томик Рекса Стаута.

Пообедав, я вооружился книгой и начал перелистывать страницы. Человек может выучиться какому-нибудь ремеслу, только читая учебник. Другого способа получить знания не придумано. И не важно, слушаете ли вы преподавателя, который пересказывает пособие, или смотрите видеофильм. В основе всегда лежит книга. А Рекса Стаута с его дотошностью, любовью к деталям и логическим умозаключениям можно смело считать хрестоматией частного сыска. Впрочем, на полках у Элеоноры стояли Гарднер, Агата Кристи, Макбейн, Кризи, Дик Фрэнсис, словом, вся классика жанра. Но я вцепился именно в Стаута, его имелось почти тридцать томов.

Вы не поверите, но к трем утра, когда сон окончательно свалил меня, я успел просмотреть большую половину книг и был, как говорила Николетта, заучивая новую роль, «в материале». Во всяком случае, завтра с утра я решил ехать в магазин мужской одежды, а потом в парикмахерскую.

Заснув в три, я проснулся в пять от смутного, тревожного чувства. Отчего-то неприятно защемило сердце и стало не хватать воздуха. Испугавшись (до сих пор со мной никогда не случалось ничего подобного), я встал с кровати, открыл форточку и услышал бодрое треньканье мобильного. С тех пор как Николетта, упав на улице, сломала руку, я перестал выключать сотовый на ночь.

Как все люди, я не люблю, когда телефон оживает среди ночи. Чаще всего в неурочный час сообщают о беде или катастрофе. Впрочем, может, кто ошибся номером.

Я взял трубку.

— Слушаю.

Вначале из трубки доносился треск, потом раздался далекий-далекий голос.

— Ванечка, помоги.

— Кто это? — похолодел я, смутно узнавая говорившую.

Нет, этого не может быть!

— Рита, — прошелестело в ответ.

От ужаса мне сдавило горло. Голос и впрямь походил на голосок внучки Элеоноры. Понимая абсурдность происходящего, я прошептал:

— Рита, ты где?

— В аду, — ответила девушка, — в аду, спаси меня.

В ухо понеслись частые гудки. Я сел на кровать и с силой ущипнул себя за руку. У меня очень нежная кожа, и синяк начал наливаться тут же, угрожающе серея на глазах. Рита! Рита, которая звонит из ада! Я вспомнил желтоватое личико девушки, измененное смертью, мысленно увидел церковь, гроб, заваленный цветами, Элеонору с застывшим лицом, в черном костюме, гигантскую толпу людей, пришедших проводить погибшую в последний путь, и вздрогнул.

Рита мертва, она похоронена, а на могиле скоро появится шикарный памятник, который Нора заказала в Италии. Рита никак не могла позвонить с того света. Просто какая-то идиотка решила поразвлечься и набрала номер, мало ли дураков на свете. Выпила и придумала веселье.

Я пытался убедить себя, глядя в черное незанавешенное окно, но ум подсказывал другое — это хотели напакостить Норе. У меня достаточно узкий круг общения, и среди приятельниц нет ни одной, способной на такой поступок. И еще одно. Если тот свет и впрямь существует, Маргоша должна сейчас гореть в аду, потому что к вратам рая ее не подпустят и на пушечный выстрел.

## ГЛАВА 14

Около одиннадцати я вошел в ГУМ и принялся бродить по линиям. Терпеть не могу шататься по магазинам, вид прилавков навевает на меня тоску. До сих пор все вещи мне покупает Николетта. Я доверяю ее вкусу и выгляжу безупречно, но, к сожалению, сейчас придется менять имидж. В длинном отличном пальто, в безукоризненном костюме с галстуком, заколотым золотым зажимом, я выгляжу среди людей, с которыми вынужден сейчас общаться, белой вороной. Кто-то хихикает, а кто-то злится. Нет, мне нужен иной гардероб. Вчера вечером я выписал на бумажку то, в чем ходил Арчи, помощник Ниро Вульфа, и теперь приобретал вещи.

Джинсы, пара пуловеров более ярких, чем обычно, расцветок, башмаки на толстой подошве...

Истратив все деньги, я привез обновки домой и переоделся. Что ж, выгляжу я совсем неплохо, не располнел, джинсы сидят хорошо, к лицу оказался и ярко-синий свитер. Обычно я предпочитаю бежевато-коричневатые тона. А вместо пальто приобрел короткую дубленку. В новом виде я дошел до кабинета, открыл сейф, вытащил пачку долларов и увидел на полке тощий белый конверт, на котором ясным, четким почерком Норы было написано: «Вскрыть только после моей смерти. Завещание».

Повертев в руках пакет, я сунул его на место. Надеюсь, до него дело дойдет не скоро. Хотя сегодня утром мне в больнице сказали, что Нора переведена в палату интенсивной терапии и всякие посещения запрещены.

Сев за руль, я сразу понял, что управлять машиной в куртке намного удобней, чем в пальто. Наверное, давно следовало купить нечто более короткое, чем доломан из верблюжьей шерсти.

Стригусь я у Пьера. Сильно подозреваю, что в паспорте у него стоит просто Петя, но весь бомонд кличет мужика на французский манер.

— Иван Павлович, — обрадовался стилист, — стрижечка-укладочка?

— Скажите, Пьер, можно постричь меня так, — я ткнул пальцем в обложку журнала, где красовался парень с почти бритым черепом.

— Зачем? — ужаснулся стилист, разглядывая мои волосы, прикрывающие уши, — у вас такой стиль интеллигентно-романтический. Подобный вариант ну никак не подойдет, он для, э-э-э, скажем, более резких людей.

Я усмехнулся. Парикмахер явно считает Ваву Подушкина размазней, которому к лицу локоны лорда Фаунтлероя.

— Стригите так.

— Но... — попытался возразить мастер.

— Давайте, Пьер, иначе пойду в салон к Звереву.

При упоминании имени конкурента Пьер вздохнул и схватился за ножницы.

— Такие волосы испоганить, — бормотал он, щелкая железками, — любо-дорого смотреть было. Линия, густота, а сейчас! Ужасно вышло, но вы сами хотели.

Я взглянул в зеркало. На меня смотрел незнакомый, коротко стриженный парень. Глаза, оттененные свитером, стали ярко-голубыми, а не серыми, и откуда-то вылез довольно большой подбородок. Высокий лоб, с которого ушла косая прядь волос, оказался широким, а уши прижатыми к черепу. Я внимательно еще раз посмотрел на ушные раковины. Однако, странно. Длинные волосы, спускавшиеся ниже мочек, я ношу всю жизнь. В детстве Николетта завивала мне кудри, но в первом классе с этой ерундой было покончено. Я никогда не стригся коротко по простой причине — с самого раннего возраста я слышал от матушки: «Вава, какой ты лопоухий! Просто жуть».

Кстати, длинные волосы были и у моего отца, что в пятидесятых-шестидесятых годах выглядело эпатажно. Но у папеньки имелась веская причина не обрезать шевелюру. На виске у него сидело довольно большое родимое пятно, стекавшее к щеке, и отец, стесняясь отметины, прятал ее под кудрями.

— Сами хотели, — сердито заявил Пьер, — я предупреждал. Гляньте, какая дрянь получилась, просто браток из криминальной группировки, жуть. Вы, Иван Павлович, человек интеллигентный, воспитанный, светский, и такое с собой сотворили. Ну за каким шутом велели себя обкорнать?

— Спасибо, Пьер, — ответил я и встал, — сколько с меня сегодня?

— Ничего, — буркнул мастер.

— Почему?

— Подарок, как постоянному клиенту.

Я рассмеялся:

— Ну, Пьер, неужели так плохо?

— Николетта меня убьет, — закатил глаза стилист, — с ужасом буду ждать четверга.

Моя маменька раз в неделю моет и укладывает в этом салоне голову.

— Ладно, — усмехнулся я, — Николетта — это серьезно, о ней я, честно сказать, не подумал. Давайте сделаем так. Скажу, что звонил вам и узнал, будто свободное место будет только через десять дней. Ну и пошел в простую парикмахерскую. Сам виноват, дурак.

Парикмахер секунду смотрел на меня, потом улыбнулся в ответ:

— Иван Павлович, сделайте милость, а то ведь Николетта...

— Ни слова больше, — поднял я руку вверх, — я у вас сегодня не был. Главное, чтобы гардеробщица и администратор не проболтались.

— Будут немы, как рыбы, — горячо заверил меня Пьер.

Я положил ему на столик, несмотря на горячее сопротивление, деньги и пошел в туалет. Всю стену мужской комнаты украшает огромное зеркало. Я еще раз глянул в почти незнакомое лицо. Парень начинал мне нравиться все больше и больше. И потом, у него, оказывается, и впрямь волевой подбородок. Я поднял правую руку, отражение послушно повторило действие. И глаза у меня не серые, а голубые... Бежево-коричневые тона просто убивали их цвет, давно следовало покупать более яркие вещи. К тому же у меня совсем неплохая фигура. Многие приятели давно обзавелись брюшком... А на мне великолепно сидят джинсы. Какого черта я не носил их раньше?

Отчего постоянно ходил в костюме, при галстуке? Потому что это нравилось матери? За каким бесом я до сих пор слушаюсь Николетту? Давно пора взбунтоваться! Внезапно мне стало смешно. Нацепил брюки из корабельной парусины и получил вместе с ними менталитет подростка. Кстати, я миновал в свое время опасный возраст абсолютно спокойно, не доставляя никому хлопот...

Я усмехнулся, парень в зеркале тоже. А у него приятная улыбка — мягкая, беззлобная, даже беззащитная.

И вообще, несмотря на квадратную нижнюю челюсть, в лице мелькает что-то от мямли. Я прижался лбом к зеркалу, ощутил холод стекла и сказал своему отражению:

— Ну, дружок, не позволяй больше никому звать тебя Вавой.

Агентство «Модес» оказалось возле той же станции метро «Первомайская». Скромная вывеска, даже скорее табличка, украшала самую простую деревянную дверь, ведущую в квартиру. Дверь распахнулась автоматически, на пороге никого не было, очевидно, в конторе не боялись грабителей.

Я увидел обычную квартиру, без евроремонта и роскошных ковров. Сбоку красовалась простая вешалка, напротив — небольшое круглое зеркало. В моем понимании место, где собираются красивые женщины, должно было выглядеть по-иному.

Не успел я крикнуть: «Здравствуйте», как из одной комнаты вылетела молодая женщина с младенцем на руках и, не глядя в мою сторону, закричала:

— Ну, наконец-то! Сколько тебя ждать можно, а? Ребенок весь изорался! Давай, бери коляску, кати во двор, а я его сейчас одену!

— Простите, — оторопел я, — но...

Хозяйка подняла на меня глаза и сказала:

— Ой, извините, я думала няня пришла, с сынишкой гулять, вечно она опаздывает.

Словно услыхав, что речь идет о нем, младенец закатился в плаче.

— Ну-ну, Никитуки, — забормотала мать, — вовсе незачем так орать. Подожди чуток, сейчас эта шалава безответственная явится, и поедешь на улицу, в садик, бай-бай!

Я посмотрел на нее. Маленькая, черноволосая, черноглазая, такая худенькая, что со спины запросто может сойти за подростка.

— Там очень холодно, — решил я предостеречь молодую маму.

— И что? — ответила та.

— Наверное, ребенка не надо в такой мороз выставлять на улицу.

— Так не голым же, — резонно возразила хозяйка, — в двух одеялах и меховом мешке.

В этот момент дверь отворилась и вползла бабка, старая-престарая, шатающаяся от ветхости.

— Явилась, — грозно насупила брови молодая мать, — позволь узнать, где шлялась?

— Гололед на улице, — заныла бабка, — упасть боюсь.

— Выходи пораньше!

— За час выбралась.

— С вечера выползай, — рявкнула мамаша и сунула старухе новорожденного, — держи, а я коляску стащу.

Старушонка вцепилась в ребенка. Тот, словно почуяв, что мать ушла, заорал так, что у меня зазвенело в голове.

— Чего стоишь? — разозлилась старуха. — Вишь, жарко мне, отволоки крикуна в комнату.

И она сунула мне в руки исходившего воплем человечка. До сих пор мне никогда не приходилось держать такое крошечное существо. Я подхватил хрупкое тельце. Младенец, гневно наморщившись, разинул беззубый ротик и, вдруг передумав орать, уставился на меня серо-голубыми глазками. Пару секунд он обозревал незнакомое лицо, потом неожиданно улыбнулся. На его маленькой мордочке появилось выражение искренней радости и удовольствия. Вот уж не думал, что человечек, чуть больше батона хлеба, умеет улыбаться, и так искренне меня никто никогда не приветствовал.

Хлопнула дверь, влетевшая черноволосая девица вырвала из моих рук дите, мигом укутала его в одеяла...

— Не боитесь доверять такой пожилой женщине ребенка? — спросил я у матери, после того как бабульку выпроводили на улицу.

— Почему?

— Вдруг не доглядит за новорожденным?

— Пусть только попробует, — рявкнула хозяйка, и тут только до нее дошло, что мы незнакомы. — Вы ко мне? От кого?

— Я ищу Галину Селезневу — владелицу агентства «Модес».

Секунду девушка смотрела на меня, потом толкнула одну из дверей и церемонно заявила:

— Прошу.

Я вдвинулся в крохотное помещение, основную площадь которого занимал письменный стол с компьютером. Хозяйка села на стул, надела большие очки, указала мне на диван и выдала:

— Слушаю, Галина — это я.

— А где агентство «Модес»?

— Вот, — похлопала Селезнева ладонью по компьютеру, — у вас что?

— В каком смысле?

Галя сняла очки.

— Ну зачем вам модель нужна? Для рекламного снимка?

Я кивнул.

— Замечательно, что продавать хотите?

— Это принципиально?

— Естественно, — вскинула брови вверх Галя.

Я вытащил снимок.

— Мне нужна эта девушка, Катя Кисина.

Селезнева кивнула:

— Ладно, без проблем. Цену знаете?

— На что?

— Послушайте, — начала закипать Галя, — вы полагаете, девушки оказывают услуги бесплатно? Вам придется заплатить мне сто долларов за подбор модели и оплатить последней рабочий день.

— Сколько? — поинтересовался я, вытаскивая портмоне.

— В зависимости от того, в каких условиях работать, — принялась растолковывать хозяйка «Модес», — где сниматься. Если на улице, в бикини, одно дело, в бассейне — другое...

В декабре, на снегу, в купальнике! Я вздрогнул.

— Нет, просто в комнате, у камина, весьма комфортные условия.

— Тогда заплатите Катерине сто баксов за день!

Потом Галина сурово оглядела меня с головы до ног и добавила:

— Имейте в виду, манекенщицы не бляди, если нужна девка для интимных услуг, ступайте в другое место, у нас только модели, ясненько?

— Конечно, конечно, не волнуйтесь. Хотим рекламировать камины, наше предприятие маленькое, не раскрученное...

— Давайте сто гринов, — велела Галя.

Спрятав зеленую бумажку в стол, она заметно повеселела и сказала:

— Адрес?

— Чей?

— Ну, естественно, тот, где предполагается съемка.

— Но я думал, вы дадите координаты Кати.

Галя фыркнула:

— Естественно, нет. Говорите, куда ей приехать.

— Вдруг девушка занята?

— Она совершенно свободна, впрочем, погодите.

Потыкав пальцем в кнопки, Селезнева сказала:

— Агентство «Модес» беспокоит, Кисину позовите. Катя, есть заказ... Ну, — повернулась она ко мне, — куда ехать?

Секунду поколебавшись, я назвал адрес Элеоноры и попросил:

— Пусть через два часа подъезжает.

— Не вопрос, — ответила Галя и рявкнула в трубку: — Чтоб как штык в три стояла у дверей, усекла?

— Как вы с ними строго...

— Иначе нельзя, — пояснила Селезнева, — у нас как в клетке со львами, выпустишь из рук хлыст, мигом накинутся и сожрут. Кстати, вы там с Катькой особо не сюсюкайтесь. Она из дешевых моделек, спроса на ее никакого, за три месяца первый заказ. Начнет из себя Клаудию Шиффер корчить, сразу по мордасам давайте.

— Обязательно, — пообещал я и ушел.

Во дворе возле коляски мирно дремала бабка. Я подошел совсем близко и наклонился над повозкой. Младенец мирно спал. При желании я элементарно мог вытащить его, сунуть в автомобиль и укатить, старуха бы и глазом не моргнула. На всякий случай я толкнул коляску, нянька продолжала мирно дремать.

— Эй, — потряс я ее за плечо.

— Ась? — приоткрыла нянька морщинистые веки. — Надоть чего?

— Вы бы не спали, а то, не дай бог, ребенка унесут.

— Кому этот визгун на хрен нужен, — заявила нянька и вновь впала в ступор.

В четверть четвертого раздался звонок. Я распахнул дверь и увидел высокую тощую девчонку, обряженную в кроличий полушубок и кожаные брюки.

— Здесь манекенщицу ждут? — хрипловатым баском произнесла дива.

— Проходите, — улыбнулся я.

Девушка скользнула внутрь, сбросила дешевую шубенку, потерла озябшие руки и выжидательно глянула на меня.

— Проходите сюда, — сказал я, указывая на гостиную. — Сейчас нам дадут кофе.

Когда девица проглотила чашечку мокко и слегка расслабилась, я очень ласково спросил:

— Скажите, душенька, почему вы выдаете себя за Катю Кисину?

— Как это? — возмутилась гостья. — Я и есть Катя Кисина, вон гляньте!

Быстрым движением модель вытащила из сумочки бордовую книжечку. Я перелистал паспорт. Екатерина Андреевна Кисина, уроженка Москвы, прописка столичная. Двадцать лет. На фотографии была запечатлена коротко стриженная девица, с упрямо сжатым ртом, прищуренными глазами и слегка вздернутым носом. На сидевшую передо мной особу она была мало похожа, впрочем, на Риту еще меньше.

— Хорошо, — медленно сказал я и, вынув кошелек, продолжил: — Вот твои сто долларов за приезд, а вот еще сотня.

— За что? — напряглась девчонка и быстро добавила: — Только стандартный секс, никаких там штук с ошейниками и плетями.

— Нет, душенька, — усмехнулся я, — ты ошиблась, мне нужно другое.

— Что? — окончательно перепугалась девица. — Чего надо, а?

— Расскажи мне, дружочек, почему данная особа тоже называет себя Катей Кисиной. — Я выложил на стол фото Риты.

— Ах эта, — обрадовалась посетительница и рассмеялась. — Рая Яковлева она, я пожалела ее просто.

— Давай по порядку, — приказал я. — Где она обитает, чем занимается, отчего под своей фамилией не живет...

Катя прищурилась:

— Еще кофе дадите? Можно с коньяком.

Поняв, что не попала в руки сексуального извращенца, девчонка совершенно успокоилась.

— Кофе сколько угодно, а коньяка нет, — строго ответил я. — И давай не жуй мочалку, выплескивай информацию.

Кисина начала возить ложечкой по столу и рассказывать.


## ГЛАВА 15

Не повезло Катюше с самого детства. У всех родители как родители, а у нее козлы долбаные, сплошной цирлих-манирлих... Не кури, не пей, с парнями не гуляй, дома к десяти вечера, губную помаду вон!

— Идиоты, — дергала худенькими плечиками Катя, — кретины. А хуже всего Санька!

— Это кто?

— Братец, — фыркнула девчонка, — на год меня старше. Вот уж долдон! Учится на одни пятерки, в школе золотую медаль огреб, в университет поступил. «Да, мамочка! Слушаю, папочка!» Целый день за книжкой...

Вот родители и решили, что девочка будет такой же, но тут они крупно просчитались. Катюша в школу ходить не хотела, выпивать начала классе в седьмом, тогда же появились и мальчики. И вообще, ее ничего, кроме шмоток и телика, не волновало.

После девятилетки Катюшу вышибли из школы. Следом было училище парикмахеров, курсы секретарей-машинисток, строительный техникум... Вот в последнем она и свела знакомство с Раей. К этому времени родители, отчаявшись приструнить дочь и уставшие от постоянных скандалов, поступили мудро. Сняли квартиру возле метро «Первомайская» и велели Катерине съезжать.

— Они меня просто вытолкали, — жаловалась Катя, — прихожу как-то домой, а на лестнице сумка со шмотками, сверху ключи и записка: «Теперь живешь по этому адресу». Ну не сволочи? А Санька — гад, даже не позвонил ни разу. И денег они мне не дают.

Выброшенная из родительского дома, Катерина сначала ударилась в гулянку, но быстро поняла, что теперь у нее пойдет иная жизнь. Раньше можно было, прошлявшись по компаниям, спокойно вернуться в чистую квартиру, залезть в холодильник, поужинать, плюхнуться в кровать с хрустящим постельным бельем и, рявкнув на мать: «Отвяжись со своими глупостями», — мирно заснуть под рев магнитофона.

Живя с родителями, Катя никогда не задумывалась над простыми вещами: откуда в холодильнике берутся продукты, а в ванной стиральный порошок, мыло и шампунь, кто гладит вещи и убирает квартиру? Даже обожаемый коньяк Катюша преспокойно вытаскивала из домашнего бара, забитого бутылками...

Теперь же настали иные времена. В кошельке свистел ветер, из доходов была одна стипендия... Хорошо хоть родители, явно опасаясь того, что дочь, не дай бог, вернется, оплатили квартиру на год вперед. Пришлось Катьке искать заработки, несколько раз она пыталась разжалобить родственников, но вышел облом. Едва заслышав ее голос по телефону, они мигом вешали трубку. А когда Катерина решила приехать и хотела открыть своим ключом дверь, то выяснилось, что замок поменяли. На звонок никто не отозвался, хотя в «глазке» мелькала тень... Плюнув на дверную обивку, Катька унеслась несолоно хлебавши и принялась выживать в одиночку.

В строительном техникуме, совершенно отстойном месте, куда брали абсолютно всех желающих, вместе с Катькой в одной группе училась Рая Яковлева, девчонка, приехавшая из провинции.

Раиса думала поступить в театральный вуз, даже пыталась сдать экзамены, но безуспешно. Домой ехать не хотелось и, решив повторить попытку стать актрисой на будущий год, Рая пошла в строительный техникум. Естественно, она не собиралась потом бегать в каске по возводимым зданиям, Раечка видела себя на сцене или на экране, но в идиотском техникуме давали временную прописку и общежитие.

Катька, знавшая, что деньги за квартиру, в которой она проживает, уплачены вперед, мигом сообразила, как можно заработать, подошла к Рае и предложила:

— Хочешь жить со мной? Квартплату пополам.

Яковлева, недолго раздумывая, кивнула. Она давно хотела подыскать жилплощадь, в общежитии жить было невозможно, третий этаж пронырливый ректор сдал вьетнамцам, и по зданию с воплями носились узкоглазые, желтолицые дети, в воздухе постоянно стоял аромат жареной селедки, а на кухне и в ванной, никого не боясь, разгуливали жирные тараканы, похожие размерами на мышей.

Так они и стали жить вместе. Комната, правда, была одна, зато имелась кухня. И, если Катя хотела привести кавалера или устроить вечеринку, Рая либо сидела у плиты, либо просто уходила. Потом они, вечно алчущие денег, наткнулись в газете «Из рук в руки» на объявление: «Элитное агентство «Модес» приглашает всех желающих. Заработок от ста долларов в сутки».

— Я сразу поняла, что это лажа, — усмехнулась

Катя, — разве станет элитное агентство объяву в такой параше давать?

Но более наивная Раечка поверила и, несмотря на уговоры подружки, решила попробовать себя в модельном бизнесе. Она отправилась по указанному адресу, где женщина, представившаяся хозяйкой, мигом спросила:

— Прописка московская? Иногородних с регистрацией не беру.

Рая заверила тетку, будто является самой что ни на есть столичной жительницей, и понеслась домой. Катька без споров одолжила подруге свой паспорт.

— Не побоялись, что Селезнева увидит обман?

— Ой, да вы посмотрите на фотку, — развеселилась Катя, — родная мать не узнает. И потом, Галя эта и не поглядела на снимок, обманщица!

— Почему?

— Так взяла у Раисы сто долларов за, как она сказала, «вывеску в компьютере» и велела ждать заказов.

Раечка терпеливо сидела у телефона, только никаких звонков не было.

— Она небось всех так обманывает, — кривила личико Катя, — стрижет с дурочек денежки, и все. Рая пару раз напоминала хозяйке о себе, но та только отчитывала «модель»:

— Ты без всякого образования и опыта работы, естественно, никому не нужна, жди, постараюсь подобрать клиента.

Видя, как расстраивается Раечка, Катя разозлилась.

— Лохонули тебя, бабки взяли и фиг показали. Смотри, как надо.

Схватив телефон, Кисина заверещала:

— Вот что, Галина, время идет, сто долларов-то получила, где же хоть один заказ?

Селезнева начала опять петь песню про отсутствие опыта, но Катя быстро прервала нахалку:

— Между прочим, я не прикидывалась звездой подиума, сразу сказала, что только начинаю. Зачем тогда деньги брали? Ну и послали бы вон! Ишь, какая деловая нашлась! Гони назад бабки!

— Ничего не возвращаю, — ответила Селезнева.

— Ну и ладненько, — пропела Катя, — замечательно, только завтра с утречка я побегу в налоговую инспекцию и расскажу про «Модес», здорово получится.

— Иди ты знаешь куда, — взвизгнула Селезнева и швырнула трубку.

Но, видно, фраза про налоговую все же испугала мошенницу, потому что та часа через два перезвонила и самым сладким голосом завела:

— Катенька, ступай в фотостудию к Павлу Круглову, он тебе сделает портфолио абсолютно бесплатно, как модели агентства «Модес».

Обрадованная Яковлева понеслась по указанному адресу.

— Райка такая наивная, — качала головой Катя, — ну настоящее чмо. Скажет кто чего, мигом поверит. Ее обмануть, как два пальца оплевать, легче, чем младенца, ей-богу. Я ей сразу сказала: глупости все, никакого портфолио за бесплатно делать не станут. Нет, полетела, идиотка!

Катя оказалась права. Круглов, услыхав фамилию Селезневой, скривился так, словно сожрал целиком лимон, но потом, правда, пару раз щелкнул затвором фотоаппарата. Рая пришла домой в эйфорическом состоянии. Во-первых, фотограф сказал ей, что она изумительно будет смотреться на снимках, а во-вторых, предложил купить по дешевке дорогую, эксклюзивную, страшно модную куртку из кожи на норковом меху.

Посмотрев на прикид, который радостная Раечка демонстрировала, закатывая глаза от восторга, Кисина чуть не скончалась от хохота. Кожа оказа-

лась клеенкой, норка — крашеным кроликом, куртка поношенной и не стоящей даже четверти отдан-
ных за нее денег.

— Ну что ты за кретинка, — корчилась Катя, —
прямо на улицу нельзя выпустить, обязательно кто-
нибудь подскочит и объегорит! Норка! Смех, да и
только.

Раечка помяла в руках вещичку и подняла на
Катю полные слез глаза.

— Думаешь, дрянь, да?

Внезапно Кисиной стало жаль дурочку. Деньги
уже были отданы, и назад их не вернуть.

— Да нет, Рай, отличная штука, — произнесла
Катя со вздохом, — просто сама давно такую хотела,
вот и наговорила тебе гадостей из зависти.

— Ой, Катька, — обрадовалась подружка, — поносить всегда дам, бери, когда хочешь.

— Вот такая она идиотка, — резюмировала Катя.

— Давно история с курткой произошла?

— А за день как ей пропасть, — сообщила Кисина.

— Куртка исчезла? — удивился я.

— Ага, — кивнула головой Катя, — вместе с Рай-
кой, а эта-то, дрянь из «Модеса», ну, хороша! При-
киньте теперь, как я удивилась, когда она позвонила
сегодня, дала адрес и сказала, что сто баксов за съемку заплатят. Ну я и подумала: Райки-то нет, сама сбе-
гаю. Дело нехитрое перед фотографом покривляться.

— Рая куда-то подевалась?

— Говорю же, пропала.

— И вы так спокойно к этому относитесь? —
удивился я.

— А что, — пожала плечами Катерина, — что я
ей, мать родная? Отыщется, небось трахается с кем-
нибудь, про все забыла.

— Она и раньше могла загулять?

— Запросто. Дня два-три не приходила.

— Теперь сколько отсутствует?

Катя наморщила чистенький, непривычный к раздумьям лобик.

— Да уж вторую неделю, я не считала.

— Вещи она брала?

— Нет, все на месте.

— А фото?

— Какие?

— Ну те, что Круглов делал.

— Так он велел их в этот понедельник забирать, я, конечно, не пошла, а Райки нет. Вернется и сходит, куда они денутся.

— Ладно, собирайся, — велел я.

— Куда? — насторожилась Кисина.

— Поедем к тебе домой и посмотрим на одежду Раи.

— Интересное дело, — пропела Катя, — что-то я никак в толк не возьму, что вам надо? Никуда не поеду!

— Тут жить останешься? — усмехнулся я. — Давай, пошевеливайся, у меня времени мало.

— Нет, на фига мне вас к себе пускать!

Я поколебался минуту, потом вытащил из секретера конверт, вынул стопку фотографий и бросил перед девчонкой.

— Узнаешь?

— Ой, — прошептала Катя, серея, — что это? Гроб?

— Посмотри внимательно, кто внутри?

— Мама, — пробормотала Кисина, — на Райку вроде похожа, а вроде нет. Нос длиннее и щеки такие худые. Она или не она? Нет, не она!

— Почему ты так думаешь?

— У Раи лицо круглое, нос короче, и никогда она такой желтой не была!

Я хотел сказать, что смерть сильно меняет внешность, сам удивлялся на похоронах, насколько не похож мертвец на живого человека, но Катя продолжила:

— И гроб такой роскошный, цветов сколько! Нет, точно не она, кто же Райке подобную штуку закажет? Хоть представляете, сколько ящик стоит?

Вот эту сумму я как раз знаю очень хорошо, сам оплачивал счет в похоронной конторе, Нора выбрала самый дорогой гроб, из цельного дерева.

— Эту девушку знаете? — потыкал я пальцем в другие снимки.

Кисина принялась разглядывать карточки. Сначала она воскликнула:

— Райка!

Потом засомневалась.

— Нет, но похожа, жуть, может, все-таки она?

Затем добавила:

— Вот странно.

— Что? — быстро спросил я.

— Ну у Райки волосы были короткие, прямо совсем... Не так давно прихожу домой, а у нее пряди длинные!

— Как же такое получилось? — искренно изумился я. — Ну из длинных волос понимаю, как короткие сделать, но наоборот?

— Да запросто, — отмахнулась Катя, — ща все что угодно выполнят, только башляй. В салонах услуга есть, «приваривают» локоны, и все дела, смотрятся как родные, только стоит это столько, что закачаешься!

Увидав «волосатую» подругу, Катерина всплеснула руками.

— Ты с ума сошла! Зачем деньжищи грохнула! И вообще, со стрижкой лучше было.

Но Раиса фыркнула:

— Много ты понимаешь! Сейчас все манекенщицы только с длинными прическами! Если хочу карьеру на подиуме делать, следует свои отрастить, только чего мне год ждать! А так раз, два и готово.

— Ну ты и дура! — сказала привычную фразу Катя. — Где деньги взяла? С утра же жаловалась, что даже на сигареты нет.

— Одолжила, — отмахнулась подруга.

Катя только качала головой. Глупый поступок. Райка симпатичная девчонка, но особой красоты нет. Таких на улице полно. Вряд ли ей суждено стать супермоделью!

— Значит, на фото не она? — решил уточнить я.

— Уж и не знаю, — вздохнула Кисина, — похожа очень, только платье дорогое, у Раи таких нет, опять же серьги, цепочка, кольцо.

Все верно, Рита обожала обвешиваться золотом и нацепляла на себя кучу разномастных драгоценностей. То, что бриллианты следует носить только после шести вечера и что в сапфировом колье не стоит ходить на занятия, просто не приходило ей в голову.

Кстати, я не так давно попал впросак. Решил сделать ей приятное и перед днем рождения Риты отправился в ювелирный магазин, где купил золотой браслетик, показавшийся мне элегантным и оригинальным. Тоненькая цепочка, украшенная крохотными колокольчиками, я подумал, что она красиво будет смотреться на хрупком девичьем запястье. Но Рита, получив подарок, взвизгнула:

— Вау, от тебя я такой продвинутости не ожидала. Прикольная штука!

Не успел я и рта раскрыть, как она задрала брючину и навесила браслетик на щиколотку, он оказался ножным и, судя по всему, очень понравился Ритусе, потому что она его практически не снимала.

— Прямо замучилась, — призналась Катя, — нет, все-таки это Рая, только накрашена по-другому и одета шикарно!

Потом она внезапно побледнела и прошептала:

— Так это чего же выходит? Раиска померла, да?

— Не знаю, — честно ответил я, — поэтому и хочу съездить к вам домой, порыться в вещах. Разрешите представиться, частный детектив Иван Подушкин.

— Катя Кисина, — ответила окончательно растерявшаяся девица, забывшая от волнения, что мне великолепно известно ее имя.

— Рад знакомству, — улыбнулся я, — давай поедем, посмотрим на вещички.

С этими словами я раскрыл кошелек, вытащил за уголок еще одну купюру, потом засунул ее назад и произнес:

— Окончательный расчет после обыска.

— Пошли, — подскочила Катя.

## ГЛАВА 16

Жила Кисина возле самого метро «Первомайская», в отвратительном доме из желтых блоков, да еще на первом этаже. Окна были расположены так низко, что все прохожие с любопытством заглядывали внутрь. Квартира оказалась мерзкой, маленькой, темной, с потолком, висящим прямо на голове. Под ногами лежал не паркет, а линолеум, обои давным-давно следовало сменить, впрочем, убраться тут тоже не мешало, кавардак вокруг царил феерический. Спальня Риты, с разбросанными вещами и лежащими на столе чулками вперемешку с косметикой, выглядела просто образцовой по сравнению с этим помещением.

Но Катю беспорядок совершенно не смущал. Прямо в уличных ботинках она протопала до продавленного дивана, новинки мебельной промышленности шестидесятых, шлепнулась на продранную гобеленовую обивку и заявила:

— Валяйте, смотрите.

Я оглядел расшвырянные повсюду кофты, брюки, нижнее белье.

— Тебе придется показать то, что принадлежит
Рае.

— А ее все вон в том шкафу, — ткнула не слишком чистым пальцем Катя в сторону допотопного
гардероба, — мы с ней разделились, мое в стенке, ее
в шкафчике.

Я подошел к деревянной конструкции, больше
всего напоминавший поставленный стойма гроб, и
распахнул кривые дверцы. Да, Рая была намного ак-
куратнее Кати. Ее вещички висели на плечиках, а
скромное бельишко, колготки и футболки ровными
стопками высились на полках.

Нарядов было мало. Несколько блузок, явно очень
дешевых, джинсы, штаны из кожзаменителя, два
свитерочка и одна мини-юбочка из красной клеенки. Это все. Я в задумчивости стоял у шкафа. И зачем
пришел сюда? К чему смотреть на эти жалкие тряпки? Сам не знаю, но Арчи, помощник Ниро Вульфа,
всегда залезал в гардероб к интересующим его людям
и обязательно находил нечто эдакое... Я же не видел
ничего примечательного.

— Ну? — поинтересовалась Катя, вытаскивая из-
за батареи бутылку с темно-коричневой жидкос-
тью. — Нагляделись? Хотите, коньячком угощу?

— Спасибо, но я за рулем.

— Ну и что? — искренне удивилась Кисина. —
Разве пятьдесят грамм помешают?

— Лучше скажи, что ты делала пятого декабря? — строго спросил я.

— Ну, — фыркнула девчонка, — это же когда
было! Вот вчерашний день помню, у Лины Мамаевой гуляли, на дне рождения, а пятого... Хотя, нет!
Конечно! У Лины Мамаевой была, на дне рождения!

— Послушай, — разозлился я, — не может же у

твоей подружки быть два дня рождения? Сама же только что сказала, будто вчера у нее веселилась.

— Верно, — засмеялась Катя, — пятого она родилась, мы один раз собирались, а вчера у нее именины были, опять плясали.

Ага, понятно, повод для пьянки всегда найдется.

— Рая с тобой была?

— Не-а, — протянула Катя, — она в тот день парня к себе зазвала.

— Как его зовут?

— Кого?

— Кавалера Раисы.

— Хрен его знает, — пожала плечами Катя, — как-то зовут, наверное.

Тонкое наблюдение.

— Она тебя не знакомила со своими приятелями? У нее был постоянный мальчик?

— Не-ет, — протянула Кисина, — так, случались всякие, но про последнего ничего не знаю, хотя не прочь бы с ним познакомиться!

— Почему?

— Прямо Тарзан, а не мужик, — захихикала Катя, — во, глядите!

Она вскочила с дивана, дошла до ванной комнаты, порылась в пакете с грязным бельем и протянула мне серовато-голубой свитер с оторванным рукавом.

— Во!

— Это что? — удивился я, взяв в руки свитер.

Он был мятым, потерявшим всякий вид, но на горловине виднелся крохотный ярлычок «Шанель», и пахло от вещи, несмотря на то, что она пролежала довольно большое количество времени в грязи, тонкими, дорогими французскими духами.

— Райкин прикид, — хмыкнула Катя.

Я не очень хорошо разбираюсь в нарядах, но на этом свитере просто стоял невидимый штамп «отличное качество». Уж не знаю, отчего у меня возникло подобное чувство, может, из-за того, что он был мягким, нежным на ощупь.

— Похоже, дорогая вещь, где она ее взяла? — пробормотал я.

— Может, кто поносить дал, — спокойно заявила Катя, — только посмотрите, чего ее Тарзан надалал, рукав оторвал, во, какой страстный!

— Где же ты нашла свитер?

— А тут, — рассмеялась Катя, — пришла домой...

Отправившись на вечеринку пятого числа около полудня, Кисина пообещала Рае, что придет назад седьмого. День рождения собрались праздновать на даче, в Малаховке. Рая обрадовалась и сказала:

— Отлично, а я парня зазову, раз тебя нет, оттянусь по полной программе.

— Давай, действуй, — одобрила Катька, уносясь в гости, — вся хата твоя до седьмого, хоть полк солдат приводи.

Пятого они и впрямь от души погуляли в Малаховке, выпили, поплясали, потом разбрелись по комнатам. Впереди ждало еще шестое число, обещавшее стать хорошим праздником. Нежадная Лина купила много водки и закуски, мальчиков в компании было больше, чем девочек, ну что еще надо для счастливого отдыха? Но шестого числа случился облом. Около одиннадцати утра на дачу, где мирно почивали гуляки, ворвался обозленный отец Лины, надавал дочери пощечин, переколотил остававшиеся бутылки и вытолкал на снег едва успевших натянуть джинсы гостей. Пришлось Катьке, не выспавшись и не догуляв, ехать домой. Она, правда, желая предупредить Раю, честным образом несколько раз позвонила домой, но трубку никто не брал, и Катерина, решив, что подруга дрыхнет после утомительной ночи, явилась на «Первомайскую».

Катя — шалава, но чувства подруги уважает.

Поэтому, войдя в крохотную прихожую, загремела ботинками и заорала:

— Ежели кто голый, прикройтесь, я вернулась.

Но ей ответила тишина. Катя вошла в комнату и увидела, что кровать Раи перевернута, на столе стоит полупустая бутылка коньяка «Белый аист» и лежат загнувшиеся куски сыра, а возле софы валяется голубой свитер с оторванным рукавом.

Катька присвистнула. Похоже, подружка приводила вчера Брюса Уиллиса и Тарзана в одном флаконе. Озверев от страсти, парень с такой яростью раздевал любовницу, что разорвал свитер. Подобрав его и валявшийся рядом рукав, Катька сунула «комплект» в пакет с грязным бельем. Прикид выглядел дорого, Райка явно одолжила его у кого-то, чтобы произвести должное впечатление на кавалера, шмотки следовало привести в порядок.

Словом, свитер совсем не удивил Катю, девчонки частенько просили у подруг поносить вещички, впрочем, охотно давали и свои. Удивляло только, куда подевалась Рая? Что поволокло ее ни свет ни заря, а часы показывали только два, из дома?

Впрочем, изумлялась Катя недолго. Недопитый коньяк мигом оказался в ее желудке, и через десять минут Кисина заснула.

— Вот странность так странность, — сморщила она свой узенький лобик, — там было всего граммов сто, не доза для меня, а глотнула — и как топором по башке дали, еле-еле до дивана добралась.

Проснулась Катя только на следующий день, голова болела немилосердно, тошнило, тряс озноб... На похмелье, на нормальную птичью болезнь «перепил» ее состояние походило мало. Катька решила было, как водится, поправиться бутылочкой пивка, но стало только хуже.

— Паленый коньяк был, — сказала она, — небось в ларьке брали, не в магазине, вот самопал и подсунули, хорошо, тапки не отбросила, просто траванулась.

Пришлось Катюше целый день валяться дома, ну а потом голова прошла, желудок запросил есть, и девушка повеселела.

— Значит, последний раз вы видели Раю пятого декабря?

— Ага.

— И не заволновались, что подруга так долго отсутствует? И не забеспокоились? Вдруг случилось несчастье?

— И что могло произойти? — хмыкнула Катька. — А то, что дома нет... Если ее мужик рукава отдирает, значит, она в койке валяется, вот и все дела.

— Где лежал свитер?

— А тут, — кивнула Катя на кровать.

Я подошел к ложу, оглядел его, потом наклонился. Под софой никогда не пылесосили, темно-серые комки пыли покрывали пол ровным слоем. Я мрачно обозревал «равнину».

— И чего там? — поинтересовалась Катя, тоже наклонясь. — Ой, гляньте, какая штучка!

Быстрым движением она схватила нечто, незамеченное мной, и сказала:

— У Райки такой не было, прикольная вещичка!

Я глянул на ее руку и почувствовал, как по спине от затылка к поясу пробежала холодная волна озноба. На узкой ладошке, откровенно говоря, не слишком чистой, лежал золотой браслетик, тот самый, с колокольчиками, подаренный мной Рите.

Катя, не замечая моей реакции, тарахтела:

— Золотой, похоже, жаль, замочек сломался. И откуда он у нее?

— Поносить небось кто-то дал, — еле выдавил я из себя.

— А что? — согласилась Катя. — Вполне может быть.

Я ушел от Кати, унося с собой голубой свитер и браслет. Хитрая девчонка стребовала за них еще сто долларов. Прежде чем отправиться домой, я вновь зашел в фотосалон к Круглову, нашел парня, в одиночестве пьющим кофе, и сказал:

— Спасибо, встретил Кисину.

— Так нема за що, — хмыкнул Павел, — говно вопрос.

— У вас вроде есть еще снимки? Она сказала, вы хотели их в понедельник отдать.

— Отдать? — хмыкнул фотограф. — Тут не офис матери Терезы, а модельный бизнес. Работа денег стоит.

— Но Галина Селезнева пообещала, что снимки сделают по заказу ее агентства «Модес».

Круглов засмеялся:

— Ой, держите меня, люди добрые! Шарашкина контора, а не агентство. Да, позвонила Галина, сказала, что пришлет девчонку на съемку...

— А вы?

— Я никогда от заказов не отказываюсь, — вздохнул Павел, — что хотите сниму: девушку, бабушку, дедушку, зеленую мартышку, денежки только отстегивай.

Галина Селезнева заверила парня, что при получении готовых снимков девушка отдаст деньги.

— Я еще предупредил, чтобы наличкой, — объяснял Павел, — никаких там «положим на счет». Лично вручи, хрустящими бумажками, желательно, зелеными.

И он противно заржал.

— Она заказывала альбомчик?

— Портфолио? — оскалился мастер. — Ну уж нет. Там работа долгая, художественная, я всегда предоплату беру, а тут щелкнул два раза, и всех делов, чтобы не рисковать. И видно, не зря схалтурил, никто за снимками не явился...

— Продайте их мне.

— Зачем? — удивился Павел.

Потом окинул меня взглядом и, понизив голос, сообщил:

— Ежели желаете на красивых девчонок полюбоваться, такие кадры есть! Клубника со сливками! Ну, хотите?

— Спасибо, меня не интересует порнография, просто я хочу сделать приятное Кате.

— Понял, — кивнул фотограф, — пятьдесят баксов.

На мой взгляд, два протянутых снимка не стоили и пяти рублей. На одном девушка в черненьких брючках и свитерочке стояла возле псевдостаринного кресла. Одна рука с чересчур красными ногтями покоилась на спинке, другая упиралась в бедро. На втором фото Рая сидела в том же кресле, закинув ногу на ногу, старательно улыбаясь в объектив. Я полез в портмоне за деньгами и вновь выронил карточку Риты. Павел наклонился и, с интересом разглядывая изображение, протянул:

— Надо же, все-таки похожа на Катьку эту до жути.

— Нет, это, — ответил я, протягивая купюру, — она и есть.

— Кто? — удивился Павел.

— Катя Кисина.

Круглов хмыкнул.

— Нет, они разные. Вот там, — и он ткнул пальцем в свою работу, — Кисина, а тут — совсем другая девушка.

— Почему вы так решили? — осторожно спросил я. — Из-за дорогого платья?

— Тряпку можно любую нацепить, — отмахнулся Павел, — черты лица и впрямь похожи, цвет волос, прическа. Только у одной огонь в глазах горит, бесенята прыгают, сразу видно, яркая личность, непокорная, свободная... А у второй взгляд недоеной коровы и улыбочка жалкая.

Он помолчал немного, потом помахал фотографией Риты.

— Вот этой мадемуазели я бы посоветовал попробовать себя на «языке», а другой и начинать не надо.

Я молча переводил взгляд с одного улыбающегося личика на другое, но где он тут увидел яркую, свободную личность? По-моему, девицы похожи, как две капли воды из одного стакана.

Когда я вышел на улицу, в голове ворочались тяжелые, мрачные мысли. Наступили ранние сумерки, ветер усиливался, юркая поземка бросалась под ноги. Я начал прогревать мотор, тупо глядя, как щетки смахивают мгновенно налетающие снежинки. Вдруг прямо передо мной запарковалась роскошная иномарка. Из водительской дверцы выскользнула девица в меховом манто, а с пассажирской стороны вылез мальчик, щуплый подросток. Он повернулся ко мне лицом, и я узнал... Севу, «гениального» писателя, страстную любовь Люси.

Я с интересом стал наблюдать за происходящим. Мужик нежно обнял дамочку за талию, та одарила его страстным поцелуем. Действие происходило прямо перед моей машиной. Я приспустил окно и спрятал голову под руль. В «Жигули» ворвался ледяной ветер, хлопья мокрого снега и голоса.

— Ну дорогой, еще минуточку, давай посидим в машине, — сюсюкала девица.

— Извини, любимая, — щебетал Сева, — я должен бежать, мама ждет. Понимаешь, она никому не разрешает делать себе инсулиновые уколы, только мне.

— Ты так о ней заботишься, — с легкой завистью пробормотала женщина.

— Как же иначе! — с жаром воскликнул Сева. — Мать у меня одна.

Потом он обнял девицу за талию и с чувством произнес:

— Жена, надеюсь, тоже одна будет, если, конечно, твои родители изменят свою позицию насчет бедных женихов, а то не видеть нам друг друга. Я человек старомодный, не современных взглядов, и без благословения отца с матерью не пойду в загс.

— Севочка, — затараторила дама, — ей-богу, я их уговорю.

— Впрочем, — неожиданно заявил «писатель», — нам и так хорошо!

— Нет, — со слезами в голосе воскликнула партнерша, — я хочу быть всегда с тобой, мне надоело прятаться и общаться украдкой! Я хочу семью, детей!

— Конечно, милая, — улыбался, словно гиеноподобная собака, Сева, — мне мечтается о том же, только твой отец против.

— Я его сломаю! — взвизгнула девушка.

Сева издал вздох:

— Любимая, через пять минут я должен быть дома, диабетику нельзя пропускать укол, может начаться кома, уезжай спокойно. Встретимся здесь же через неделю в шесть вечера.

— Только через семь дней! — недовольно воскликнула женщина.

— Но, дорогая, ты разве забыла, что завтра я улетаю в Питер на съезд прозаиков? — ласково укорил Сева и поцеловал даму.

— Помню, конечно, — вздохнула та, — и приеду тебя проводить.

— Что ты, — замахал руками кавалер, — самолет в четыре утра! Чартер, страшно неудобный, даже не думай, слышишь? Я запрещаю тебе мотаться по ночам, мало ли что! Нет и нет, ясно?

Девушка кивнула:

— Хорошо, мой повелитель.

— Вот и молодец, а теперь уезжай.

— Нет, ты первый уходи.

— Дорогая, — прочирикал Сева, вновь целуя девушку, — моя душа будет спокойна, когда провожу тебя.

Пару минут они обжимались, почти навалившись на мою машину. Потом девушка скользнула внутрь роскошной тачки и укатила.

Я, вынырнув из-под руля, наблюдал за «гением». Однако, кто бы мог подумать! С виду, кажется, его можно плевком убить, а какой ловелас! Значит, одновременно с Люси он крутит роман еще с этой пигалицей. Занимается рыболовством во всех водах. Ждет, на какой из крючков попадется особо жирная добыча. Внезапно мне стало жаль Люси. Надо же, с каким подлецом связалась. Однако он почтительный сын... Сквозь боковое стекло я увидел, как Сева, подойдя к ларьку, купил большой букет роз, надо же, хочет отнести больной матери цветы. Но, взяв в руки веник, Сева не стал удаляться от проспекта. К моему огромному удивлению, он встал у обочины, нетерпеливо поглядывая на часы. Интересно, боится опоздать к больной диабетом и отчего-то замер тут...

Не успел я додумать мысль до конца, как прямо передо мной вновь запарковался автомобиль, на этот раз отечественный, но дорогой, «десятка». Сева юркнул в салон. Я изо всех сил пытался разглядеть шофера, но сгущавшиеся сумерки не позволили этого сделать. Единственное, что было понятно: за рулем женщина в чем-то белом. И это ей, а вовсе не бедной больной маме, предназначался шикарный букет. Кстати, о несчастной родительнице, готовой в каждую минуту оказаться в коматозном состоянии, Севочка благополучно забыл. «Десятка», подняв фонтан грязи, исчезла за поворотом.

## ГЛАВА 17

До трех утра я опять читал Рекса Стаута. Только не подумайте, что детективы стали мне нравиться, нет, книги про Ниро Вульфа я использую как учебное пособие, хотя одна история оказалась довольно забавной, и я даже увлекся, следя за перипетиями.

Упав в кровать почти на рассвете, я забыл завести будильник и проснулся от телефонного звонка.

— Вава, — закричала Николетта, — нет, какой ужас!

Вспомнив череду странных смертей, произошедших за последние дни, я напрягся.

— Что случилось? Кто умер?

— Типун тебе на язык, — взвизгнула матушка, — слава богу, все пока живы! Дело еще хуже.

Что может быть неприятней смерти?

— Тебя разыскивает милиция, — тарахтела Николетта. — Позвонили сюда, но я дала телефон Норы, естественно. Говори немедленно, что ты сделал?

— Ничего, — удивился я, — ровным счетом ничего.

— Порядочному человеку следователь просто так не звонит, — отозвалась Николетта.

Потом она помолчала и прибавила:

— Но имей в виду, я — твоя мать и останусь ею всегда. Пойду за тобой, босая, голодная, по этапу в Сибирь. Пусть бьют плетьми, лишают еды и одежды, пусть! Мать никогда не бросит своего птенца.

Ясненько, Николетта примеряет на себя роль страдалицы, женщины, чей сын осужден за преступление.

— Ты помнишь, что у меня сегодня званый обед? — неожиданно спросила она совсем другим тоном.

— Забыл, — признался я.

— Чтобы был в пять часов без опозданий, в смокинге.

Ну уж нет.

— Извини, Николетта, в прошлый раз я накапал майонезом на сюртук и сдал его в химчистку.

— Ладно, — смилостивилась матушка, — приходи в чем хочешь.

— Не знаю, успею ли...

— Вава, — взвилась Николетта, — ты белены объелся? У меня тогда будет тринадцать человек за столом.

— Но я обещал Люси сводить ее вечером в Большой!

— Вот после обеда и двинетесь.

— Я должен еще сделать кое-какие дела, Нора в больнице, у меня куча хлопот.

— Как она? — перешла на светский тон маменька.

— Вчера вечером сказали, что еще лежит в реанимации, инсульт — это серьезно.

— Хорошо, — резюмировала Николетта и отсоединилась.

Я сунул трубку в базу. Интересно, что хорошего увидела матушка в моем последнем заявлении? И тут вновь зазвонил телефон. Официальный голос сухо потребовал:

— Позовите Ивана Павловича Подушкина.

— Слушаю.

— Майор Воронов.

— Кто?

— Старший следователь, майор Воронов, — повторил мужик. — Не могли бы вы через час приехать ко мне?

— Куда и зачем? — удивился я.

— На Петровку, — пояснил мужик, — для разговора.

Мне стало интересно, ну какая беседа может состояться у меня с этим Вороновым.

— Хорошо, только через час я не успею, минимум к двум.

— Паспорт не забудьте, — напомнил майор.

В своей жизни я никогда не сталкивался с теми подразделениями милиции, которые ведают уголовным розыском. В отделение приходил только получать паспорт и тогда, когда Николетта вдруг решила поставить квартиру «на пульт». Меня даже постовые не останавливают, потому что я езжу очень аккуратно, а тут вдруг Петровка!

Немало удивленный, я нашел нужный кабинет, постучал, услышал: «Войдите», и толкнул дверь.

В небольшом пространстве громоздился письменный стол, железный сейф и стояло два стула. Сидевший за столом мужчина, примерно моих лет, приветливо, но строго спросил:

— Вы Иван Павлович Подушкин?

— Да.

— Садитесь.

Я выполнил приказ. Мужчина отложил ручку и поинтересовался:

— «Жигули» ноль двадцать шесть НН вам принадлежат?

— Да.

— Сами ездите?

— Простите? — не понял я.

— За рулем сами сидите или, может, кому автомобиль по доверенности давали?

— Нет, — удивился я, — а что?

— Припомните, пожалуйста, где вы были девятого декабря в районе пяти часов вечера, — не отвечая на мой вопрос, задал милиционер свой.

Я призадумался:

— Извините, давно это было. Наверное, дома или ездил по делам благотворительного фонда, я являюсь исполнительным секретарем организации «Милосердие без границ», основанной...

— Знаю, — прервал майор, — навел о вас справки. Кстати, как ваша хозяйка?

— Пока плохо, состояние тяжелое.

— Да уж, — сочувственно вздохнул Воронов, — жаль ее, такой стресс перенесла, смерть любимой внучки, единственной родственницы, тут у кого хочешь удар случится. Хотите кофе?

Я кивнул. Майор включил чайник, достал железную банку «Нескафе», пакет сахара и принялся выяснять любимое мной соотношение ингредиентов. Слушая его спокойный, чуть глуховатый голос, я расслабился, и тут майор неожиданно спросил:

— Скажите, Иван Павлович, зачем вы приходили на квартиру к Анастасии Королевой?

Я почувствовал, как тревожно сжался желудок, и как можно более равнодушно поинтересовался:

— К кому? Не знаю такую.

— Ну как же, Иван Павлович, — все так же спокойно продолжил майор, — она училась вместе с внучкой вашей хозяйки, и ее нашли спустя некоторое время после смерти Маргариты на дне ванны, увы, мертвой.

— Ах, Настя, — «припомнил» я, — знаете, вокруг Маргоши постоянно крутились люди, честно говоря, я не всегда успевал познакомиться с ее друзьями. Настя Королева, такая толстенькая блондинка?

— Нет, — усмехнулся Воронов, — худенькая брюнетка.

Я развел руками:

— Тогда не помню и, естественно, не был у нее дома.

Воронов отхлебнул кофе.

— У меня иные сведения. Вы были в квартире, потом вышли, доехали на машине до «Новослободской», там у магазина «Комус» вошли в телефонную будку, сообщили дежурному о трупе, лежащем в ванной, бросили в урну пакет с окурками и уехали.

Чувствуя, что пол начинает уходить из-под ног, я твердо ответил:

— Бред!

— Нет, — улыбнулся Воронов, — вас запомнила девушка, торгующая книгами, ее лоток стоит впритык к будке, из которой вы звонили в милицию. Фраза про труп настолько заинтересовала ее, что она постаралась запомнить вас, а когда вы засунули в мусор пакет, она решила проявить бдительность, записала номер машины и мигом сама позвонила ноль два. Говорит, что приняла вас за террориста, хитроумного и изобретательного.

— Бред! Я весь день был дома.

— Но она записала номер машины, а вы только что сказали, будто никому не давали автомобиль.

— Она перепутала цифры.

— Ну, не похоже, девушка молодая, зрение в полном порядке.

— Меня там не было! Хотя, точно не припомню, может, и проезжал случайно мимо...

— И выбросили окурки?

— Вполне вероятно, я курю, вот и опустошил пепельницу в машине, очень не люблю запах бычков.

— Понимаю, — кивнул Воронов, — кстати, я не представился до конца, меня зовут Максим Иванович.

— Очень приятно, — наклонил я голову, — рад знакомству.

— А почему вы несли окурки к урне в пакете?

— Я не говорил, что нес их, просто предположил, что подобное имело место!

— Но почему в мешочке?

— А что, следует таскать чинарики в кулаке? — нашелся я. — Есть закон, запрещающий такие действия?

Максим Иванович рассмеялся:

— Нет, конечно. Значит, вы не звонили ноль два и не сообщали о смерти Королевой?

— Нет.

— А вы не будете против, если мы проведем небольшую процедуру?

— Какую?

— Предложим торговке опознать вас? Ну так как, согласны? — И он прищурился.

Понимая, что окончательно загнан в угол, я постарался как можно тверже ответить:

— Пожалуйста.

— Тогда пойдемте, — велел майор.

Он провел меня в соседнее, на этот раз просторное помещение, где было много людей, вернее, мужчин.

— Здравствуйте, — сказал я.

— Добрый день, — весьма вежливо отозвались присутствующие.

— Прошу, Иван Павлович, — улыбнулся Воронов и указал рукой на стул.

Я сел между двумя мужчинами примерно моих лет и спросил:

— Что я должен делать?

— Ничего, — пояснил Максим Иванович, — просто молча сидите на стуле со спокойным лицом, желательно не гримасничать.

Я кивнул, старательно изображая полнейшее равнодушие. Когда в день смерти Насти Королевой я звонил в милицию, совершенно не заметил около будки никакого книжного лотка. Что делать, если баба сейчас ткнет в меня пальцем и заорет: «Это он!»

Чувствуя, как футболка, надетая под ярко-голубой пуловер, начинает прилипать к спине, я постарался себя успокоить, ну-ну, это ерунда. В крайнем случае признаюсь, что вытряхивал пепельницу, находящуюся в машине, и все! У Королевой никогда не был. Пусть пилят на части, не признаюсь! Интересно, как отреагируют в свете, узнав, что сын Николетты Адилье осужден за убийство? Думаю, матушке придется забыть про файф-о-клоки и журфиксы.

Прогнав прочь последнюю, совершенно идиотскую мысль, я уставился на Воронова.

— Замечательно, — мигом отреагировал тот, — так и сидите. Зови ее, Алеша.

Дверь распахнулась, и появилась худенькая девчонка. Обветренные, красные щеки без слов говорили о том, что их хозяйка проводит основную часть времени на воздухе. Девушка шмыгнула носом.

— Алена Ивановна, — сухо, официально произнес Воронов, — посмотрите внимательно на находящихся перед вами мужчин и скажите, можете ли узнать кого-нибудь?

Вошедшая молчала. Пауза затянулась, я старался сидеть с абсолютно спокойным лицом, боясь только, что стук бешено колотящегося сердца услышат в наступившей тишине все присутствующие.

— Так как, Алена Ивановна, — бубнил Воронов, — знаком вам кто-нибудь, а?

— Нет, — протянула опознающая насморочным голосом, — не знакомилась ни с кем из этих.

— Ладно, — не сдавался майор, — предположим, и впрямь за руку не здоровались, но, может, встречали где, видели?

Девица принялась водить взглядом по моему лицу, потом перевела глаза и ткнула пальцем в мужчину, сидевшего справа.

— Вот он.

— Что? — со вздохом поинтересовался Воронов. — Что «он»?

— На дядьку моего покойного похож, тот с пьяных глаз в пруду утонул.

— Больше никто не известен?

— Нет.

— Припомните.

— Нет.

— Посмотрите внимательно. Тот человек, который, как вам показалось, заложил бомбу вдруг... его тут нет?

— Да вы че? — хрипло рассмеялась торговка. — Тот уже в возрасте был, как мой отец гляделся, старый совсем. Потом, волосья у него патлами свисали до плеч, жутко выглядел. Морда — зверская, глаза выпученные. Как схватит трубку, как заорет: «Милиция! Приезжайте, в ванной труп, а сейчас еще и магазин на хрен взорву!» Как выскочит, как побежит к урне...

— Спасибо, Алена Ивановна, — безнадежно произнес Воронов, — значит, сидящих перед вами людей вы не знаете?

— Так уж сто раз сказала, что нет. Впрочем, если вам надо, чтобы я кого-то узнала, так покажите, мигом подтвержу, что он. Я милицию уважаю и завсегда помочь готова, — ляпнула девица,

Плечи сидевшего слева мужика начали мелко-мелко подрагивать. Парень явно пытался справиться с приступом хохота.

— Спасибо, Алена Ивановна, — каменным голосом ответил Воронов, — вы свободны.

Девица удалилась.

— Пойдемте, Иван Павлович, — коротко бросил Максим Иванович.

Оказавшись в крохотном кабинетике, я поинтересовался:

— Я могу идти или посадите за решетку?

Воронов поморщился:

— Ну зачем вы так? Давайте пропуск.

Он подписал бумажку, потом постучал ручкой по столу и осведомился:

— Торопитесь?

— Не очень.

— Может, тогда еще кофейку?

— Спасибо.

Максим Иванович вновь произвел магические действия над кружками, насыпая туда сначала коричневые, а потом белые гранулы. Когда дымящаяся жидкость слегка остыла, майор наконец произнес:

— Иван Павлович, не хочу, чтобы у вас сложилось неправильное мнение, будто мы подозреваем вас в убийстве Королевой.

— В убийстве? — изумился я. — Но говорили, будто она захлебнулась в ванне, пьяная.

— Кто говорил? — быстро отреагировал следователь.

— Моя хозяйка, Элеонора, — отбил я мяч.

Максим Иванович помешал ложечкой кофе и продолжил:

— В свете того, что погибла Маргарита Родионова, смерть ее ближайшей подруги Королевой очень настораживает, а если учесть, что буквально следом отошли в мир иной Наталья Потапова и Анатолий Ремизов, то...

Он замолчал. Я ждал.

— То, — продолжал майор, — история начинает становиться очень и очень нехорошей.

— Вы хотите сделать из меня серийного убийцу?

— Вот что, Иван Павлович, — покраснел Воронов, — я навел о вас тщательные справки. И хочу доложить, что все, абсолютно все, говорили о господине Подушкине только хорошо, подчеркивая, что он очень интеллигентный, мягкий, а главное, на удивление честный человек. Еще отмечают вашу незлобивость, несовременность и незаурядный поэтический дар.

— Зачем вы все это мне рассказываете?

Максим Иванович вытащил сигареты и с чувством произнес:

— Никто не думал подозревать вас в убийстве.

В тот момент, когда неизвестный звонил в милицию, Королева была мертва уже почти сутки...

— Ну и что?

— Иван Павлович, — произнес майор вкрадчиво, — поймите, такая личность, как вы, не приспособлена для борьбы с преступностью. Понимаю, что вы, решив отомстить за смерть внучки своей хозяйки, кинулись искать убийцу самостоятельно, но абсолютно зря. Каждый хорош на своем профессиональном поле. Я, например, никакой другой рифмы, кроме «кровь — любовь», придумать не могу.

— К чему вы ведете?

На лице Воронова появилась легкая краснота.

— А к тому, что вам лучше слагать вирши. Я же не лезу в Пушкины? Вот и вы оставьте поиск убийцы профессионалам. И, пожалуйста, расскажите мне все, что вам удалось раскопать. Ей-богу, окажете неоценимую помощь следствию.

Я начал медленно вытаскивать сигареты. Ага, понятно. Сначала думал вытрясти из меня нужные сведения, припугнув: мол, опознали тебя, теперь рассказывай, а когда номер не вышел, запел соловьем. Ну уж нет, голубчик, я, между прочим, вплотную подобрался к разгадке абсолютно сам. Мне не потребовались никакие советчики. Я точно знаю теперь, что Раиса Яковлева решила выдать себя за Риту, вот только не понимаю, почему она придумала эту штуку, какую выгоду получила. И еще неясно, кто же погиб в тот день на шоссе: Рита или Рая? До сегодняшнего дня я, не колеблясь, мог ответить на этот вопрос, но теперь меня обуревают сомнения. Шедшая по дороге девушка кричала: «Привет, Вава».

Я, ожидавший Риту, естественно, ничего не заподозрил. Труп в морге никто не опознавал, да и никакой необходимости в неприятной процедуре не было, несчастье-то произошло у меня на глазах, сомнений личность убитой не вызывала. В день похорон нам выдали раскрашенное тело, честно говоря, только приблизительно похожее на Риту, но ведь смерть порой меняет внешность так сильно, что дети не узнают родителей... Так кто лежит на кладбище в ожидании шикарного памятника: Рита или Рая? Зачем был придуман обман, кем?

Внезапно в голову пришла еще одна, совсем уж странная мысль: до чего же это увлекательное занятие, ловля преступника. Тут требуются ум, наблюдательность, сообразительность, актерское мастерство... ей-богу, работа детектива намного веселей, чем нудные обязанности исполнительного секретаря благотворительного фонда «Милосердие»... Я сам найду убийцу.

— Ну так как, Иван Павлович? — тихо спросил Воронов. — Вижу, вы решились.

Я посмотрел на следователя. А он неплохой физиономист. Максим Иванович прав, я решился, только вовсе не на то, на что он рассчитывает.

Вздохнув, я развел руками.

— Ума не приложу, о чем вы? Поиск убийцы! Человек, столь далекий от криминального мира, как я, вам, наверное, еще не встречался. Понимаю, что сейчас насмешу, но я перехожу улицу только на красный свет и, как вы верно заметили, живу в своем, иллюзорном мире, который имеет мало общего с окружающей действительностью. Вы ошибаетесь, принимаете меня за другого.

— Улицу следует переходить на зеленый свет, — тихо сказал следователь.

— Естественно, — удивился я.

— А вы только что обронили: иду на красный свет.

— Я оговорился.

— Дедушка Фрейд учил нас, что случайных оговорок не бывает, — медленно протянул Воронов.

— Извините, мне пора, — вежливо, но твердо заявил я.

— Да, конечно, — ответил следователь и протянул мне пропуск.

Я взял бумажку и пошел к двери.

— Иван Павлович, — окликнул Максим Иванович, — знаете, я долгие годы был фанатом вашего отца, просто зачитывался его романами.

— Очень приятно это слышать.

— Прошу вас как сына моего любимого писателя, если почувствуете себя крысой, загнанной в угол, позвоните, тут все телефоны: рабочий, домашний, мобильный. Поверьте, я могу стать хорошим другом.

— Не сомневаюсь, — улыбнулся я.

— Поэтому, — спокойно продолжил Воронов, — звоните смело, всегда приду на помощь.

— Спасибо, — ответил я и ушел.

## ГЛАВА 18

К Николетте я опаздывал, часы уже показывали пять, когда я вышел из монументального здания на Петровке, поэтому не поехал домой переодеваться, а явился к матери прямо в джинсах и ярко-синем пуловере.

— Вы к кому? — крикнула Тася.

— Открывай, не бойся.

Домработница загремела замками и потом растерянно произнесла:

— Ванюша?! Чегой-то ты с собой сделал?

— Постригся, — спокойно ответил я. — А что, плохо?

— Не-ет, — протянула Таисия, — просто непривычно, помолодел, похорошел, прямо узнать нельзя.

Это верно, торговка из книжного ларька меня и не узнала.

— Интересно, — продолжала Тася, вешая мою дубленку, — что Николетта скажет...

Не успела она договорить, как в прихожую вылетела мать. В какую-то секунду мне показалось, что в доме начался пожар, и в холл вырвался язык пламени. Сегодня матушка была облачена в пронзительно красное платье, удивительно подходившее к ее светлой коже и русым волосам. Несмотря на возраст, а вы, зная, что мне исполнилось сорок, легко подсчитаете, сколько лет Николетте, маменька сохранила тонкую, просто осиную талию, прямую спину и сверкающий взгляд. Те, кто видит ее впервые, искренне уверены, что имеют дело с молодой женщиной. Она смело обнажает руки и шею, которые после нескольких подтяжек выглядят превосходно, да и с лицом у нее полный порядок. Впрочем, безалаберная во многих вещах, Николетта, когда дело доходит до внешности, проявляет просто настоящую самоотверженность. Лет двадцать назад маменька вдруг поняла, что начинает раздаваться в боках. Мигом со стола исчезли масло, хлеб, сахар, конфеты. Ни разу больше я не видел, чтобы она разворачивала шоколадку, лакомилась обожаемыми взбитыми сливками или угощалась сладкими булочками.

И еще она носит каблуки, заразительно смеется, водит машину... Никогда, даже в шутку, я не слышал от нее фразы типа: «Ну, я пожилая дама...»

Нет, Николетта произносила совсем иное: «В моем возрасте, когда большая часть жизни еще впереди, можно позволить себе быть слегка неразумной».

— Вы ко мне? — распахнула бездонные глаза Николетта.

— Ты не узнаешь сына? — хмыкнул я.

Маменька разинула рот, потом взвизгнула:

— Вава!!! Что ты с собой сделал!!!

— Постригся, тебе не нравится?

— Отвратительно, — закричала Николетта, —

ужасно! Уродство! Ты стал похож на этих мерзких парней из фильмов про мафию!

— А мне кажется, что хорошо, — меланхолично вступила в беседу Тася. — Ваня теперь на тридцать с небольшим глядится, видно, какой молодой, а с длинными волосьями просто стариком казался, дедом, ей-богу!

— Много ты понимаешь, — заорала было Николетта, но, внезапно, прикусив язык, закончила: — Вообще, верно. Как ни странно, но эта абсолютно уродская прическа тебя и впрямь делает юношей.

Ага, значит, Николетта сообразила, что взрослый сын, выглядящий как дедушка, ей совершенно ни к чему, и дала задний ход. Я уже было решил, что отделался малой кровью, но тут маменька переместила свой взор с моего лица на фигуру и прошипела:

— Вава!!! Ты! В джинсах!!! Почему не в смокинге?

— Извини, говорил же, что измазал лацканы.

— Но мог надеть вечерний костюм!

Неожиданно какой-то бес ущипнул меня за язык, и я, сохраняя полнейшее спокойствие, произнес:

— Понимаешь, я уже ехал к тебе, когда на меня напали грабители, приставили нож к груди и велели раздеться, отняли пальто, пиджак, брюки. Собственно говоря, потому я и опоздал. Пришлось зайти в первый попавшийся магазин и купить вот эти вещи.

Если вы думаете, что Николетта, закатив глаза, принялась возносить молитвы господу, позволившему ее любимому сыну спастись от смерти, то ошибаетесь! Маменька наморщила носик и отрезала:

— В другой раз, когда отнимут костюм, изволь, направляясь ко мне, приобрести приличные вещи, а не одеяние бомжа. Боже мой! И как раз сегодня к обеду приглашена Кока!

Попрошу не путать, Кока — это не Киса и не Лёка, которые присутствовали тут в день моего знакомства с Люси. Кока, или Калерия Львовна Мило-

сердова, законодательница мод. Если Кока похвали-
ла спектакль, все побегут в театр, ежели она взяла в
руки книгу, впрочем, это происходит с ней редко, весь
бомонд кинется за ней в магазин, ну а ежели скорчит
недовольную мину в адрес какого-нибудь несчастно-
го, можете быть уверены, что его перестанут звать на
торжественные мероприятия, отныне проштрафив-
шийся начнет получать приглашения только тогда,
когда за столом окажется тринадцать человек, если
Кока, конечно, не сменит гнев на милость.

— Не волнуйся, — сказал я, — Коку беру на себя.

— Это отвратительно, Вава!!! Но делать нечего,
ступай в гостиную.

— Хорошо, мамочка.

Николетта остановилась так резко, словно налетела на стену.

— Как ты меня назвал?

— Мамой, а что?

— Я же просила, никогда не обращаться ко мне
подобным образом! Какая муха тебя укусила?

— Но ты же моя мать, — валял я дурака.

— Только Николеттой! — взвизгнула маменька.

— Понимаешь, — проникновенно произнес я, —
когда ты зовешь меня милым, детским прозвищем
Вава, в моей душе мигом просыпается ребенок, и
язык сам собой произносит: «Мама».

Николетта вздернула подбородок:

— Хорошо, ступай к гостям.

Естественно, мое место за столом оказалось между Люси и Кокой. Предполагаемая жена на этот раз
красовалась в ярко-зеленом платье, расшитом стразами.

— Вы изумительно выглядите, — шепнула она, —
просто на двадцать лет моложе, теперь ходите только
так!

Кока же придвинулась ко мне и ехидно спросила:

— Ты записался в хиппи? К такому наряду подошла бы косичка и бисерная ленточка, зря подстригся.

— Ну что вы, — улыбнулся я, — просто пару дней назад я был в гостях у Ады и выглядел там даже не белой, а красной вороной... Явился, как всегда, в костюме...

— И что? — хмыкнула Кока.

— А все в джинсах, — засмеялся я, — теперь стало немодно появляться в вечерней одежде, это моветон, но, естественно, только среди молодежи, люди пожилого возраста носят, конечно, смокинги и все такое. Вот я и решил послушаться Аду.

Ада, или Аделаида Николаевна, давняя соперница Коки, при встрече они целуются и болтают, но ненавидят друг друга до зубовного скрежета.

— Откуда Ада это взяла? — недовольно протянула Кока, поправляя бархатный пиджак.

— Не знаю, но только она говорит, что теперь возраст определяют по одежде. В джинсах и пуловере — молодой, в бархате — пожилой. Кстати, сама Ада была в розовых джинсах с голубой вышивкой.

— С ума сошла, — настороженно протянула Кока, — ей, между прочим, за шестьдесят...

— Не знаю, — ухмылялся я, — в американских джинсах она выглядит прелестно, больше тридцати не дать.

Кока примолкла и стала осторожно отделять цветную капусту от соуса. Могла бы и не стараться избавиться от калорийной подливки, несколько лишних килограммов ей совсем не повредят, честно говоря, Кока сильно смахивает на Кощея Бессмертного.

— Вава, — крикнула Николетта, — ты будешь играть в бридж?

— Нет, мамочка, — как можно громче ответил я, — мы с Люси идем в Большой.

Николетта побагровела, но ничего не сказала. Неизменный гость всех вечеров и обедов Лев Яковлевич весело глянул на меня, но тоже промолчал. Остальные не обратили на мои слова никакого внимания, в конце концов, всем известно, что я являюсь единственным сыном хозяйки дома. Когда подали кофе, Кока предприняла еще одну попытку наехать на меня. Гости уже к тому времени вышли из-за стола и рассредоточились по гостиной.

Кока поманила меня пальцем:

— Вава, поди сюда.

Я почтительно приблизился.

— Садись, Вава.

Я присел на стул.

Кока ткнула пальцем в Люси и нагло спросила:

— Ну, и сия дама тебе нравится? Не знаю, что нашла Николетта в этой особе, она явно не нашего круга. Хотя скажу сразу, в качестве твой жены, Вава, я готова принимать ее у себя, но только в этом случае.

Я взял ее тощую, морщинистую лапку и произнес:

— Дорогая тетя Кока, вы всегда были для меня второй матерью.

У нее отвисла челюсть так, что стали видны безупречно сделанные коронки.

— Как ты меня назвал?

— Ах, простите, — пробормотал я, ласково заглядывая ей в глаза, — извините, ради бога, но, когда вы называете меня Вава, в душе мигом оживают воспоминания о счастливых днях детства. Вижу вас, молодую и красивую, лет сорока, не больше... Вы, держите меня на коленях и говорите: «Вава, дорогой...» Это мои лучшие воспоминания, боже, как хорошо быть ребенком! Одним словом, когда я слышу детское прозвище Вава, изо рта помимо воли вылетает: «тетя Кока». Простите великодушно меня, дурака!

Кока побагровела. Лев Яковлевич, стоящий возле нас с фужером коньяка, прикусил нижнюю губу. Но тут, на счастье, подскочила Николетта и начала:

— Ва...

Я улыбнулся ей.

— Слушаю тебя.

— ...нечка, — неожиданно закончила матушка, — сделай милость, открой форточку.

— С удовольствием, Николетта, — ответил я ей и пошел к окну.

Резкий, холодный ветер ворвался в комнату, Лев Яковлевич чихнул.

— Вава, — рявкнула Николетта, — просила же, слегка! А ты распахнул всю, немедленно прикрой, мороз ведь.

— Хорошо, мамочка! — гаркнул я.

Матушка просто посинела от злобы и исподтишка показала мне кулак. Я сделал мину идиота: дескать, извини, дорогая, будешь называть меня Вавой, получишь соответственно в ответ «мамочку».

Впрочем, метод оказался действенным не только в отношении маменьки, когда Кока в очередной раз крикнула:

— Вава!

Я тут же отозвался:

— Бегу, тетя Кока!

Одного часа хватило, чтобы милые дамы поняли: теперь лучше звать меня Ваней, Ванюшей, Ванечкой, Жаном, Джоном или Хуаном. Словом, любым производным от имени Иван, но только не Вавой.

Когда я в прихожей подавал Люси шубку, на этот раз не соболью, а норковую, Лев Яковлевич вышел в прихожую и рассмеялся:

— Ну, Вава!

Я искренне люблю профессора Водовозова, он милейший, интеллигентнейший человек, и до сих пор я ни разу не слышал от него дурацкого имени Вава. Понимая, что он шутит, я улыбнулся и бодро ответил:

— Да, дядя Лева...

Водовозов рассмеялся так, что на глазах его выступили слезы. Потом он вытащил из кармана пиджака безукоризненно белый платок и произнес:

— Меня можешь звать хоть дедушкой, ей-богу, мне все равно, но с дамами ты ловко расправился. Тетя Кока! Я думал, она лопнет от злости. Молодец, давно пора было поставить их на место.

Внезапно он обнял меня и похлопал по спине. Я вдохнул запах его одеколона, такой знакомый. Лев Яковлевич всегда пользовался только одним парфюмом, болгарским лосьоном после бритья «Черная кошка». Во времена моего детства это был один из немногих доступных ароматов для советских мужчин. Впрочем, за зеленым флаконом с черной пробкой надо было не один час отстоять в очереди. Но Лев Яковлевич всегда хорошо одевался и имел безукоризненный вид. Странно, однако, что он не женился, хотя, наверное, у него случались любовницы, но к нам в дом он всегда приходил только с шикарным букетом или коробкой конфет, тут же дарил «сувенирчики» маменьке.

Весь вечер я усиленно изображал, что при звуках клички Вава мигом оказывался в прошлом, но на самом деле никаких воспоминаний прозвище не навевало. Зато сейчас, вдохнув аромат «Черной кошки», я незамедлительно оказался в начале семидесятых. Память услужливо подсунула картину.

Вот я, маленький мальчик, в вельветовых штанишках, стою в прихожей, между шкафом и вешалкой. Веселая, смеющаяся Николетта в эпатажных по тем временам черных клешеных брюках распахивает дверь. На пороге появляется Лев Яковлевич с огромным букетом.

Матушка заламывает руки:

— Лева! Шарман! Розы! Где только достал?!

— Ради тебя, дорогая, я способен на все, — улыбается профессор.

Правда, не знаю, был ли он в те годы профессором или простым доктором наук.

— Красота, — тараторит Николетта.

Водовозов наклоняется и целует маменьку, но не в щеку, а чуть ниже, в шею.

— Лева! — багровеет маменька и указывает глазами на меня.

— Ванюша, — ласково зовет Лев Яковлевич, — иди сюда, мой ангел.

Я подбегаю и получаю набор оловянных солдатиков и поцелуй. От щеки Водовозова резко пахнет «Черной кошкой».

Вернувшись из прошлого, я впервые удивился, неужели у Николетты было что-то со Львом Яковлевичем. Впрочем, сейчас уже все равно, и моя любовь к старику от этой неожиданной догадки не станет меньше.

Я повез Люси на «Первомайскую». Когда девушка исчезла в подъезде, я закурил и бездумно уставился в окно. Может, надо рассказать Люси о том, что ее любовник — мерзавец, ищущий богатую невесту? Впрочем, она не поверит. И вообще, это не мое дело, сами разберутся, хватит того, что я помог им встретиться. Ну бросит Люси Севу и что? Кому она нужна? А так, может, найдет свое счастье. Станет создавать себе условия для написания гениальной книги, родит ребенка...

Я сунул окурок в пепельницу и покатил домой. Проведу спокойно два часа в компании Рекса Стаута, вчера остановился на самом интересном месте, потом доставлю Люси назад и со спокойной совестью лягу спать, завтра предстоит трудный день.

## ГЛАВА 19

Ровно в десять я был в здании строительного техникума. У учащихся сейчас в самом разгаре занятия, и в коридорах стояла гулкая пустота. Я пошел по длинному коридору, украшенному стендами с замечательными лозунгами: «Безопасность — дело каждого», «Строитель — главное лицо города» и «Хорошая профессия — верный путь к успеху».

В учебной части тосковала девчонка лет двадцати.

— Ищете кого? — спросила она, откладывая томик в яркой обложке.

Я машинально прочитал «Любовь в джунглях» и сразу понял, как следует действовать.

— Скажите, пожалуйста, Рая Яковлева тут учится?

Девушка окинула меня взглядом, потом включила компьютер, пощелкала мышкой и лениво процедила:

— Здесь, а вам зачем?

Я опустил глаза вниз.

— Осознаю, что выгляжу смешным, но я встретил Раю у общих знакомых и полюбил с первого взгляда.

Девчонка с интересом уставилась на меня. Я продолжал вдохновенно врать:

— Понимаю, конечно, что не совсем подхожу ей по возрасту, но я очень богат, владею домами, пароходами, банками... На днях сделал Рае предложение.

— Повезло же ей, — вырвалось у собеседницы, — вечно другим счастье.

— Она мне не сказала ни «да», ни «нет», — несся я дальше, — обещала подумать и исчезла. Не звонит, просто пропала. Сами понимаете, что я нахожусь в безумной тревоге, вот и решил разыскать ее. Дайте, пожалуйста, ее адрес.

Раскрасневшаяся девица уставилась в монитор.

— Раиса Яковлева живет в общежитии, — пробормотала она.

— Знаю, — печально сказал я, — вы мне подскажите, где оно находится... И еще в какую группу ходит Раечка?

— В пятую, на первом курсе, — протянула девчонка, — а проживает по адресу: Лазурная, четыре, комната двенадцать. Впрочем, комната, может, и не та, девчонки все время меняются.

— Спасибо, дорогая, — проникновенно сказал я и в порыве истинного вдохновения добавил: — Вы спасли меня от самоубийства.

Выйдя в коридор, я закурил и, не в силах удержаться, рассмеялся. Оказывается, от вранья можно получать удовольствие, и потом, изображать из себя идиота очень легко. Наверное, во мне ожили спавшие до сих пор гены Николетты.

На всякий случай, понимая зряшность своих действий, я заглянул в аудиторию, где непрожеванными кусками глотали знания молодые люди, решившие получить профессию строителя. Раи на занятиях не было, впрочем, Катя Кисина также отсутствовала, и никто из одногруппников не сумел точно ответить, когда в последний раз видел девчонок.

— Катька, кажется, вчера приходила, — протянула рыженькая девушка, похожая на перепелиное яичко.

— Нет, в среду вроде, — пробубнила другая, смахивающая на таксу, — а Райка вообще давно не показывается, заболела небось.

— Что же вы такие невнимательные, — укорил я собеседниц, — подружка не ходит на занятия, и никто не забеспокоился? Может, лежит в общежитии на койке и умирает, нехорошо как-то.

«Такса» хмыкнула:

— Мы сами из общежития, Райки там давно нет.

— Они с Катькой квартиру сняли, — пояснила рыженькая.

— Может, к матери двинула? — пробормотала «такса». — Оголодала совсем и помчалась на откорм! Я сама, когда обалдею от макарон, к маме еду. Поем нормально недели две, и порядок.

Ругая себя за глупость, я побрел в учебную часть и грустно сказал девице с любовным романом:

— Ее нигде нет.

Девчонка посочувствовала:

— Уж и не знаю, чем помочь!

— Может, к родителям поехала, небось у вас адресок имеется...

Девица заколебалась, ей явно было запрещено разглашать сведения, но я молитвенно сложил руки:

— Умоляю, не дайте погибнуть любви!

— Город Красномосковск Московской области, улица Октябрьская, дом шесть, — ответила девочка. — Так, по крайней мере, в анкете написано.

Безостановочно ее благодаря, я вышел в коридор, стряхнул с лица выражение парня-идиота, главного героя мексиканского сериала, закурил сигарету и уставился в окно. Красномосковск! Где же это место и в какой связи я слышал про него? Кто и когда упоминал при мне этот город? Так ничего и не вспомнив, я сел в машину и порулил домой.

У Элеоноры в кабинете имеется весьма подробный атлас Подмосковья, правда, довольно старый, но город Красномосковск нашелся сразу, в пятидесяти километрах от столицы на север. Я захлопнул тяжеленный том и вздохнул. Завтра с утра придется встать пораньше, Ново-Рижское шоссе, по которому предстоит ехать, хорошая, широкая трасса, но на улице гололед. Остаток вечера я провел в кресле над книгой. Сначала, желая как следует отдохнуть, решил прочитать про хоббитов, но руки сами собой схватили Рекса Стаута. Оторваться я сумел только около полуночи: надо же, как увлекает, и потом, я совершенно не мог догадаться, кто убил эту тетку в вязаном пальто. Честно говоря, подозревал в совершении преступления ее малосимпатичного мужа, а оказалось, что курок спустила милейшая бабушка, к которой я во время чтения проникся искренним расположением.

Я редко покидаю Москву. Всяческие курорты меня не привлекают. Не люблю жару, купание в море оставляет меня равнодушным, шумные компании раздражают. Больше всего мне нравится, когда Нора летом отправляется на дачу в Николаевку. Зелень, птички, приятная летняя прохлада, возможность спать с открытым окном, не боясь задохнуться бензиновым смогом. Выбивали из равновесия лишь визиты Риты, потому что она всегда приезжала с десятком визжащих девиц и полупьяных парней. Но, по счастью, Риточке в Подмосковье скучно, и ее набеги случались не так часто.

Дача Элеоноры расположена в коттеджном поселке, вокруг живут люди примерно одного с ней положения, назвать Николаевку деревней никак нельзя. В благоустроенных кирпичных домах имеются отопление, газ, телефон, горячая и холодная вода, не говоря уж о спутниковом телевидении.

В Красномосковске же первой мне на глаза попалась толстая баба с двумя ведрами. Я притормозил, открыл дверь и крикнул:

— Не подскажете, где Октябрьская улица?

Женщина поставила ношу на землю, с трудом разогнула спину и весьма приветливо сообщила:

— Вон она, с горочки спускается к речке, вам какой дом?

— Шестой.

— Ну так и ступай по тропинке все прямо да прямо.

— А проехать можно?

Женщина с сомнением посмотрела на «Жигули».

— Ну, до десятого дома точно доберетесь, туда шоссе подходит...

Я осторожно поехал вперед. Возле трехэтажного блочного дома с цифрой «десять» относительно широкая дорога сужалась до размеров нитки. Нечего было и думать о том, чтобы двигаться дальше в машине. Я вылез и угодил тонкими ботинками прямо в снег. Сами понимаете, что человеку, в основном передвигающемуся на четырех колесах, обувь на меху совершенно ни к чему. И вот теперь мне пришлось пробираться среди сугробов. Шестой дом оказался частным, окруженным высоким забором. Стоило мне войти в калитку, как из глубины двора послышался басовитый лай. Собак у меня никогда не было, поэтому я их побаиваюсь, а животные словно ощущают мой страх и начинают яростно нападать. На всякий случай я решил отступить за ворота, но тут дверь избы приоткрылась, выскочила довольно молодая, крепко сбитая бабенка в красном застиранном халате и заорала:

— А ну цыц, ишь разворчался.

Потом она глянула на меня и весьма приветливо сказала:

— Да вы проходьте, Дик на цепи сидит, до калитки ему не добечь! Идите, идите.

Я увидел, что у красавицы нет переднего зуба и, улыбнувшись, пошел на зов.

В большой темноватой комнате царил замечательный порядок. Со стены на софу спускался яркокрасный ковер, квадратный стол был покрыт скатертью, и на столешнице гордо возвышалась хрустальная ваза с искусственными ромашками. Вдоль одной стены стояли сервант, забитый рюмками и чашками, тумба, на которой высился телевизор «Самсунг»... затем шло окно с широким подоконником, заставленным горшками с буйно цветущими, несмотря на декабрь, цветами. Вдоль другой стены комнаты красовалась стенка, предмет вожделения хозяек семидесятых годов.

— Садитесь, садитесь, — радушно предложила хозяйка, отодвинула стул и сказала: — Не волнуйтесь, чисто у нас, меня свекровь за пылинку убьет! Ну, давайте.

Я осторожно спросил:

— Что?

— Так лист подписывать, — нетерпеливо воскликнула бабенка, — вы же от избирательной комиссии небось? Только сразу предупреждаю, мы за Сергиенко, всей семьей. Ежели пришли от Кондратюка, то сразу уходите, он вор.

— Но...

— Нет уж, лучше скажите, — кипятилась хозяйка, — куда деньги на поликлинику делись, а? Чегойто ваш разлюбезный Кондратюк только котлован отрыл? И за какие шиши его доченька отправилась в Москву учиться, в шубе и на машине, а?

Понимая, что разговор о продажной местной администрации заведет нас совершенно не в ту степь, я безнадежно поводил глазами по стене и наткнулся на слегка выцветшую грамоту, висящую в рамке между сервантом и телевизором. Зрение у меня стопроцентное, правда, начинается уже дальнозоркость, поэтому без всякого усилия прочитал: «Ученица одиннадцатого класса школы № 2 города Красномосковска Раиса Яковлева награждается за первое месте в конкурсе-смотре молодых талантов в номинации «Певица Красномосковска». Можно, конечно, посмеяться над корявой фразой, но мне в этот момент было не до красот стиля, в голову мигом пришло нужное решение.

Весело рассмеявшись, я сказал:

— Не думал, что похож на чиновника, вот уж не знаю, радоваться или обижаться такому сравнению. Простите, не представился, Иван Подушкин, продюсер. А как вас величать?

— Зоя, — ответила бабенка и переспросила: — Откуда вы?

Я вновь засмеялся:

— Телевизор смотрите?

— Конечно.

— Видели там всякие клипы? Ну, музыкальные такие зарисовки.

— И чего?

Я пустился в объяснения. Снимаю, вернее, даю деньги на съемки таких клипов. Но зрителю надоедают одни и те же лица, без конца мелькающие на голубом экране, люди хотят видеть новые мордашки... Вот и езжу по провинции, выискиваю голосистых девчонок. Добрые люди подсказали, что Рая Яковлева поет замечательно.

Зоя разулыбалась:

— Верно, голос у нее словно колокольчик, чистый такой. Только опоздали вы.

— Неужели Петров перехватил? — в притворном ужасе воскликнул я. — Вечно он везде первым успевает.

— Раечка уехала в Москву учиться, — пояснила Зоя, — еще летом.

— И куда? — тихо спросил я.

— А в этот поступила, — засмеялась Зоя, — ну как его, погодьте, сейчас.

Быстрым шагом хозяйка подошла к серванту, выдвинула ящик и достала письмо.

— Вот тут где-то...

— Можно посмотреть?

— Конечно, — радушно разрешила Зоя и протянула мне листок.

«Милая мамочка! Как там вы поживаете? У меня все хорошо. Во ВГИКе очень интересно, нам даже предлагают сниматься в кино...»

Целая страница вранья о несуществующей учебе в Институте кинематографии. Заканчивалось послание фразой: «Пиши мне не на адрес общежития, а К-9, до востребования. А то у нас вечно нет дежурной, и письма пропадают».

— Надо же, — протянул я, — столько ехал, и зря! Думал, Раечка дома.

— Нет, она в Москве учится.

— Последнее письмо когда пришло?

Зоя засмеялась:

— Не любительница она писать. В августе и сентябре, правда, на выходные приезжала, заскучала, видно. А потом! Цидульку прислала, обещалась на каникулы приехать.

— И по телефону не звонила?

— А он у нас есть? На переговорный пункт идти надо, а он только до четырех работает, Рая в это время учится.

Она продолжала простовато улыбаться. Я вытащил из бумажника фотографию Риты.

— Узнаете дочку?

Зоя взяла снимок и внезапно посерела. Никогда до этого в своей жизни я не видел, чтобы женщина с такой скоростью теряла все краски в лице.

— Это... она... — забормотала Зоя.

Ее руки, держащие фотографию, мелко-мелко задрожали.

В эту минуту раздался стук двери и пронзительный противный старческий голос провизжал:

— Зойка, кобыла, сумку прими. Зойка, кого зову! Села жопой на диван.

— Бегу, мама! — крикнула баба.

Потом схватила меня за руку цепкими, совершенно ледяными пальцами и умоляюще прошептала:

— Ступайте во двор, к воротам, ща выйду. Очень прошу, свекрови ни слова, я скажу, что вы агитатор с избирательного участка.

— Зойка, где ты? — надрывалась старуха.

Бабенка выскользнула за дверь.

— Долго тебя ждать, лентяйка чертова! — донеслось из коридора.

— Простите, мама, — забубнила женщина, — там из избирательного участка мужик пришел, агитатор.

— Ну и за кого он?

— За Кондратюка.

— Так, — голосом, не предвещавшим ничего хорошего, заявила, входя в комнату, пожилая женщина.

Я быстро посмотрел на нее. Старуха выглядела вылитой Кабанихой. Толстая, грузная, с нездорово-отечным лицом, маленькими глазками, поджатыми губами и бесформенным носом картошкой. Одета вошедшая была в нечто, больше всего напоминающее мешок для муки. Тяжело переваливаясь, она дошла до стола и голосом, похожим на скрип двери, отрубила:

— Ступайте отсюдова, ваш Кондратюк вор.

Я нацепил на лицо самую милую улыбочку, но она абсолютно не подействовала на пожилую тетку, светского воспитания у нее не имелось.

— Давай, давай, — поторопила она, — нечего людей задерживать, забот у нас хватает.

— Ухожу, — миролюбиво сказал я.

— Вот-вот, уметайся, — подхватила бабка, — скажи спасибо, что сына нет, он бы тебя с лестницы спустил.

— Ну зачем вы так, мама, — робко встряла Зоя, — человек на работе, подневольный, небось нужда заставила по дворам таскаться.

— Приличный человек к Кондратюку не пойдет, — заявила старуха, — ну, кому велено, убирайтесь.

— Ухожу, ухожу, — поднял я вверх руки, — только пусть ваша дочь до ворот проводит, собак боюсь.

— У меня никогда не могла такая дура родиться, — рявкнула милая мама, — впрочем, ступай. Зойка, пригляди, чтобы не спер чего во дворе, ведра там новые и топор только купленный.

Зоя довела меня до калитки и, шепнув: «Подождите на улице», убежала.

Я послушно остался стоять возле забора. Потянулись минуты. Где-то через полчаса мне стало холодно, а ноги в ботинках превратились просто в два куска льда. Наконец, когда я перестал чувствовать ступни, из двора выскочила Зоя, одетая в «плюшку». Честно говоря, никогда не думал, что когда-нибудь встречу даму, носящую это одеяние. Тот, кто справил тридцатилетие, должен помнить женщин с красными лицами и натруженными руками, приезжавших в Москву за колбасой, конфетами и мануфактурой. Жительницы сельской глубинки, все как одна, были одеты в куртки, или, как тогда говорили, жакеты, из плюша, чаще всего черного, намного реже коричневого или бордового. «Плюшки», звали их снобы-москвичи и брезгливо отодвигались в метро от туго набитых авосек, мешков и рюкзаков. Если бы меня попросили нарисовать символ брежневской эпохи, то я изобразил бы «плюшку» с котомкой в одной руке и батоном колбасы в другой. Но за годы перестройки «жакеты» исчезли с улиц Москвы, их владелицы оделись в китайские пуховые куртки, а нужда ездить в столицу за провиантом отпала. И вот, надо же, оказывается, у Зои живо такое полупальто.

— Извините, — пробормотала женщина, — ждала, пока эта собака задрыхнет. Она всегда после обеда подушку давит, часа два-три, не меньше. Наверное, поэтому и живет столько, никак не уберется, прости господи. Пошли.

— Куда? — удивился я.

— А к матери моей, — вздохнула Зоя, — в восьмой дом, тут через канаву только перелезть.

— Зачем?

Зоя подняла на меня блеклые, почти старушечьи глаза и ответила вопросом на вопрос:

— Так вы же все знаете, раз мне фотку показали, да?

— Ну, в общем, да, — осторожно сказал я, честно говоря, плохо соображая, что к чему.

— Пошли к маме, — потянула меня Зоя, — это она придумала, пусть теперь и распутывает, только мы люди бедные, у нас ничего нет. Вот муж мой, тот да, при деньгах...

Продолжая бормотать, она перетащила меня через сугробы и втолкнула в крохотную покосившуюся избенку, где остро пахло какими-то травами.

— Кто там? — раздалось из комнаты.

— Скидавай ботинки, — велела Зоя, — небось задубел в штиблетах, кто ж в таких зимой ходит.

Я снял обувь и почувствовал сквозь тонкие носки тепло деревянного пола.

— Сюда иди, — велела Зоя и распахнула дверь.

В небольшой комнатке, обставленной скудно, без всяких потуг на богатство, сидела в продранном кресле маленькая чистая старушка с огромной книгой в руках. Из правого угла на меня сурово и мрачно смотрел образ Николая Угодника.

— Зоюшка, — обрадовалась бабушка, — а это кто с тобой, не разберу никак. Сеня или Петя Клюквин?

— Мама, — нервно воскликнула Зоя, — этот человек из Москвы!..

— Иван Подушкин, — раскланялся я.

— Он все знает про Раю, — выпалила Зоя, — пришел денег за молчание требовать, много. У тебя сколько гробовых есть? Давай дадим ему, может, хватит попервости.

Бабушка попыталась встать, уронила с колен книгу и испуганно воскликнула:

— Господи, спаси, отведи беду!

— Поздно плакать-то, — выдохнула Зоя и, упав на стул, заголосила: — Сколько лет ждала, от каждо-

го звука вздрагивала, знала, что кто-нибудь прознает
и плохо будет. Ждала, ждала и дождалась.

Я опустился на колено, поднял книгу, положил
ее на стол и тихо сказал:

— Вам не следует меня бояться, просто расскажите, как все получилось, поверьте, никаких денег
не надо, я сам заплачу вам за информацию.

## ГЛАВА 20

У кого-то из писателей-сатириков, то ли Аверченко, то ли Зощенко, есть рассказ о женщине, которая изменила мужу. Прелюбодейке постоянно казалось, что всем окружающим известно про грех. Стоило кому-нибудь, допустим, в трамвае наступить ей
на ногу, дама мигом холодела. Знает, ей-богу, знает,
иначе бы не наступил. И так во всем. Кончилось дело
тем, что к ней в квартиру позвонил старьевщик и
спросил:

— Барахло на продажу есть?

В полном ужасе, доведенная до крайней точки,
женщина кинулась перед ним на колени с воплем:

— Все бери, даром, только не рассказывай ничего мужу.

Мигом смекнувший что к чему мужик вывез из
квартиры мебель, посуду, одежду.

Рассказ смешной и грустный одновременно. Мучения честного, боязливого человека, совершившего
один раз в жизни непотребный поступок, описаны
очень точно. Но мне все же казалось, что писатель
слегка преувеличил, ну не может человек вести себя
так по-идиотски. Теперь же, глядя на дергающуюся,
покрытую красными пятнами Зою, понял: может.
Более того, способен натворить совершенно невероятное количество глупостей.

Ну посудите сами. Я ни единым словом не обмолвился о том, что мне известны какие-то тайны, и уж, естественно, не просил денег за молчание. Зоя же от ужаса напридумывала бог знает чего, испугалась еще больше и сейчас готова вытряхнуть перед совершенно посторонним человеком тайники души. Так и произошло. Женщина раскрыла рот, и из него хлынула на меня лавина сведений, которые долгие восемнадцать лет хранились под спудом, тщательно спрятанные, но не забытые, потому что забыть такое невозможно. Но начала она свой рассказ издалека.

Жили-были в деревне Красномосковск две семьи, Яковлевы и Сугробовы. Это сейчас Красномосковск носит название города, а тогда был он селом, с крестьянским укладом жизни. Дома Яковлевых и Сугробовых стояли рядом. Костя Яковлев и Зоя Сугробова дружили с детства, вместе ходили в школу, вместе подались после восьмилетки в ПТУ. Костик пошел учиться на шофера, а Зоя на парикмахера. Хорошая профессия для женщины. Не на скотном дворе, с вилами, по пояс в навозе, не в поле с тяпкой, не на стройке с кирпичами, а в теплой комнате с горячей водой, возле ножниц и расчесок. Конечно, были в Красномосковске и более уважаемые люди, например, медсестра, учительница, бухгалтерша... Но чтобы стать кем-то из них, следовало долго учиться, а вот знания отчего-то не лезли Зое в голову. Ручки же у нее оказались хорошие, и скоро почти весь Красномосковск бегал к Сугробовой.

Шло время, Костик ушел в армию, Зоя честно ждала его. Потом он вернулся и сказал родителям, что хочет жениться, естественно, на Зое.

Большинство отцов и матерей обрадовались бы, что сын выбрал хорошую, работящую девушку, да еще знакомую с детства. Живя всю жизнь бок о бок, Яковлевы и Сугробовы могли бы стать хорошими друзьями, но... не стали. Более того, Валентина Сергеевна Яковлева даже не кланялась Анне Ивановне Сугробовой. Такое поведение объяснялось просто.

Родители Кости были обеспеченными людьми. Кулаки, называли их в Красномосковске. В сарае у Яковлевых стояло две коровы, визжали поросята, по двору носились куры. Валентина ездила на рынок торговать молоком, творогом, сметаной. Младшая дочь, сестра Кости, стояла в другом ряду с мясом, цыплятами, яйцами. Дом Яковлевых смотрелся среди остальных деревенских изб как лебедь среди жаб. Высокий, кирпичный, двухэтажный, под железной крышей. Ни отец, ни сын Яковлевы не пили, каждую копейку несли в дом. У них у первых появилась стенка, ковры, телевизор, а потом и вовсе купили автомобиль.

У Сугробовых все было с точностью до наоборот. Домишко самый плохонький, хозяин вечно пьяный, а несчастная Анна Ивановна горбатилась на колхозном поле, пытаясь поставить на ноги дочерей-погодков. Никакой скотины не держали и о телевизоре даже не мечтали.

«Лентяи» — так называли Яковлевы Сугробовых. «Кулаки жадные», — не оставались в долгу соседи.

Понятно теперь, почему желание старших детей создать семью было встречено в штыки с обеих сторон. И если Анна Ивановна поплакала и согласилась, то Валентина Сергеевна стояла насмерть.

— Пойми ты, — втолковывала она неразумному сыну, — Зойка голодранка, нищета беспросветная, да еще лентяйка, зачем нам такая невестка? Вон Ленка Кожина, сватайся к ней, дом полная чаша, все путем, а тут только женишься, мигом ее мать и сестры на шею сядут и ноги свесят.

— Я люблю Зою.

— Тьфу, — плевался отец, — какая там любовь-морковь. Хозяйство надо создавать, семью, а ты сопли разводишь, нет тебе нашего благословения.

Костя был послушным сыном, уважал родителей и никогда с ними не спорил, но в этой ситуации проявил твердость, даже жесткость. Поняв, что отец и мать добром не сдадутся, попросту собрал чемодан, да и перебрался к любимой.

Село загудело. Жизнь в деревне скучная, что такое сериалы, ток-шоу и всякие развлекательные программы, тогда не знали. Единственное удовольствие у баб сплетни. А тут такое дело. Сын Яковлевых, лучший жених в деревне, подался к нищим. Словом, языки замололи, и, когда в воскресенье днем Валентина Сергеевна явилась в сельпо за хлебом, длинная очередь из односельчан мигом примолкла. Яковлева спокойно встала в хвост. Минут пять все молчали, потом Катька Ракова ехидно спросила:

— Что это Костька твой удрал от маменьки?

— Глупости не пори, — сердито оборвала ее Валентина.

— Да ладно тебе, — заржала Катька, — все уж знают! Ну цирк!

— Дело-то молодое, — вздохнула Яковлева, — ну не дотерпели до свадьбы, бывает. Ты сама-то чай не девкой под фатой сидела, вот и наши поторопились.

— Да ну? — протянула противная Катька. — Они чего, расписываться станут?

— А как же, — ответила Валентина, — нельзя без штампа.

Так и сыграли свадьбу, гуляли три дня с ведрами самогона, зарезали свинью и извели кучу кур. Зоя пришла в дом к Косте и получила в придачу к любимому мужу свекра, свекровь и других вечно недовольных родственников. Потом случилось несчастье. Сестра Кости попала в райцентре под автобус, теперь парень стал единственным ребенком в семье. Мать, любившая дочь больше сына, возненавидела Зою с утроенной силой. На голову невестки постоянно сыпались упреки, иногда доходило до колотушек. Зоя мечтала уехать от старших Яковлевых, но Костя сказал твердо:

— Отца с матерью не брошу, я у них теперь один.

Вот так и жили, копили деньги, умножали богатство, складывали заработанное на сберкнижку. Через три года после свадьбы Валентина с тяжелым вздохом заявила Зое:

— Гнилая ты, видать, совсем, вон Ленка Кожина мужу своему второго родила, а ведь позже тебя расписались, а ты все пустая.

— Кому нажитое передавать, — зудел свекор, — дом, двор, машины. Детей рожайте.

Зоя уж совсем было отчаялась, как господь сжалился над ней. Рожать она отправилась в местную больницу. Красномосковск к тому времени еще не превратился в поселок городского типа, и в крохотной больничке было всего четыре палаты и два доктора, мастера на все руки, от стоматологии до гинекологии. Санитаркой, кстати, пристроилась Анна Ивановна.

В ночь с пятого на шестое ноября Зоя родила девочку, мертвую. Более того, Марья Алексеевна, принимавшая роды, сказала, что дети у Зои навряд ли получатся. Что-то она твердила про какие-то виды крови, про резус-фактор... Зоя точно не поняла, что к чему, смекнула лишь одно: теперь Валентина точно ее сживет со свету.

Не успела Зоя оплакать девочку, как в больницу внесли молодую женщину, тоже беременную, москвичку, звали ее Оля. Прямо на въезде в Красномосковск девушка попала в аварию. Шофер отделался легким испугом, а пассажирка оказалась на грани жизни и смерти. О том, чтобы довезти ее до столицы, не было и речи. Еле-еле доволокли до местной «клиники», потому что, кроме полученных травм и переломов, начались еще и роды. К утру Марья Алексеевна приняла двух хорошеньких, здоровеньких, крикливых двойняшек и потеряла их мать. Оля Родионова скончалась.

В сумочке у несчастной нашелся паспорт, да и шофер, отделавшийся только парой синяков, сообщил домашний адрес и телефон погибшей. Марья Алексеевна должна была известить родственников.

Оттягивая неприятный момент, врач перелистала паспорт и сказала Анне Ивановне:

— Видишь, как получается, дети-то круглые сироты. Штампа о браке нет. Вот не повезло бедолаге.

И именно в этот момент Марье Алексеевне и Анне Ивановне пришла в голову одна и та же мысль. Через три дня Зоя выписалась домой вместе с девочкой.

— Может, и нехорошо мы поступили, — запоздало раскаивалась Анна Ивановна, — только это Мария Алексеевна придумала, царствие ей небесное, жалостливая очень была.

Женщины рассудили просто. Близняшек отдадут небось деду с бабкой, если таковые найдутся, а если нет, отправят в детский дом. Зою же Валентина сгрызет, разведет с Костей, придется девке доживать век одной, мыкаясь на медные копейки.

— Ну это вы, пожалуй, преувеличиваете, — не выдержал я, вспоминая Николеттиных подружек, бегавших в загс, как на работу. — Развелась бы и снова замуж вышла...

— Это в Москве, — сурово ответила бабушка, — а тут все. Никто бы за себя не взял, не девочка уже. Нет, вышла замуж, терпи. Я вон всю жизнь с пьяницей провела, и ничего, пережила его, теперь сама себе хозяйка, и соседи слова дурного никогда не скажут. И потом, мы же хотели как лучше, шофер-то нам все рассказал!

— Что? — поинтересовался я.

— Ну женщина эта, Ольга, забеременела от любовника, — принялась объяснять Анна Ивановна, —

от мужчины намного старше ее. Вроде голову он ей морочил, морочил, но жениться не собирался.

Вот дурочка и решила привязать к себе ветреного кавалера, родив ребенка. Старая уловка женщин, рассчитывающих на порядочность любовников. К слову сказать, большинство мужчин, хоть и понимают, что им выкрутили руки, но все же покоряются обстоятельствам. Правда, из этих браков, как правило, ничего хорошего не выходит. Но любимый Ольги Родионовой оказался из другого теста. Он категорически отказался расписываться и велел любовнице побыстрее сделать аборт. Но Оля, наивная и глупая, страстно желавшая выйти замуж именно за этого не слишком достойного человека, решила, что он растает, увидав дитя. Бедная девочка совершила ошибку, мужчинам не свойствен «материнский» инстинкт. Своего, даже очень желанного ребенка они начинают любить не сразу, а только тогда, когда уже можно играть с ним и разговаривать. Отчаянно орущий кулек не вызывает у представителей сильного пола никакого умиления, и очень много браков рушится на этой «младенческой» стадии.

Но Олечка ни о чем таком не предполагала. Аборт делать она не стала, матери имя любовника не сообщила и ждала родов. Однако дней за десять до предполагаемого события будущий отец, не общавшийся с девушкой всю беременность, позвонил Ольге и велел приехать к нему на дачу, в Воропаево, для разговора.

Обрадованная дурочка решила, что речь пойдет о женитьбе. Ехать на электричке, потом на автобусе, а затем переть еще два километра до поселка пешком она не захотела, поэтому попросила хорошего приятеля, соседа Веню Глаголева, свозить ее туда-сюда.

— За бензин заплачу, — просила Оля, — ну сделай одолжение.

Вене девушка не рассказала сначала, к кому едет.

Наплела что-то про гадалку, которая предсказывает будущее беременным... Одним словом, наболтала чушь, но Веня поверил. Это на обратной дороге он узнал правду.

Ольга остановила машину у магазина и пошла до нужного дома пешком. Веня включил радио и мирно задремал.

Примерно минут через пятьдесят девушка вернулась, села на переднее сиденье и тихо сказала:

— Поехали.

Веня глянул в ее окаменевшее лицо и испугался:

— Что-то плохое сказали?

Внезапно спутница разрыдалась и принялась рассказывать. Вот тогда-то парень и узнал про любовника. Оказывается, мужик вызвал девушку вовсе не для того, чтобы предложить руку и сердце. Нет, сначала он сообщил, что детей не признает никогда, никаких денег давать не станет и участия в их воспитании принимать не будет.

— Добро бы один родился, — гадко ухмылялся он, — а уж двое! Ну уволь! Я тебе предлагал сделать аборт, денег давал, а ты уперлась. Вот сама и воспитывай. Можешь подавать на меня в суд!

Оля только хлопала глазами, потеряв дар речи.

— Впрочем, — несся дальше бывший любовник, — выход все же есть.

— Какой? — пролепетала девушка, ожидавшая теперь самого плохого.

— Дети ведь еще не родились, — протянул кавалер, — я знаю одного доктора, хорошего специалиста. Сделает тебе пару уколов, недешево, правда, стоит, но ради такого случая потрачусь.

— Зачем мне уколы? — глупо спросила Оля.

— Так через сутки роды начнутся, — совершенно спокойно пояснил мужик, — младенцы появятся мертвыми. Следовало, конечно, аборт сделать, но еще есть время исправить ошибку. Дети ни тебе, ни мне не нужны. Я готов возобновить наши отношения, если избавишься от них.

Оля оцепенела.

— Ты согласна? — спросил любовник. — Кстати, врач здесь, и лекарство у него с собой, за этим я и звал тебя сюда.

Не говоря ни слова, Ольга подскочила и бросилась бежать, как была, без пальто и шапки. Проваливаясь в ноябрьскую деревенскую грязь, она понеслась к машине, моля бога, чтобы Веня никуда не отъехал. Ольга очень боялась, что сейчас мужики скрутят ее и сделают инъекцию насильно. Недаром ведь любовник строго-настрого предупредил:

— Приезжай одна, никаких подружек не смей брать.

— Ну и гад! — возмутился Веня. — Не плачь, Олька. Родишь деток и в суд подавай, отцовство определяют. Запросто со сволочи алименты стребуешь!

— Нет, — прошептала девушка, — он знает очень хорошо, что я не сделаю этого. Более того, никогда и никому не открою его имени.

— Почему? — изумился Веня. — Так бережешь покой его жены?

— Он не женат, семьи не имеет.

— Тогда в чем дело? — недоумевал парень.

— Есть причина, — ответила Оля.

— Даже матери не скажешь?

— Ей тем более.

Удивленный сверх меры, Веня переключил все внимание на дорогу. Какое-то время они ехали совершенно молча, потом вдруг Ольга на полном ходу стала исступленно рвать дверь, пытаясь ее открыть.

— Эй, перестань, — сказал Веня.

— Нет! — истерически заорала пассажирка. — Жить больше незачем, дети мои никому не нужны, так пусть погибают, но вместе со мной!

Она колотилась в дверь, явно желая выпрыгнуть

на полном ходу. Веня перепугался. По пустой трассе машина шла более чем сто километров в час, затормозить парень сразу не мог, к тому же асфальт покрывала ноябрьская наледь. Пока Веня пытался остановить машину, Ольга распахнула дверцу. Ужаснувшись, шофер начал хватать спутницу за одежду, выпустил руль... Легковушку занесло, последовал удар...

Дальнейшее известно. Веня заработал пару синяков и шишек, а Ольга, родив двух девочек, скончалась. Может быть, в хорошо оснащенной московской клинике, в окружении высококлассных специалистов, Ольга бы и осталась жива, но в сельской больничке, возле доброй, заботливой, ласковой, но не слишком умелой врачихи, у нее просто не было никаких шансов.

Мария Алексеевна позвонила Элеоноре. Та явилась на следующий день, забрала тело дочери и новорожденную. Вот таким образом близняшек и разлучили. Одна осталась в Красномосковске, другая отправилась в Москву. Ни Зоя, ни Анна Ивановна никогда не интересовались судьбой другой девочки, но они любили Раю, как родную.

— Но ведь Элеонора знала, что детей должно быть двое? — спросил я.

Анна Ивановна кивнула:

— Ей сказали, что один младенец был мертвым, и отдали тело Зойной дочки. Новорожденные-то похожи все как две капли воды, несет нянька в палату, так роженицы путают, где чей, только по биркам и разбирают.

## ГЛАВА 21

Я выехал из Красномосковска, докатил до бензозаправки и припарковался возле кафе. Теперь вспомнил, от кого я слышал название городка, от Элеоноры. В свое время хозяйка весьма сухо сообщила мне, что ее единственная дочь родила ребенка и погибла в автомобильной катастрофе. Никаких подробностей она не рассказывала. И ни о каких близнецах речи не шло. Нора воспитывала Риту с младенчества и никогда не говорила о том, что была у нее сестричка, умершая, не пожив. Наверное, не хотела пугать девочку, формировать у нее комплексы... Рите тоже преподнесли краткое изложение событий: мать погибла в дорожно-транспортном происшествии, не сказав никому имени отца дочери. Девочка, никогда не видевшая свою мать, совершенно не страдала от ее отсутствия. Судя по всему, отец тоже был ей не слишком нужен.

А Элеонора, чувствуя вину перед внучкой, баловала Риточку сверх всякой меры. Девочка ни в чем не знала отказа, даже в те годы, когда Элеонора была не слишком хорошо обеспечена, а уж потом, когда пришло богатство, на Маргошу просто пролился золотой дождь. Теперь многое становится понятно. Вот почему практичная, хладнокровная, даже слегка жестокая Элеонора шла на поводу у капризной девицы. Просто моя хозяйка, наверное, часто вспоминала ту, по сути нерожденную, девочку и старательно пыталась заглушить грустные мысли, приобретая подарки для единственной, оставшейся в живых.

Я побарабанил по рулю и закурил. Но Раечка-то преспокойно жила в достаточно обеспеченном доме Яковлевых. Конечно, их достаток и сравнить нельзя с доходами Норы, но все же девочка не голодала, имела игрушки, наверное, ее даже баловали, ведь для Валентины она была родной кровью, внучкой. Надо же, у нее, оказывается, имелся голос и слух, Риточка начисто была лишена этого дара. Если говорить честно, то никакого таланта, кроме как к выпивке, у Маргоши не наблюдалось. И еще одно. Девочки выросли очень похожими, но Зоя мигом подметила разницу. Уходя, я задал женщинам еще один вопрос:

— И вы так сразу поняли, что на снимке не Рая, а другая? Почему?

— Ну, — засмеялась Зоя, — может, кому и не видно, но мне сразу заметно, брови другие, взгляд совсем иной. Нет, я моментом сообразила. Не Раюшка это, а та, вторая. Хотя похожи невероятно.

Ну, брови, положим, Рита выщипала, превратив их в настоящее безобразие, а вот взгляд! Я молча смотрел, как синеватый дым начинает наполнять салон. Взгляд, это уже серьезно. Кстати, и фотограф, снимавший Раю под фамилией Кисина, тоже отметил, случайно увидав фотографию Риты:

— Нет, эта не та девушка, что приходила ко мне, взгляд совсем другой.

Значит, близким людям и профессиональному фотографу сразу стало понятно, что к чему.

Я врубил первую скорость и медленно покатил к Москве. Честно говоря, ничего не понимаю. Одна из сестер совершенно точно мертва, но кто она? Рита или Рая? Если моя догадка верна и некто, стоящий пока за кадром, «поменял» Маргошу на Раечку, то погибла последняя. Но какова цель этого спектакля? Что рассчитывал получить сей таинственный индивид? Какую цель преследовал? Если думал посредством подобной рокировки подобраться к миллионам Норы, то скорее всего его поджидала сокрушительная неудача. Элеонора бы вмиг раскусила обман, пусть не сразу, так через час точно. Но ведь, и кроме Норы, имелось полным-полно общих знакомых, в конце концов, я. Ну ладно, я, предположим, очень невнимательный, но у Риточки были любовники.

С одним из них, Леонидом, у девушки только-только начался роман. Его-то как собирались обвести вокруг пальца? Или я все придумал? Никто не собирался никого обманывать. Рая просто-напросто решила «удлинить волосы», а Рита купила в подземном переходе свитер. Как ее занесло на «Первомайскую»? Да куда ее только не заносило! Каким образом разорванный свитер Маргоши оказался в квартире, где жила Рая?

Я миновал автодорогу и плавно вкатил в Москву, потянулись светофоры. Поджидая, пока красный свет сменится зеленым, я вздохнул. Да все очень просто. Произошел совершенно невероятный случай. Девчонки столкнулись, ну, предположим, в магазине, подивились на невероятное сходство, с удивлением узнали, что родились в один день, причем в одной и той же больнице... Нора никогда не скрывала от Риты, что та появилась на свет в Красномосковске. Девицы сделали выводы и решили обдурить Элеонору. Зачем? Да просто так. Представляю, в какой восторг пришла Рита, большая любительница всяких розыгрышей.

Не успел я додумать интересную мысль до конца, как ожил телефон.

— Вава! — сердито рявкнула Николетта. — Ты где?

— Почти у дома, мама.

— Хватит, — вконец обозлилась Николетта, — прекрати звать меня мамой, понял, Вава?

— Понял, мама.

Сообразив, что на этот раз я настроен серьезно и не собираюсь сдаваться, Николетта сбавила обороты:

— Ну, ну, не дуйся. Значит, заезжаешь за мной в шесть.

Я чуть было не спросил:

— Зачем?

Но, слава богу, вовремя прикусил язык, потому как вспомнил, что сегодня мы званы в мало кому известный театр с диким, на мой взгляд, названием: «В корзинке». Внучка Коки, весьма странная особа примерно двадцати пяти лет, получила главную роль в спектакле «Не будите спящую собаку». Калерия Львовна разослала всему свету приглашения на премьеру. И уж поверьте мне, она зорким глазом будет следить за присутствующими, примечать, кто явился с букетом, кто с коробкой конфет, а кто с пустыми руками. Проигнорировать приглашение значит нанести смертельное оскорбление Коке, а она не тот человек, с которым следует ругаться.

— Не забудь помыть машину, — тараторила Николетта, — и убедительно тебя прошу явиться в подобающем виде. Хорошо?

— Конечно, — пробормотал я, — естественно.

— Вот и умница, не опаздывай, Вава, — сказала маменька и быстренько отсоединилась, чтобы не услышать в ответ: «Да, мамочка».

Николетте нравится злить окружающих, и она считает, что последнее слово всегда должно оставаться за ней. Дома я распахнул шкаф и выудил из него костюм, предназначенный для выхода в свет после шести вечера, отметил, что он изрядно измят, и пошел на кухню.

Горничная Лена и кухарка Туся преспокойно пили чай.

— Уж извините меня, — пробормотал я, демонстрируя вешалку, на которой болтался пиджак, — сам бы погладил, да не умею.

— И зачем вам, Иван Павлович, утюгом махать? — улыбнулась Леночка. — Сейчас в момент сделаю.

— Спасибо!

— Так не за что, — засмеялась прислуга и спросила: — Иван Павлович, Элеонора Андреевна скоро выйдет из больницы?

— Думаю, нет, она пока в реанимации, а что?

— Да так, — протянула Лена, включая утюг, — просто интересно.

Но Туся была попроще, поэтому раскрыла рот и сообщила:

— Жалованье нам не заплатили, вчера расчетный день прошел.

— Ничего, ничего, — быстро влезла Лена, — ерунда, с голоду не дохнем, вот Элеонора Андреевна вернется...

Я вздохнул.

— Простите меня, я совершенно забыл. Хозяйка велела с вами расплатиться, а у меня все из головы вон. Напомните только, о каких цифрах идет речь?

Женщины назвали суммы. Я сходил наверх, вытащил из сейфа деньги, отдал им, забрал у них расписки, вновь полез в сейф и вновь уронил на пол плоский конверт со словами «Мое завещание». Положив его в самом дальнем углу, я пошел одеваться.

К театру мы с Николеттой подкатили за пять минут до спектакля. Маменька обожает опаздывать на подобные мероприятия. Приехать первой и скромно жаться возле колонны — это не для нее, Николетта привыкла быть в центре внимания, поэтому применяет совсем другую тактику. Вот зрители расселись, гаснет свет, и тут, одновременно с актерами, появляется моя маменька и начинает пробираться к своему месту, не забывая при этом хорошо поставленным громким голосом вещать:

— Ах, простите, наступила вам на ногу, так неловко. Ой, извините, подвиньтесь, пожалуйста. О-о-о, Натали, привет! А-а-а, Элен, и ты пришла...

Взгляды девяти зрителей из десяти прикованы в этот момент к ней, а не к несчастным лицедеям, пытающимся изобразить нечто на сцене. Естественно, Николетта шикарно одета и, ощущая завистливые взгляды женской половины зала, чувствует себя совершенно счастливой.

Но сегодня меня ожидал сюрприз. Очевидно, Кока, увидав, что народ задерживается, велела начать спектакль чуть позже. В гардеробе, маленьком, тесном, толпилось много зрителей. Добрых три четверти из них я великолепно знал. Завсегдатаи салонов, тусовок, вернисажей и премьер. Так называемый высший свет. Когда-то, в прежние времена, вход в него был открыт немногим. Конечно, богатство хорошо, но не оно являлось критерием принятия человека в узкий круг избранных. У дворян имелось Дворянское собрание, у купцов — Купеческое. Вы могли иметь в кармане дырку от бублика, но, являясь Голицыным, Вяземским или Оболенским, спокойно присутствовали на балах.

Сейчас ситуация слегка изменилась. Высший свет перестал быть единым. Ныне он распался на отдельные части. Есть круг, где проводят время политики мира сего, имеется артистическая тусовка, салоны, где резвятся художники, манекенщицы, писательско-поэтический клуб... Словом, перечислить все времени не хватит. Границы между этими группами людей потеряли свою четкость. Купцу в Дворянское собрание попасть было затруднительно, если не сказать невозможно. Теперь же девочка из модельного агентства спокойно войдет к политикам, и никто не станет корчить при виде ее гримас, скорее наоборот.

Но Николетта и ее подружки — это нечто особое. Эти дамы создали свой мирок, разработали свои правила и крайне неохотно впускают в него парвеню[1]. Причем сами охотно принимают приглашения, ходят в гости, но на свою территорию допускают лишь достойных. Кстати, подобная тактики сделала салоны Николетты и Коки весьма желанными, народ так и рвется на файф-о-клоки и журфиксы, но дамы тщательно следят за тем, кого приглашают.

---

[1] П а р в е н ю — испорченный французский. Дословное значение: «человек, пришедший извне», имеет пренебрежительный оттенок. (*Прим. автора.*)

Я хотел было помочь маменьке снять длинную, в пол, шубу, как услышал сзади мягкий голос:

— Добрый вечер, Ванюша, давай поухаживаю за Николеттой, а ты подержи пока мой букет.

Я обернулся и увидел профессора Водовозова с роскошными розами, завернутыми в хрусткую бумагу с золотыми бантиками.

— Давай, давай, — улыбнулся Лев Яковлевич и сунул мне букет.

Затем он ловко снял с Николетты манто, и я не сдержал возгласа удивления. Маменька предстала в совершенно невероятном виде. Снизу на ней были ярко-фиолетовые джинсы, расшитые стразами и бусинами. Сверху красовалась нежно-сиреневая шелковая водолазка и жилетка в тон джинсам, сплошь разукрашенная искусственными каменьями. Стоит ли упоминать, что обувью служили сапоги-казаки?

Справедливости ради следует отметить, что этот дикий наряд шел ей чрезвычайно. Николетта ухитрилась сохранить девичью фигуру, а со спины запросто может сойти за двадцатилетнюю. Но с чего бы ей в голову пришло одеться столь экстравагантно?

Очевидно, Льву Яковлевичу пришла в голову та же мысль, потому что профессор прижал к себе остро пахнущий духами мех и пробормотал:

— Ну и ну. Дорогая, ты смотришься сногсшибательно.

— Теперь так принято одеваться среди людей, стремящихся выглядеть молодо и модно, — объяснила маменька и пошла к зеркалу.

Я увидел, как к ней подошла Киса, тоже в расшитой джинсовке, но красной. Кто бы мог подумать, что моя фраза о супермодности такого одеяния, сказанная Коке в шутку, будет иметь столь далеко идущие последствия. Первый и, наверное, последний раз в жизни я ухитрился стать законодателем мод.

Наши кресла оказались в первом ряду, причем

по правую руку от Николетты оказалась Кока. Маменьку сей факт обрадовал. Конечно, теперь всем ясно, какое место в свете занимает госпожа Адилье. Ее не засунули куда-нибудь к стенке, а усадили в самый центр, возле хозяйки мероприятия. Мне же местонахождение категорически не понравилось. Зал был крохотный, мест сто, не больше. Первый ряд стульев стоял почти на сцене, а мне всегда казалось, что от актеров следует держаться подальше. Не слишком приятно видеть толстый слой грима на лицах, помятые бумажные кружева, выдаваемые за валансьенские, и ощущать запах пота. К тому же, если спектакль окажется скучным, то задремать, находясь в непосредственной близости от авансцены, невозможно. Как-то не слишком удобно закрывать глаза, когда в полуметре от тебя кто-то старательно изображает страсть.

Вторая неприятность состояла в том, что слева от меня восседала Роза, мать Люси. Дама была ажиотирована приглашением сверх меры. Впрочем, ее присутствие на этом мероприятии, да еще столь близко от Коки, без лишних слов сказало мне о том, что Калерия Львовна любит меня. Ведь Роза получила вожделенный билетик только потому, что Кока считала Люси моей дамой сердца. Я даже растрогался. Вот не ожидал от этой засахаренной гюрзы столь нежного отношения к себе.

Роза, до которой не дошли сведения о необходимости натянуть джинсы, облачилась в пронзительно зеленое обтягивающее платье из неизвестного мне материала. Люси же была в розовом костюме, цвета взбесившегося молочного поросенка. Более неудачного наряда для девушки, чей вес перевалил за центнер, и не придумать. К тому же, находясь рядом, «изумрудная» Роза и свинкообразная Люси представляли собой изумительную картину несочетаемых оттенков.

Свет погас, раздвинулся занавес, действие началось. Но я никак не мог уловить его суть, потому что Роза трещала без умолку, задавая мне кучу вопросов. Через какое-то время на помощь мне пришла Люси. Она прошептала маменьке что-то на ухо.

— Конечно, конечно, — засуетилась Роза, вставая, — понимаю, вам хочется быть рядом.

— Спасибо, — шепнул я.

— Не за что, — так же тихо ответила Люси, — мама способна довести болтней до смерти, а вы мне нужны пока живым.

И она хитро улыбнулась. Я ответил улыбкой, причем не светской, а вполне искренней — и попытался проследить за действием пьесы.

Спектакль был ужасен, диалоги занудными, мизансцены примитивными, но гаже всех оказалась внучка Коки, исполнявшая главную роль — молодой, чистой, безответно влюбленной девушки. Даже лысоватый, коротконогий субъект, корчивший из себя юного ловеласа, был ничего. Даже старовая блондинка, изображавшая кокетливую служанку, не вызывала содрогания. Но главная героиня! Объем талии у нее сравнялся с ростом, а режиссер велел дурочке нацепить белое обтягивающее платье.

Конечно, есть тучные актрисы. Некоторые из них, такие, как Крачковская, здраво рассудив, решили превратить недостаток в достоинство. Толщины они не скрывают и играют роли, где такая фигура уместна, но внучка Коки предприняла героические усилия, чтобы выглядеть стройней, однако, как водится, только усугубила дело. Очевидно, она влезла в корсет, правда, излишне короткий, потому что талия все же намечалась у ее бочонкообразной фигуры, но безжалостно затянутая шнуровка выступала под тонким шелком, а сверху, в районе подмышек, выпирали валики жира, впрочем, они имелись и на бедрах. Наверное, дива нацепила специальные, утягивающие колготки, потому что след от резинки проступал весьма отчетливо. К тому же, как это часто бывает с полными людьми, у девушки имелись неполадки с кожей. Красные пятна на лице она замазала тональным кремом, но до конца их скрыть так и не сумела. Однако обо всем этом можно было бы забыть при наличии таланта, но им тут и не пахло.

В антракте Кока и изъявляющая восторг толпа отправились в буфет, где было приготовлено небольшое угощение. Мы с Люси остались в зале.

— Как жутко выглядит эта девушка, — вздохнула Люси. — Ей категорически нельзя носить такие платья. Полным следует надевать нечто балахонистое, спокойных тонов. А еще лучше лечь в Институт питания, говорят, там творят чудеса с весом.

Я бросил взгляд на ее розовый костюмчик и галантно ответил:

— Вы правы. Впрочем, излишний вес не портит даму. Болезненная худоба лишь в последние три-четыре десятилетия вошла в моду. Вспомните великих художников: Веласкеса, Рубенса, Кустодиева, наконец. Их модели радуют глаз пышными формами. А Венера Милосская? Да, нынешнему человеку она покажется полноватой, но ведь именно эта скульптура считается каноном красоты...

Внезапно Люси рассмеялась:

— Не старайтесь, Ванечка, вы просто очень воспитанный, интеллигентный человек. Сама знаю, что выгляжу омерзительно в этом костюме, но поделать ничего не могу.

— Почему? — удивился я.

— Моим гардеробом ведает мама, — спокойно пояснила собеседница, — а она ухитряется подбирать совершенно невероятные вещицы. Иногда, в злую минуту, я думаю, что она это делает специально, дабы на моем фоне выглядеть очаровательно. Вы не поверите, но еще в прошлом году мама одевала меня как первоклассницу и велела говорить всем, что мне шестнадцать лет.

— Зачем?

Люси опять засмеялась:

— Господи, Ванечка, но ведь у тридцатичетырехлетней женщины не может быть дочери, справившей двадцать третий день рождения.

— Но вашей матери как минимум сорок пять!

— Пятьдесят, — уточнила девушка, — только она, естественно, прикидывается дамой слегка за тридцать и продолжала бы делать это и дальше.

— Что же помешало?

— Ну я-то взрослею, — хмыкнула Люси. — Роза сообразила, что может получить старую деву, вот и вывела меня на ярмарку невест. Кстати, мне давно хочется лечь в Институт питания, там обещают избавить меня от лишних сорока килограммов, но мама против.

— Почему?

Люси пожала плечами и ничего не сказала. Помолчав, она добавила:

— Вот выйду замуж, избавлюсь от опеки, и вы меня не узнаете.

— А вы пробовали спорить с Розой?

— Разве можно остановить бегущего бизона? — ухмыльнулась Люси. — Нет, тут приемлем только один метод. Тихо улыбаться, чтобы не вызвать истерики, и самой втайне ковать свое счастье.

Я промолчал. Антракт закончился, в зал потянулся народ. Надо же, у нас с Люси родственные души. Она так же воспитанна и интеллигентна. Интересно, кто у нее отец? Знаю, знаю, богатый предприниматель. Но кем он был до того, как получил мешок с золотом? Ведь не Роза же развила в дочери эти качества. И она умна, много читала, вон как свободно обсуждает сейчас с Сергеем Роговым последнюю книгу Пелевина. Может, рассказать Люси, что ее обожаемый Сева просто охотник за большим приданым? Но тут мой взгляд упал на жесткие черные усики, торчащие у нее над губой, и желание вмешиваться в чужую жизнь испарилось без следа.

## ГЛАВА 22

Спать я попытался лечь в пять утра. Именно попытался, потому что сон упорно не шел. До сегодняшней ночи я никогда не страдал бессонницей, но сейчас ворочался в кровати и так и эдак, пытаясь найти удобную позу. Около шести я сообразил, что моему телу вполне комфортно на широкой кровати с дорогим ортопедическим матрасом, заснуть же я не могу оттого, что в голове крутятся грустные и назойливые мысли. В конце концов я сел в кресло и закурил.

Придя из театра, я поужинал и решил слегка отдохнуть. Сначала хотел почитать любимого Брюсова, но отчего-то раздумал. Побегал глазами по полкам: Байрон, Лермонтов, Ахматова, Гумилев, Блок... Ничего не привлекало, подумал было углубиться в приключения хоббитов, но потом встал и пошел в кабинет к Норе. Рекса Стаута я прочел всего, но у Элеоноры две стены забито классикой детективного жанра. Наверное, зря я раньше презрительно относился к такого рода литературе. Не случайно миллионы людей обожают криминальные истории.

Испытывая легкое чувство недовольства собой, я выбрал томик Эллери Квина и прочел его весь. И вот теперь, начисто лишившись покоя, тупо сижу в кресле. В голову полезла всякая дурь. Зачем я живу на свете? Что сделал хорошего? Посадил дерево? Родил ребенка? Ну это глупо, на земле и без моего участия полно лесов и людей...

Понимая, что сейчас провалюсь в депрессию, я

мигом попытался переключиться на другую тему. Так кто убит? Рая или Рита? А может, уничтожены обе? И кто придумал «спектакль»? Идея о случайной встрече девушек в огромном мегаполисе выглядит забавно, только она нереальна. Уж больно в разных кругах вращались девочки. Нет, кто-то специально смоделировал ситуацию. Кто-то... Кто?

Я выбросил окурок в форточку. А тот, кто знал, что у Риты есть сестричка. И, прочтя почти три десятка детективных книжек, я понимаю, зачем было придумано представление. Деньги. Рита очень богата. Своих средств, правда, у нее нет, но у Элеоноры не существует других родственников, кроме Риты. После смерти бабки девушка гарантированно становится более чем обеспеченной. Моя хозяйка настоящий бизнесмен, поэтому основная часть капитала помещена в зарубежные банки и вложена в недвижимость. Даже если в России начнутся очередные пертурбации, Рита спокойно сможет уехать, например, в Испанию. И жить там в собственном доме.

Значит, некто предложил занять Рае место сестры, и та согласилась. Глупо, конечно. Интересно, каким образом она намеревалась обмануть Элеонору? Или я опять придумал что-то невероятное? Но другой версии у меня все равно нет, поэтому примем эту. Итак, некое лицо, зная о наличии «копии» Риты, затевает обмен. Зачем? Чтобы потом, при помощи Раи, выкачивать деньги из Норы.

Я подошел к окну и слегка приоткрыл его. В комнату ворвался ледяной ветер. Я поежился, ну и кто главный режиссер спектакля? Господи, это же так просто, отец девочек, любовник Ольги. Почему я пришел к таком выводу? Ну посудите сами. А кто еще знал, что детей двое?

Я захлопнул окно. Об этом факте Элеонора не распространялась. Все вокруг, естественно, были в курсе, что ее дочь погибла при родах, но о том, что вместе с матерью ушел на тот свет еще один младенец, не упоминали. Значит, в курсе событий был очень узкий круг людей: Нора, сама Ольга, ее любовник, врач Мария Алексеевна, принимавшая роды, Зоя и Анна Ивановна, впрочем, еще некий Веня Глаголев, сосед Норы по старой квартире, возивший Ольгу в Воропаево, на дачу к кавалеру. Все. Нора, естественно, ничего не затевала, Ольга и Мария Алексеевна давно мертвы, Зоя и Анна Ивановна больше всего на свете боятся, что обман раскроется, поэтому держат язык за зубами. Да и не под силу двум простоватым деревенским бабам затеять подобное действо с переодеванием. Ну и кто остается? Правильно, Веня Глаголев и таинственный мужчина, папаша деток.

Я лег в кровать и глянул на часы. Семь. Ладно, посплю часик-два, а потом начну действовать.

До приобретения шикарной многокомнатной квартиры в суперэлитном доме в одном из самых тихих и престижных уголков Москвы Нора жила в обычной хрущевке на улице Реброва. Именно отсюда и начался ее взлет к богатству. Я никогда не жил в таком доме. Мой отец имел роскошные по тем временам апартаменты до рождения сына, и мое детство прошло на паркетных полах в огромных комнатах с высоченными потолками с лепниной. Нора же ютилась в двухкомнатной распашонке, кубатурой чуть меньше, чем ее нынешняя кухня.

Я доехал до улицы Реброва, нашел нужный дом и поднялся к тринадцатой квартире. Сколько раз моя хозяйка, смеясь, говорила:

— Вот и верь после этого в приметы. Родилась тринадцатого апреля, жила в тринадцатой квартире, да еще на первую машину получила номер, где было три шестерки, и что? Везение просто преследует меня!

За железной дверью стояла тишина, но не успел

мой палец коснуться звонка, как дверь распахнулась, и на пороге появилась девочка лет двенадцати.

— Чего ты... — начала она и осеклась, увидев меня. — Ой, вы к кому?

— Разве можно просто так распахивать дверь? — мягко укорил я ребенка. — А вдруг на лестнице бандиты?

— Думала, Ленка в гости идет, — принялась оправдываться школьница, — мы хотели в Барби поиграть.

— Машенька, — донесся слегка глуховатый голос, — ты с кем разговариваешь?

— С дяденькой, бабуля! — крикнула внучка.

В крохотной коридорчик выплыла полная старуха с жидкими волосами.

— Вы к кому? — строго поинтересовалась она.

Я улыбнулся как можно приветливее и развел руками:

— Уж и не знаю, наверное, к вам.

— Как это не знаю? — удивилась бабушка.

— Вы были знакомы с госпожой Родионовой? Она когда-то, кажется, лет десять, назад жила в этой квартире.

— С Элеонорой Андреевной? — мигом сменила тон старушка. — Конечно, до сих пор за ее здоровье свечи в церкви ставлю, а в чем, собственно говоря, дело? Вы кто?

— Разрешите представиться, личный секретарь Элеоноры Андреевны, Иван Павлович Подушкин.

— Очень рада, Нина Михайловна, — церемонно ответила хозяйка.

— Очарован, — ответил я.

— Необыкновенно приятно видеть человека от Норы, — не осталась в долгу бабуся.

Девочка, раскрыв рот, смотрела на «китайскую церемонию», но тут, по счастью, опять прозвучал звонок, и с воплем: «Пошла с Ленкой играть в Барби», ребенок унесся.

— Чему обязана? — спросила Нина Михайловна, препроводив меня в комнату.

— Элеоноре срочно понадобилось связаться с бывшим соседом, Веней Глаголевым, не знали, случайно, этого мужчину?

— А как же, — ответила Нина Михайловна, — не один год.

— Квартиру его не подскажете?

— Жил в одиннадцатой, вот тут за стеночкой.

— Почему жил? — насторожился я.

Вот неудача, если парень умер.

— Так квартиру продал, купил другую и съехал, — пояснила Нина Михайловна.

— Куда?

— Мне не сказал, — ухмыльнулась собеседница, — сердился очень.

— Неужели можно обижаться на столь приятную даму? — галантно прочирикал я.

— Веня молодой мужчина, — пояснила Нина Михайловна, — вашего примерно возраста, холостой, через день гулянки устраивал. Музыка, крики, а стены тут чуть толще бумаги. У нас ребенок, да и зятю с дочерью рано вставать на работу, вот и ходила ему в дверь звонить, один раз даже милицию вызвала. Время три утра, а у него дым коромыслом.

Я кивнул, понятное дело, почему милейший Веня не жаловал соседку.

— Кто же теперь на его площади проживает? Может, они в курсе?

Нина Михайловна с сомнением покачала головой:

— Вам точно не скажут, очень подозрительные старики, такие нелюдимые, неприветливые, разве мне попытаться, если это Норе надо. Вот что, посидите тут пока, посмотрите телевизор...

Она щелкнула пультом и ушла. От нечего делать я уставился в экран. Там носилась выглядевшая самым невероятным образом ведущая. Редкие блондинистые волосы то ли девушки, то ли бабушки стояли дыбом, словно иголки у ежика, хлебнувшего водки. Возраст дамы определить не представлялось возможным. От двадцати до семидесяти. Хотя последнее навряд ли, все-таки на нашем голубом экране предпочитают показывать более молодые лица. Одето существо было в обтягивающие розовые кожаные штаны, коротенькую кофточку ядовито-лимонного цвета, в пупок вдето довольно крупное золотое колечко. Словом, от шеи вниз дама казалась подростком, но стоило переместить взгляд вверх, и становилась видна увядшая кожа под подбородком, легкая сеточка морщин на делано-оживленном личике и припухлые веки дамы в возрасте. Под глазами выделялись мешки, старательно замазанные тоном. Очевидно, обладательница лучезарных, задорно блестящих очей любила приложиться к бутылочке. Уже одного внешнего вида ведущей было достаточно, чтобы прийти в недоумение, но окончательно сбивала с толку ее речь.

— Ну, кренделя и мурены, — визжала она, подпрыгивая и гримасничая, — ну дела, пора нам оторваться, куда деваться крутому пятаку? Ясное дело, не в дребезжаловку, пусть там шнурки тащатся, нам охота прикольнуться.

Я чуть не поперхнулся. Ну и ну, каждое слово по отдельности было понятно, но целиком речь лишена для меня всякого смысла. Крендель — это сладкая булка, мурена, кажется, довольно ядовитый обитатель морских глубин, пятак — монетка, шнурки, понятное дело, нужны для завязывания ботинок. Интересно, что она имеет в виду? А еще газеты сетуют, что современная молодежь разговаривает на «птичьем» языке, да откуда им узнать другой?

Пока я брюзжал, ощущая себя столетним стариком, видеоряд сменился. Появилось изображение беснующейся толпы подростков. Разгоряченные тинейджеры прыгали в полутемном помещении под звуки музыки. Впрочем, нет, музыкой подобное назвать нельзя. Визг, стук, какофония, как угодно. Настоящая преисподняя.

Не успела последняя мысль промелькнуть в голове, как ведущая вновь завизжала:

— Вот это преисподняя, настоящий ад, и хотя назвали это откольное местечко «Ванильный зефир», мы-то знаем, что все продвинутые кренделя и мурены зовут его адом. Сатанинская музыка, чертово удовольствие — и всего пятьсот рублей за ночь. Налетай, сверчки. Всего за пять сотен получишь право не только оторваться со своей муреной, но и высосешь два коктейля.

— Вот, — раздалось за спиной, — узнала адресок.

Я с трудом оторвался от омерзительного зрелища. Всякое уродство завораживает. Увидав на улице косого горбуна, вы обязательно уставитесь на него, а по красавице скользнете равнодушным взглядом. Может, зря модную одежду демонстрируют девушки с безупречной внешностью?

— Держите, — протянула Нина Михайловна бумажку, — с трудом уговорила, еле дали, такие подозрительные, как будто незнакомы со мной. Начала расспрашивать: что да почему...

— Очень вам благодарен, — кивнул я, взяв записочку.

— Это, наоборот, я перед Норой в вечном долгу, — с достоинством ответила Нина Михайловна, — не сочтите за труд, передайте ей: семья Козловых каждый день молится о ее благополучии.

Мне стало любопытно.

— Если не секрет, какую услугу оказала вам Элеонора?

— Вы не знаете?

— Откуда?

— Я с дочкой и зятем жила в двенадцатой квартире, там всего одна комната, крошечная. И так на головах друг у друга сидели, а тут еще дочь родила девочку, представляете наши условия?

Я кивнул.

— Тут Нора собралась уезжать. Повезло ей, разбогатела, — спокойно объяснила Нина Михайловна, — мы с ней всегда в хороших отношениях были. Выручали друг друга по-соседски, соль одалживали, сахар, деньги. Рита ее частенько ко мне после школы забегала. Элеонора-то на работе день-деньской, а я дома, вот и подкармливала девчонку.

Когда Нора сообщила, что уезжает, Нина Михайловна даже взгрустнула. Неизвестно, какие люди въедут в «двушку». Вдруг горькие пьяницы? Или, того хуже, иногородние, молдаване с кучей детей. И еще старушка испытывала зависть. Ей-то предстояло мыкаться вчетвером на двадцати восьми метрах общей площади.

Потом приехал фургон, куда погрузили все вещи, но мебель осталась на месте. Нина Михайловна, смотревшая из окна на то, как взад-вперед бегают мужики с ящиками, поняла, что Нора обставила новую квартиру, а прежние диваны, шкафы да кухня ей совершенно ни к чему.

Закончив процесс перетаскивания узлов, Элеонора поднялась к соседке, обняла ее, поцеловала и дала конверт.

— Что это? — удивилась та.

— Небольшой сувенир, — улыбнулась Нора, — открыточка от меня, только прочтите, когда мы уедем.

Нина Михайловна помахала вслед машинам, потом открыла конверт. Внутри и впрямь лежала почтовая карточка с коротким текстом:

«Дорогая Нина Михайловна! Я начинаю новую

жизнь, полностью зачеркивая старую, поэтому не оставляю Вам ни свой теперешний телефон, ни адрес. Мы больше никогда не будем пить чай вместе на кухне, я хочу как можно быстрей забыть годы невзгод и нищеты. Но я очень благодарна Вам за все: за денежную помощь, за Риту, за Ваш ласковый характер, поэтому решила сделать небольшой подарок. Документы на столе в квартире 13. Ваша Нора».

К писульке прилагался ключ. Недоумевающая бабушка пошла в бывшую квартиру соседки. На обеденном столе действительно белела бумажка. Нина Михайловна развернула листок и чуть не лишилась чувств. Перед ней лежала дарственная на квартиру, сверху скрепкой прикреплена записочка: «Не надо меня благодарить, продать эту халупу все равно невозможно».

В «жигуле» я прочитал адрес Вени Глаголева: Фестивальная улица. Тихо двигаясь в потоке машин по направлению к Ленинградскому шоссе, я закурил. Нора не перестает меня удивлять. Надо же, подарила квартиру соседке. Конечно, при ее доходах тридцать тысяч долларов, а подобная халабуда вряд ли стоит дороже, так вот, при ее доходах эта сумма ничего не значит. На празднование своего шестидесятилетия она выбросила в два раза больше, но не в деньгах дело, в конце концов. Сделав широкий жест, она никогда не вспоминала о нем, не ставила себе в заслугу. И потом, Элеонора всегда старалась казаться жесткой, этакая «железная леди». Чувства жалости к себе, даже сидя в инвалидной коляске, хозяйка никогда не вызывала. Я считал ее малоэмоциональной, расчетливой бизнес-дамой. А оказывается, у нее сентиментальная натура. Внутри бронзовой статуи бьется горячее, ранимое сердце.

## ГЛАВА 23

Часы показывали ровно два. Но, учитывая выходной день, шанс застать дома Веню Глаголева был велик. Наверное, мне просто везло, дверь распахнул заспанный мужик в мятом спортивном костюме и, зевая, поинтересовался:

— Ну, случилось что-то? Только не говорите, что у вас из-за меня свет замкнуло.

Я улыбнулся.

Погода сегодня стоит просто отвратительная. Серое небо толстой периной навалилось на город. Из туч сыплется нечто, более похожее на ледяную рисовую кашу, чем на хлопья снега. Под ногами чавкает месиво из грязи с солью, и, несмотря на мороз, пронизывающая сырость пробирает сквозь одежду. Самое время давить подушку на диване, хотя лично я предпочитаю спокойное времяпрепровождение с книгой.

— Ну, — повторил Глаголев, — чего там опять стряслось?

— Простите, вы Вениамин?

— Точно.

— А я Иван Подушкин, секретарь Элеоноры Андреевны Родионовой, помните такую?

— Конечно, — ответил мужик и попытался пригладить торчащие вихры.

— Можно войти?

— Валяй, вползай.

— Вы ведь знали Олю, дочку Норы? — поинтересовался я, оказавшись на кухне.

— Еще бы, — отозвался Веня, — в один класс ходили, а я в нее влюблен был, все портфель таскал.

— И Риту видели, дочь Ольги?

— Да в чем дело, наконец? — возмутился Глаголев. — Чего глупости спрашиваете? Ну как я мог ее не видеть, если в соседней квартире проживал? Всех их прекрасно знал, и Ольку, и Элеонору Андреевну, и Ритку. Кто вы-то? Зачем интересуетесь?

— Риту убили, — спокойно сказал я.

— Ну ни фига себе, — просвистел Веня. — Кто? Я пожал плечами:

— Это-то Нора и хочет выяснить. Милиция палец о палец не ударяет, поэтому Элеонора и решила сама докопаться до сути.

— Козлы они, — вымолвил Веня, — ни на что не способные, менты поганые, шкуры продажные. Вон у меня машину сперли, и чего? Никто даже и виду не делал, что ищет. На взятку намекали, да я не дал. «Жигуль» старый, копеечный, нехай пропадает. А что Элеоноре Андреевне от меня нужно? Я ее очень уважал, такая деловая дама!

— Не стану долго нагружать вас лишней информацией, скажу только, что следы ведут в прошлое, в тот день, когда вы с Ольгой попали в автокатастрофу, помните это происшествие?

— Такое забудешь, — крякнул Веня, — рад бы, да не получится.

— Можете рассказать подробности? Или трудно будет, все-таки восемнадцать лет прошло...

— У меня тот день перед глазами, как кино, частенько прокручивается, — грустно сказал Веня, — в деталях помню, очень ясно. Все ругаю себя иногда. Не надо было мне ее слушать, следовало отказать. Дорога как стекло выглядела. Все ругаю себя, ругаю, а потом вдруг успокаиваюсь. Судьба, значит, она бы и без меня отправилась. Вот слушай, как дело обстояло.

Венечка Глаголев безответно любил Олю с младших классов. Но девочка считала соседа хорошим другом и не обращала ровным счетом никакого внимания на его ухаживания. Носит портфель за ней, и хорошо. Решает контрольные, домашние по математике, еще лучше.

Потом Веня понял, что рассчитывать ему не на что, и завел себе другую девочку, затем третью. Но Олечка все равно осталась лучшим другом. Кстати, и она считала парня близким человеком, поэтому и обратилась к нему с просьбой. Рано утром Оленька пришла к Вене и сказала:

— Будь другом, помоги.

— Чего надо? — спросил он.

— Свози меня в дачный поселок Воропаево.

— Далеко мотать?

— Примерно шестьдесят километров.

— Ну ни фига себе, — присвистнул Веня. — За каким чертом тебе в такую даль переть?

— Там гадалка живет, беременным судьбу предсказывает.

— Во, придумала глупость, — заржал парень, — совсем с ума сошла! Ты глянь, какая дорога! Нет, не поеду.

— Пожалуйста, Венечка, мне очень надо.

— И не проси. Ладно бы дело какое, а то глупость одна.

— Хорошо, — тихо сказала Оля, — извини за беспокойство.

В ее голосе прозвучала такая тоска, такая безысходность, что парень испугался и окликнул Олю:

— Эй, погоди, делать-то что станешь?

— На электричку сяду, — спокойно пояснила она, — полтора часа всего, потом минут двадцать на автобусе, пешком совсем чуть, километра два, не больше.

— С ума сошла! — обозлился Веня. — Мозги потеряла!

— Мне очень надо, — тихо пробормотала Оля.

Веня окинул бывшую любимую взглядом. Из-под старенького платья выпирал огромный тугой живот, волосы, свисавшие вдоль щек, подчеркивали нездоровую, желтоватую бледность лица. Женщина, стоявшая в квартире Вени, мало походила на обожаемую им хохотушку Олечку, первую заводилу всех школьных проказ, но это была она.

— Погоди, — буркнул Веня, — оденусь только.

— Спасибо, — повеселела Оля, — ой, какое спасибо.

До Воропаева доехали без особых проблем. Правда, Веня весь взмок. Права он получил совсем недавно, с машиной управлялся кое-как, а дорога напоминала каток.

Возле указателя «Воропаево» Оля попросила:

— Видишь сельпо? Встань там, на площади, одной велено приходить.

Глаголев запарковался возле приземистого облупленного здания. Ольга ушла. Ее шофер сначала заглянул в сельпо и обнаружил там на полках рыбные консервы «Частик в томате», болгарские сигареты «Опал» и куски вонючего черного хозяйственного мыла. Шел 1982 год, о продуктах и товарном изобилии население СССР даже и не мечтало. Веня хотел было купить пачку сигарет, но продавщица воспротивилась:

— Много вас тут мимо ездит! Это только для членов сельской промкооперации, бери «Дымок».

Но Веня не захотел покупать табачное крошево, засунутое в газетную бумагу, поэтому несолоно хлебавши вернулся в машину, включил радио и мирно заснул под бодрое пение хора имени Пятницкого.

Разбудил его холод. Веня открыл глаза и увидел, что дверь в машину открыта, а в салон садится серая, словно неживая Ольга.

— Что случилось? — испугался парень.

— Потом, — напряженно сказала девушка, — давай, гони отсюда, только умоляю, скорей.

Глаголев послушно понесся вперед, но километров через пять притормозил и спросил:

— Чего такая перевернутая? Нагадали тебе глупостей? Говорил же, не надо ездить, а ты...

Но тут Ольга разрыдалась и выложила все про любовника и уколы. Ну а потом она попыталась покончить с собой, выпрыгнув на дорогу. Веня ухватил ее за пальто...

Авария произошла на въезде в Красномосковск. Обезумевший Глаголев с ужасом увидел, что залитая кровью Оля потеряла сознание. Выскочив из машины, он бросился к первому дому, стоящему метрах в ста от места трагедии. К его огромной радости, это оказалась сельская больница. Веня отдал Ольгу в руки врача, а сам рухнул в коридоре на стул. Он просидел там почти шесть часов, пока не узнал страшную новость: Оля умерла.

— Она не назвала имя любовника? — спросил я.

— Нет, — ответил Веня, — наоборот, повторила, что никому не скажет, в особенности матери.

— Может, адрес упомянула?

Веня вновь покачал головой:

— Нет, велела у магазина ждать, я и не лез. Думал, и впрямь к какой-то бабке подалась.

Я приуныл.

— Совсем ничего? Может, хоть словечко обронила? Ну, к примеру, дом с зелеными ставнями, во дворе колодец, — цеплялся я за последнюю надежду.

— Нет, — протянул Веня, — хотя, погодите, петух!

— Какой петух? — изумился я.

— Ольга, когда все рассказала и перестала плакать, — пояснил Веня, — вдруг сказала: «Петух там такой страшный, прямо жуть берет. Я калиткой хлопнула, а он завертелся со скрипом».

— Птица? — удивился Веня. — Вертелась со скрипом?

— Железная, — тихо ответила Ольга, — флюгер. Только отчего-то не на крыше приделан, а на калитке.

Это была последняя фраза, которую Веня услышал от спутницы. Потом началась истерика, и произошла авария.

Как Веня ни старался, ничего интересного он больше вспомнить не смог, и я ушел.

В пять часов я должен был заехать к Люси, чтобы вести девушку в «консерваторию». До встречи еще имелось время, но я не успевал домой, поэтому тихо поехал по улицам, выискивая место, где можно перекусить. Не большой я любитель сети общественного питания, но есть хотелось безумно. Глаз упал на большую вывеску «Макдоналдс». Ну уж ни за что, возмутился мозг, только не в заведение пронырливого американца, забивающего желудки наивных людей отвратительными булками с излишне жирными котлетами, но нога сама нажала на тормоз.

Есть в переполненном зале я не стал, взял пакет в машину и принялся поглощать «картофель по-русски» в гордом одиночестве. Вы не поверите, но печеные клубни с белым соусом на вкус оказались совсем даже ничего. Не так плохо было и куриное филе — обжаренные в сухарях кусочки. К ним тоже полагался соус, на этот раз острый. Быстро съев обед, я увидел, что служащая забыла положить салфетки, и, абсолютно не задумываясь, облизал пальцы. В ту же секунду мне стало смешно, видала бы сейчас Николетта своего благовоспитанного сыночка. Ест руками, без вилки и ножа, да еще слизывает жир. Ей-богу, старательно изображая из себя детектива, я приобрел и соответствующие замашки. Самое интересное, что меня это теперь не коробит. Раньше я, даже наедине с собой, был «застегнут на все пуговицы», но теперь, образно выражаясь, снял пиджак и влез в халат, этакий удобный, мягкий, уютный, застиранный.

Значит, птица на калитке. Очень шаткая примета, прошло восемнадцать лет. Флюгер мог сломаться, деревяшка сгнить, а дача сгореть. Но другого-то следа у меня нет.

После сытной еды сигарета показалась особенно вкусной. Я выпустил дым и стряхнул с сиденья крошки. На мой вопрос:

— Вы знали, что у Оли родились близнецы? — Веня ответил:

— Конечно.

— Кому-нибудь рассказывали, что девочек было двое?

— Нет.

— Почему?

— Элеонора Андреевна просила.

— Да?

— Ага, — подтвердил Веня, — пришла ко мне утром, перед похоронами, рано-рано, около семи.

Заспанный парень открыл дверь.

— Извини, бога ради, за вторжение, — нервно сказала соседка.

— Ерунда, — пробормотал Веня, — что-то случилось?

— Хватит, — отрезала Нора, — в моей жизни уже все несчастья произошли. Просьба у меня к тебе.

— Да, конечно, — забормотал Веня.

Парень чувствовал себя безумно виноватым. В конце концов, именно он сидел за рулем машины и мог считаться виновником происшествия.

— Ты ведь знаешь, что одна девочка умерла?

Глаголев кивнул.

— Так вот, очень прошу, никому не говори про двойню.

— Но Олька сама могла кое-кому растрепать!

Элеонора покачала головой:

— Нет, во-первых, она только недавно узнала, что младенец не один. Как-то они там неудачно лежали, доктор плохо сердцебиение плода слышал, а на ультразвук я ее не отправляла, нужды не видела. А во-вторых, Ольга ни с кем последние месяцы не общалась. Так что о двойне знаем только ты и я.

— Еще врач, — напомнил Веня.

— Ну, Красномосковск хоть и близко, да далеко, — вздохнула Нора. — Пожалуйста, не трепись.

— Хорошо, — пожал плечами парень, — если хотите, ни звука не пророню, только что же тут стыдного? Думаете, смеяться будут? Да такое в голову никому не придет, жалеть начнут, сочувствовать.

— Да плевать мне на сплетни и на жалость, — взвилась Нора, — о другом волнуюсь. Вырастет вторая девочка и начнет мучиться: не я ли виновата в смерти сестры... Не нужны ей всякие комплексы, угрызения совести. Та, умершая, и не жила вовсе, вроде как ее и не было. Мне врач по телефону сообщила, какая-то патология развития. Значит, и переживать не следует. Сделай милость, не болтай. Мы Олю с дочкой в одном гробу хороним, младенца прикрыли, не видно его.

Естественно, Веня пообещал держать язык за зубами и слово свое сдержал.

— Никому не сболтнул? — спросил я.

— Нет, — покачал головой мужчина, — зачем? Сам понимал, трудно ребенку с таким грузом жить. А потом и вовсе забыл, что Рита из пары была...

Я скомкал пакет и поехал к Люси. Нет, не все забыли, что девочек было двое. Кое-кто великолепно помнил об этом факте и разработал дьявольский план. Неужели Ольга никому не обмолвилась, как зовут ее любовника? Не растрепала подружкам? Ведь ей в момент смерти исполнилось всего двадцать два года, а в этом очаровательном возрасте девочки болтливы и непосредственны. Может, конечно, кто-то и был в курсе, только теперь, спустя восемнадцать лет, никого не найти. Хотя...

От неожиданной мысли я нажал на тормоз. Ольга очень хорошо пела и училась в музыкальном училище. Она собиралась стать певицей. Ну неужели в группе у нее не было подружек?

Воодушевленный, я подкатил к дому Люси, сбегал наверх, вручил Розе букет из красный цветов, пробормотал известную шутку: «Роза вянет от мороза, вы же, Роза, никогда» — и получил в обмен на веник «невесту». Сегодня Люси была в песцовом полушубке.

Мы добрались до Сиреневого бульвара, я посмотрел, как девушка, кажущаяся из-за пушистого меха совсем толстой, просто горой, прикинувшейся песцом, исчезла в мрачном подъезде. Может, все-таки следует открыть ей глаза на поведение драгоценного Севочки? Но потом я опять решил, не надо, сама разберется, что к чему. Хватит того, что я дал втянуть себя в авантюру с обманом ее родителей.

## ГЛАВА 24

На следующий день я отправился в музыкальное училище. Воропаево далеко, а железный петух-флюгер слишком шаткая примета. Поиск однокурсниц Ольги казался мне более перспективным занятием.

За последние несколько дней мне довелось несколько раз побывать в учебных заведениях, и теперь я хорошо представлял себе, как нужно действовать. Для того чтобы растопить сердце заведующей отделом учета студентов, я купил жуткий торт. Просто варварское великолепие из бисквита, кремовых замков и шоколадной крошки. При взгляде на этот апофеоз кондитерского искусства мой желудок начинал противно сжиматься, но, насколько я знаю, дамы обожают все липкое, сладкое, тягучее.

Постучавшись, я, с тортом наперевес, вошел в довольно большое, давно не ремонтированное помещение и сразу понял, что не прогадал.

За столом сидели женщины, четыре, все примерноно моего возраста, при косметике и бриллиантах. Увидав мужчину, коллектив оживился чрезвычайно.

— Вы к кому? — кокетливо спросила полная брюнетка.

— Дорогие дамы, — бодро начал я монолог, — бога ради, простите, что явился без звонка и помешал вам работать. Как знак искреннего раскаянья в содеянном, примите сей тортик. Если он окажется невкусным, я вернусь в супермаркет и убью продавца. Подлец обещал, что вы будете в восторге. Оп-ля!

Ловким движением я схватил ножницы, разрезал веревочку и поднял крышку.

— Какой вы жестокий, — протянула худенькая блондиночка, — не следует стрелять в продавцов. Тортик замечательный, я ела такой.

— Слово прекрасной дамы для меня закон, — мигом согласился я, — он помилован.

Блондинка рассмеялась, к ней присоединились и остальные. Поняв, что дамы уже считают меня своим, я быстро сказал:

— Давайте знакомиться.

— Лиза, — протянула блондинка.

— Яна, — добавила полная брюнетка.

— Таня, — хором сказали две другие женщины.

— Ваня ибн Хоттаб, — принялся дурачиться я, — джинн, исполняющий желания. Сейчас, как мне кажется, вы хотите пить чай.

— В общем, неплохо бы, — усмехнулась Яна.

Я схватил электрочайник, подошел к висящей в углу раковине.

— Сейчас! Хамам-балам-далам!

Женщины опять рассмеялись. Через полчаса, когда все угостились свежим бисквитом, одна из Тань поинтересовалась:

— Ну, если серьезно, чего вы хотите?

— Если серьезно, — без всякой тени улыбки взмолился я, — то очень прошу мне помочь.

— В пределах разумного сделаем все, — заверила Лиза.

— Я работаю на телевидении в программе «Ищу тебя».

— Да ну, — всплеснула руками Яна. — Ой, как интересно, а к нам вы зачем?

— Восемнадцать лет тому назад тут училась Ольга Родионова, можно сейчас увидеть список ее одногруппников?

— В общем, да, — протянула Лиза. — Но зачем?

— Видите ли, Ольга трагически погибла, когда находилась на последнем курсе. Ее мать хочет сейчас отыскать бывших подруг дочери и сделать им подарки. Оле в этом году исполнилось бы сорок лет, юбилей. Ее мать богатая женщина... Неужели вы не помните эту историю? Родионова была беременна, буквально на последней неделе...

— Из нас никто так долго здесь не работает, — вздохнула одна из Тань, — а информацию запросто можно получить, давно весь архив компьютеризирован. По закону сведения полагается семьдесят пять лет хранить.

Она встала, подошла к небольшому монитору, пощелкала мышкой и радостно сообщила:

— Вот она, ваша Ольга Родионова, шестая группа, отделение эстрадного вокала. Сейчас распечатаю.

Раздалось тихое шуршание. Из принтера выполз листок бумаги.

— Держите, — протянула мне его Таня, — хорошо, однако, было восемнадцать лет назад.

— А что хорошего? — машинально поинтересовался я.

— Разве это группа, — фыркнула Таня, — восемь человек всего! Сейчас по тридцать набираем.

— Так тогда бесплатно обучались, — вздохнула Яна, — а теперь вон сколько денег берут, ректору охота заработать, поэтому и напихал в аудитории людей, как селедок в бочку!

— Народ прямо озверел, — засмеялась Лиза, — все рвутся эстрадными певцами и музыкантами стать.

— Дело денежное, — улыбнулся я, — говорят, они бешеные тысячи получают.

— Ой, — отмахнулась Яна, — не верьте. Человек двадцать, не больше, а остальные ведут жуткую жизнь.

Мы еще минут десять поговорили о тяжелой доле артистов и расстались страшно довольные друг другом.

Я спустился в машину и принялся изучать список. Так, Федотова Лариса Сергеевна, Малышева Неля Петровна, Рогозин Анастас Михайлович, Селезнева Инна Константиновна — староста. Вот с нее и начнем. Небось староста все про всех знала.

## ГЛАВА 25

Без всякой надежды на успех, все-таки прошло столько лет, я набрал номер Селезневой и услыхал дребезжащий старушечий голос.

— Алло.

— Можно Инну Константиновну?

— Иночка на работе, — ответила бабуся.

Я обрадовался. Надо же, как здорово, Селезнева живет на прежнем месте, хотя ничего странного в этом нет. Многие люди, получив квартиру, никогда не меняют местожительство. Мои родители, например, приобрели кооператив в 1963 году, и Николетта до сих пор преспокойненько обитает там.

— Простите, а телефончик не подскажете?

— Куда?

— На работу к Инне Константиновне.

— Что вы, молодой человек, разве на рынке есть телефон!

— Простите, — не понял я, — на каком рынке?

— На «Динамо», — ответила собеседница, — Иночка обувью торгует, место номер две тысячи сто сорок два. Если вам срочно, туда езжайте, она до шести вечера стоит.

Я сунул телефон в карман и поехал искать разворот. Чудны дела твои, господи, дама, закончившая музыкальное училище, предлагает людям сапоги и ботинки.

Николетта никогда не покупает вещи на толкучках. Даже в те годы, когда мы неожиданно стали бедными, прямо-таки нищими, она шла в хорошие магазины. Брала деньги в долг, а потом говорила мне:

— Купила себе платье, верни Коке двести долларов.

Помнится, в первый раз я удивился:

— Где же мне их взять?

Маменька наморщила носик и отрезала:

— Твой отец никогда не задавал подобных вопросов. Женщину совершенно не волнует, где мужчина достает средства.

Представить Николетту прохаживающейся между рядами лотков и примеривающей на грязной картонке туфли просто немыслимо. Но большинство москвичей придерживаются иной точки зрения, поэтому на «Динамо» клубилась толпа.

Я шел в людском потоке, разыскивая нужную торговую точку. Она оказалась большим грузовиком, стоявшим последним в ряду высоких машин. Покупателей тут было мало, и возле стеллажей с ботинками не нашлось никого: ни тех, кто желал купить обувку, ни того, кто ее продавал. Я повертел в руках жуткое изделие неизвестных сапожников и крикнул:

— Хозяйка!

Из грузовика высунулась полная тетка в куртке.

— Подобрали? Берите, останетесь довольны, качество отменное, мех натуральный. Италия делает.

Я с сомнением посмотрел на потеки клея, выступающие между подметкой и верхом кособокого ботинка.

— Уступлю немного, — быстро сказала торговка, — скину, так и быть. Ну, какой вам размерчик нужен?

— Вы Инна Константиновна Селезнева? — спросил я.

— Точно, — улыбнулась тетка. — Откуда вы знаете? Знакомились когда? Не припомню что-то.

— Прочитайте, пожалуйста, — попросил я, протягивая листочек.

Селезнева взяла бумажку, пробежала глазами по строчкам и удивилась.

— Так это же наша группа, из музыкального училища. Где вы это взяли?

— Помните этих людей?

— Конечно, очень хорошо.

— Можете рассказать о них?

— Из милиции, да? — спросила Инна, ловко выбираясь из грузовика. — Ищете кого?

Не дожидаясь ответа, она выхватила из моих рук ботинок и поставила на стеллаж.

— Не берите это говно, месяц только проносите, жуткая дрянь. Если вам и правда зимние ботинки нужны, ступайте в двенадцатый контейнер, там Ленвест продают. Не смущайтесь, что в России шьют, отлично делают, кожа натуральная...

— Где тут поговорить можно? — спросил я, невольно вздрагивая от холода.

Инна заметила это движение.

— В моем грузовике околеем, пошли в кафе.

И, не дожидаясь моего ответа, закричала:

— Ленка!

Из соседнего автомобиля высунулась девчонка.

— Чего?

— Не буду запирать, присмотри за товаром.

— А ты куда?

— Пойду горяченького проглочу.

— Ступай себе, — разрешила Лена, — все равно народ не идет.

Инна провела меня в небольшое кафе и спросила:

— Сосиски будете?

— Нет, спасибо, — быстро сказал я, — просто кофе. Да вы садитесь, сейчас принесу. Что вам взять?

— А все равно, лишь бы горячее, — отмахнулась Инна, — надо же, какой холод стоит!

Я подождал, пока она проглотит две сардельки, густо обмазанные горчицей, и поинтересовался:

— Как же вы на рынок попали? Вроде музыкант.

Селезнева грустно улыбнулась:

— Ну, предположим, Аллы Пугачевой из меня не вышло. Закончила училище и пела в ансамбле «Свежий ветер», слышали про такой?

— Нет, — ответил я и быстро добавил: — Я плохо знаю эстраду.

— Не старайтесь, — ухмыльнулась Инна, — его и специалисты не знали. Мотались по провинции, лабухали в коровниках. Потом вся дрянь с перестройкой завертелась, затем возраст начал подпирать. В тридцать пять уже трудно спать в автобусах и по восемь часов глотку драть. Пошла в музыкальную школу, преподавала пару лет за гроши. До-ре-ми-фа-соль, кошка слопала фасоль. Обнищала совсем, обносилась, а тут подружка предложила на рынок пойти, вот и стою. Да здесь полно людей с образованием, даже кандидаты наук есть, а возле ворот мужик шарфами торгует, так тот вообще профессор.

— У ваших согруппников как дела шли?

Инна опять развернула листок.

— Лара Федотова замуж вышла, дочку родила, на сцене не работала. Да ей незачем, у нее муж крупный бизнесмен, деньги рекой текут. Неля Малышева спилась совсем. Мы в прошлом году собирались вместе, училище юбилей праздновало, ну и пригласили всех. Неля явилась в лохмотьях, прямо бомжиха, лучше бы совсем не приходила. Анастас Рогозин процветает, газета у него очень популярная, тираж большой. Феоктистова Майя и Сергеева Женя давно за границей, уехали в Израиль. Где они сейчас, не знаю. Катя Ярцева в школе преподает...

— А Оля Родионова? — спросил я.

— Олечка давно погибла, — вздохнула Инна, — мы на последнем курсе были, когда она в автомобильную аварию попала. Это была первая смерть среди наших. Все так горевали!

— Говорят, она ждала ребенка?

— Это-то самое ужасное, — отозвалась Селезнева. — Девочка осталась жива, а Олька скончалась.

— Почему?

— Никаких подробностей я не знаю. Мы хоть и учились вместе, но не дружили. Нет, поймите правильно, в коридорах общались, в столовую ходили, на вечера отдыха, но в гостях друг у друга не бывали. Родионова с Женей Сергеевой дружила, с Малышевой и с Ларой Федотовой. Вечно они шушукались, что-то придумывали, занятия прогуливали. А меня не любили.

— Почему?

— Старостой меня назначили за хорошую учебу и дисциплинированное поведение. Приходилось в журнале отмечать отсутствующих. Ларка пару раз подкатывалась и просила так сладенько: «Инночка, не пиши ничего про нас». А как же не писать? Мне потом нагоняй. Вот они и перестали со мной дружить.

— Вы недавно собирались все вместе?

— Да, на юбилей училища.

— Все были?

— Нет, нет. Сергеева и Феоктистова отсутствовали.

— А Малышева с Федотовой?

— Притопали. Одна в рванье, другая в бриллиантах.

— Телефонами, случайно, не обменивались?

— А как же.

— Дайте мне их координаты.

— Что случилось-то? — наконец догадалась поинтересоваться Инна.

— Служебная необходимость, — загадочно ответил я. — Впрочем, если не хотите помочь, уточню по своим каналам.

— Какой же тут секрет, — вздохнула Инна, — книжка у меня в автомобиле лежит.

Мы вернулись к грузовику, и я получил необходимые сведения.

— Ларке можно прямо сейчас звонить, — напутствовала меня Инна, — она ничегочешьки не делает, дома телик глядит, а Неля, наверное, пьяная валяется.

Я вернулся к своей машине и позвонил Федотовой.

— Алло? — пропел девичий голос.

— Можно Ларису?

— Мама, тебя! — заорала девушка.

Через секунду снова послышалось: «Алло», — произнесенное точь-в-точь таким же юным голосом.

— Вы Лариса?

— Да.

— Простите за беспокойство, имя Оли Родионовой вам знакомо? Вы еще учились...

— Я великолепно помню Олю, — перебила меня женщина, — только она давно умерла. А в чем дело?

— Мать Родионовой хочет найти отца Риты.

— Ничего не понимаю! — воскликнула Лариса.

Я принялся довольно путано объяснять суть вопроса.

— Ладно, — смилостивилась собеседница, — чего по телефону разговаривать, лучше приезжайте ко мне, пишите адрес.

Примерно через час я входил в подъезд высокого дома из красного кирпича. Элитная постройка, как теперь выражаются. Вот только место для здания, на мой взгляд, выбрано неудачно. Шикарные окна, большие, с зеркальными стеклами, смотрели прямо на шоссе, а в двух шагах от дома шумел огромный рынок. Но подъезд впечатлял, даже пугал. Когда-то подобный эффект использовали зодчие в Испании, во времена инквизиции. Огромные мрачные соборы должны были подавлять человека, пришедшего на службу, лишний раз напоминать о его ничтожности перед богом.

Наверное, архитектор, проектировавший подъезд дома, вовсе не желал достигнуть подобного эффекта, но я почувствовал себя неуютно в почти сорокаметровом пространстве, застеленном коврами, завешанном картинами и заставленном горшками то ли с настоящими, то ли с искусственными цветами.

— Вы к кому? — поинтересовался охранник.

— К Федотовым, в сто двадцатую.

— Присядьте на минуту, — вежливо указал секьюрити на кресло.

Увидав, что я покорно выполнил указание, охранник позвонил в квартиру, выясняя, сказал ли гость правду. Поняв, что Федотова ждет меня, парень без тени улыбки произнес:

— Пятнадцатый этаж.

Не сказав ему «спасибо», я вознесся вверх и увидел, что дверь нужной квартиры открыта, а на пороге стоит стройная девушка. Ожидая, что она сейчас крикнет: «Мам, к тебе пришли», — я шагнул в ее сторону и услышал вопрос:

— Это вы хотели узнать об Оле Родионовой?

— Вы Лариса Федотова? — глупо удивился я.

— Да, — спокойно пояснила девушка, — входите, раздевайтесь и объясните что к чему. Честно говоря, я ничего не поняла из ваших слов, сказанных по телефону.

Я начал стаскивать куртку, затем ботинки. В голове быстро крутились цифры. Дочери моей хозяйки в этом году должно было исполниться сорок. Значит, стоящей передо мной даме примерно столько же, ну на год меньше, предположим. Но как она выглядит!

Правда, когда Лариса проводила меня в гостиную, стало понятно, что ей уже исполнилось тридцать. Легкие морщинки, «гусиные лапки», бежали от уголков глаз к вискам. Но шея была свежая, грудь упругая, а талию я сумел бы обхватить двумя пальцами. Ей можно лишь с натяжкой дать тридцать лет, но сорок — никогда.

— Слушаю, — улыбнулась Лариса и села на стильное кресло.

Я отметил, что она не развалилась на удобном сиденье, а аккуратно скрестила ноги.

— Мать Ольги Родионовой, Элеонора, обеспеченная дама, — начал я подробный рассказ.

Суть его сводилась к одной, очень простой вещи. Нора чувствует себя плохо, находится в больнице, в реанимации. Возраст уже не юный, в голову закрадываются мысли о смерти. Нора боится, что после ее кончины внучка Рита не сумеет справиться с завещанным ей огромным богатством. Поэтому очень хочет отыскать отца девочки. Ему, наверное, около сорока лет, и, если он человек достойный, пусть даже имеет семью и других детей, Элеонора сделает его опекуном.

— Ну а я тут при чем? — спокойно спросила Лариса.

— Ольга дружила с вами.

— Почему вы так решили?

— Мне ваш телефон дала Инна Селезнева.

— А, ябеда, — фыркнула Лариса. — Наша Инночка всегда все про всех знала, только неточно. Отвратительная особа была. Вечно носилась с тетрадкой, всех отмечала, какие-то замечания записывала, наушничала в деканате. Ее терпеть не могли. Все она вам наврала, не дружили мы с Ольгой, так просто общались. Встречались на занятиях. Привет, привет — и разбежались. Если она кому про свою личную жизнь рассказывала, то не мне.

— И вы не знали про беременность?

Лариса рассмеялась:

— Конечно, знала, разве такой живот скроешь! Только никогда не спрашивала, естественно, об отце ребенка. Да и неинтересно было. Я как раз, когда она погибла, замуж собиралась. Жалко, естественно, девушку, даже на похороны сходила.

— А с кем дружила Оля?

— С Женей Сергеевой, — спокойно ответила Лариса.

— Телефончик не подскажете?

— Увы, — покачала головой дама, — Женька очень давно укатила в Израиловку, никаких координат никому не оставила. Впрочем, поговаривали, что она перебралась то ли в Америку, то ли в Германию.

— Жа-аль, — протянул я, — просто очень жаль.

— Не расстраивайтесь, — улыбнулась Лариса, — Родионова очень скрытной была, думаю, что даже лучшей подруге ничего не рассказала. Так что не ищите. А матери Оли просто посоветуйте найти порядочного приятеля в качестве опекуна.

— Ладно, — сказал я, — поеду теперь к Неле.

— К кому? — спросила Лариса.

— К Неле Малышевой.

— Зачем?

— Инна сказала, вроде они были подругами.

— Ой, не верьте, только время потратите. Ничего она не знает.

— Может, оно и так, — вздохнул я, — но проверить не мешает, мне хозяйка деньги за работу платит.

— И где только люди берут таких дисциплинированных служащих? — улыбнулась Федотова. — Если не жаль себя, отправляйтесь. Только имейте в виду, Неля, к глубокому сожалению, давно превратилась в алкоголичку. Веры ее словам нет никакой, за пару сотен рублей такого порасскажет! Волосы зашевелятся!

— Все равно съезжу, — вздохнул я, — последняя зацепка осталась. Честно говоря, я рассчитывал на вас.

— Но я ничего не знаю.

— Поэтому и хочу поболтать с Нелей.

— Уж извините за негостеприимство, — перевела разговор на другую тему Лариса, — кофе, чай, коньяк?

— Спасибо, от спиртного откажусь, я за рулем, а кофе с удовольствием.

— Ксюша, — крикнула Лариса, — будь другом, принеси нам кофеек!

— Сейчас, мама, — ответил нежный голосок, и высокая девушка вошла в комнату, — вам натуральный или растворимый?

Я глянул на дочь Ларисы и вздрогнул. Передо мной стояла девушка, безумно похожая на Риту. Те же волосы, тот же рот, подбородок, только глаза материнские, ярко-голубые, а не карие, как у внучки Норы.

— Можно, через кофеварку пропущу? Неохота с джезвой возиться.

— Как хочешь, дорогая, — ласково ответила мать.

Девушка вышла. Кое-как собрав мозги в кучу, я поинтересовался:

— Вам когда-нибудь говорили, что Рита, дочь

Ольги, и ваша девочка, похожи, словно родные сестры?

— Сейчас все восемнадцатилетние выглядят одинаково, — улыбнулась собеседница, — мы в их годы хотели выделиться из массы, а у этих все наоборот. К Ксюше порой приходят подруги, так я вздрагиваю, ну чистые близнецы. Кстати, я никогда не видела Риту.

— Она очень интересная девушка, — пробормотал я.

Даже если смыть косметику с Ксюшиного лица и обрить ее наголо, сходство с Ритой не исчезнет. Потому что в данном случае речь идет не об одинаковой одежде, прическе или макияже. Нет, тут общие черты лица, строение черепа, разрез глаз.

Появилась Ксюша с подносом, и я снова вздрогнул. Словно привидение вошло в комнату. Лариса продолжала светски улыбаться.

— Руки помыть не желаете? Ванная по коридору и налево.

Я посетил роскошное, отделанное шикарным кафелем и никелированными штучками помещение, вымыл руки и вернулся в гостиную.

— Вам с сахаром? — спросила Лариса.

— Один кусочек.

— Прошу.

— Благодарю.

— Конфеты?

— О нет, увольте, я не любитель сладкого.

— Сыр? Рекомендую рокфор, вот крекеры.

— Чудесный аромат, — сказал я, поднимая чашечку, — «Амбассадор»?

— Не люблю его, — поморщилась хозяйка, — кисловат. Это «Лавацца Оро».

— Никогда не пил.

— Попробуйте, и станете употреблять только его.

Я сделал глоток.

— Восхитительно!

— Пейте, пейте, — улыбалась Лариса, — Ксюша еще сварит.

Я опустошил чашечку и почувствовал сердцебиение.

— Однако, крепкий.

— Да, — кивнула Лариса, — настоящий мокко, надеюсь, у вас нет проблем с давлением?

— До сих пор не наблюдалось, — еле выдавил из себя я, ощущая головокружение.

Честно говоря, так плохо, как сейчас, мне еще никогда в жизни не было. В ушах звенело, во рту пересохло, в глазах быстро-быстро мелькали вспышки.

— Что с вами? — обеспокоенно подалась в мою сторону Лариса. — Иван Павлович!

Я хотел сказать, что нет никакого повода для беспокойства, открыл рот, увидел, как бешено вертящиеся стены опрокидываются на меня, попытался увернуться, и наступила темнота.

## ГЛАВА 26

— Иван Павлович, — донеслось издалека.

— Да, — хотел сказать я, но изо рта вырвалось мычание.

— Иван Павлович, — настаивал голос.

— Вава, очнись, — вплелось сопрано Николетты, — открой глаза.

— Иван Павлович, слышите? — гудел незнакомый дядька. — Ну же...

Я разлепил веки и увидел прямо над собой чудовищный голубой потолок, украшенный золотой лепниной.

— Где я?

— Очнулся, — взвизгнула Николетта, — безоб-
разник, напугал всех!

— Что случилось? — бормотал я, оглядываясь
вокруг.

Интересно, каким образом я очутился на кровати в этой совершенно незнакомой комнате, обставленной белой мебелью с золотым орнаментом, да
еще абсолютно раздетый. Неизвестный мне мужчина
спокойно ответил:

— Вам стало плохо, сильно подскочило давление, раньше были такие казусы? Вы гипертоник?

— Хотите сказать, что я упал в обморок, как ин-
ститутка?

— Ну, сознание теряют не только истерические
особы, — усмехнулся мужчина.

— Вава, — запричитала Николетта, — ужасно,
ужасно. Ты мог умереть. Я бы выплакала все глаза,
стоя на коленях у памятника, в дождь и снег. Нет,
ничто бы не удержало меня от визита к тебе на кладбище.

Я попытался скрыть усмешку. Николетта уже на-
рисовала в уме образ безутешной матери, оплаки-
вающей сына.

Однажды мои родители заспорили, где провести
август. Меня оставляли с нянькой на даче, а сами хотели поехать отдохнуть. Отец, у которого болела печень, хотел отправиться в Ессентуки, маменька, от-
личавшаяся богатырским здоровьем, намеревалась
валяться у моря в писательском доме отдыха в Кок-
тебеле. Но папа впервые в жизни не захотел ей усту-
пить. Поругались они ужасно. И в конце концов
отец заявил:

— Хорошо, или едем на воды, или сидим в Подмосковье.

Обозленная Николетта в сердцах выпалила гени-
альную фразу:

— Ладно, пусть будет по-твоему. Но имей в виду,

когда кто-нибудь из нас умрет, я каждое лето стану ездить на море.

Отец просто лишился дара речи, услыхав это заявление.

Вспомнив ту, давнишнюю сцену, я усмехнулся и заметил:

— В черном платье и вуали ты будешь очаровательна.

Потом я увидел Ларису и приподнялся.

— Простите, я нахожусь у вас в доме?

— Конечно, — ответила та.

— Ничего не понимаю.

— Оставьте нас, милые дамы, — сказал врач, — посмотрю больного, и решим, как поступить.

Он быстро вытолкал за дверь Ларису, причитающую Николетту и представился:

— Ну, давайте знакомиться. Хлопов Леонид, домашний доктор Федотовых.

— Как я сюда попал?

— Просто выпили чашечку кофе и упали в обморок. Лариса, естественно, перепугалась, вызвала меня. Сколько вам лет, Иван Павлович?

— Сорок.

— Не хочу вас пугать, — сказал Леонид, — но это самый опасный возраст для мужчин. Многие ушли из жизни, едва успев справить сорокалетие. Высоцкий, например.

— Он был пьяница и наркоман.

— Согласен, но не это главное.

— А что? — поинтересовался я. — Киньте брюки, пожалуйста.

Леонид дал мне одежду.

— Главное то, что он являлся творческим человеком, увлекающимся, с обнаженными нервами, такие сгорают раньше. Вы ведь тоже поэт?

— Кто сказал?

— Николетта.

— Она-то как здесь оказалась?

— У вас в пиджаке зазвонил мобильный, Лариса ответила, и так познакомились с вашей матерью.

— Ясно, — буркнул я, влезая в свитер.

— Вы можете идти?

— Совершенно спокойно.

— И куда сейчас?

— Ну, по делам.

— Голубчик, — обеспокоенно произнес Леонид и положил мне на плечо руку, — не глупите. Отправляйтесь домой и в кровать, по крайней мере до завтра. Подобные «звонки» от организма нельзя оставлять без внимания.

— Хорошо, наверное, вы правы.

— Вот и умница. Лариса! — крикнул Леонид.

— Да? — отозвалась дама.

— Не советую Ивану Павловичу садится за руль.

— Велю Пете отвезти его.

— Но моя машина... — слабо вякнул я, понимая, что в действие приведены такие силы, сопротивляться которым невозможно.

— Петя доставит вас на вашем кабриолете, — хмыкнула Лариса.

— Лучше ко мне, — зачирикала Николетта. — Ах, дорогой, представь, как тебе будет хорошо в твоей любимой комнате, около меня, я буду за тобой ухаживать.

Я представил, как она без конца врывается в спальню под разными предлогами, пристает с разговорами, а потом устраивает истерику, и быстро сказал:

— Это было бы чудесно, Николетта, но Элеонора может меня уволить. Одно из основных выдвинутых ею условий — это постоянная ночевка на работе.

— Ужасно, — всхлипнула маменька, — я буду беспокоиться за тебя. Впрочем, пришлю Тасю с куриным бульоном. И не спорь! Только суп из цыпленка, волшебное средство.

Если я что и не перевариваю, так это супы.

— Спасибо, Николетта, съем с удовольствием.

— Ларочка, — забормотала маменька, — значит, завтра вы у меня, жду с нетерпением.

Последовал обмен поцелуями, и мы наконец добрались до прихожей. Когда Николетта, надев шубку, уже стояла у двери, та внезапно распахнулась, и появилась раскрасневшаяся от мороза Ксюша. Я вздрогнул. Сейчас, из-за того, что на девочке была красивая норковая шубка, она походила на Риту еще больше. Слава богу, что у Ксюши были пронзительно голубые глаза, а то бы я подумал, что она тоже замешана в этой истории.

Остаток дня я и впрямь провел дома, ощущая легкое недомогание. В принципе, ничего особенного. По телу разливалась слабость, хотелось спать и слегка поташнивало. Решив не ужинать, я залез под одеяло, прихватив пару томиков Макбейна, и погрузился в чтение.

Утром от болезни не осталось и следа. Я вскочил с кровати, с аппетитом проглотил завтрак и позвонил Неле Малышевой. Отсчитав тридцать гудков, я отсоединился. Все вокруг твердили, что дама пьет, небось лежит в бессознательном состоянии или рыщет возле ларьков в поисках очередной бутылки. Поеду поищу красавицу.

Дом, где жила Неля, ничем не отличался от других, стоящих рядом. Серый, блочный, угрюмый. Черемушки, один из первых московских кварталов быстрой застройки. Сейчас москвичи довольно презрительно отзываются о Марьине, Ясеневе или Орехове-Борисове. Называют эти микрорайоны «спальными» и корчат гримасы, если им предлагают квартиру в блочном доме.

Но в начале 60-х, когда Никита Хрущев, бросив

клич: «Переселим людей из подвалов и бараков в благоустроенные квартиры», — затеял возведение Черемушек, отношение к блочной застройке было иное. Люди гордились этим районом, посмотреть на него приезжали из провинции. Кстати, во многих городах СССР стали строить такие каскады зданий и называть их по примеру столицы Черемушками. Это потом жильцам стало понятно, что кухни тут крошечные, комнаты неудобные, стены словно из картона, а в щели между блоками задувает ветер.

Войдя в лифт, я вздрогнул. Ну как людям не противно каждый день пользоваться этой кабиной? На полу разливалась зловонная лужа, на потолке виднелись черные разводы, а вместо кнопок торчали обгорелые куски пластика.

Впрочем, лестничная площадка, куда выходили двери четырех квартир, выглядела не лучше. Пол, покрытый кафельной плиткой, был усеян окурками, у стен валялись скомканные газеты и воняло чем-то отвратительным, тошнотворным. Дверь сорок девятой квартиры «радовала» глаз оборванной обивкой, звонок болтался на проводе, а от номера осталась только одна цифра «девять», висящая вверх ногами. Получилось даже интригующе, и я сначала, бросив первый взгляд на это безобразие, не понял, что к чему.

На звонок никто не отозвался, на стук тоже. Поколебавшись секунду, я решил потревожить соседей.

— Ой, надоела, — раздался злой голос, — сказала же, нету денег!

Дверь в сорок восьмую квартиру открылась, на пороге возникла бабенка в цветастом халате, распахнутом на мощной, арбузоподобной груди.

— Хватит шляться! — кричала она, но, увидав меня, осеклась, бросила взгляд на куртку и сказала на тон ниже: — Вы к кому? Думала, Нелька опять рвется, на бутылку клянчить!

— Сочувствую, — улыбнулся я, — тяжело жить, если рядом алкоголик.

— Да просто невозможно! — в сердцах восклик-нула баба. — Гляньте, что с лестницей сделала! Гря-зищу развела, бутылки кругом, окурки, а то и сама валяется в блевотине... Уж извините за подробности, слишком тема больная, вам кого надо?

— Вот как раз Нелю Малышеву.

— А зачем? — не сумела сдержать любопытства тетка.

— Вроде она свою квартиру продавать собралась, а мне эта жилплощадь очень даже подходит, в сосед-нем доме мать престарелая живет.

— Господи, — перекрестилась баба, — услышал ты мои молитвы! Неужели приличный человек посе-лится! Только имейте в виду, Неля совершенно не-нормальная, за бутылку на все готова, вы ей никаких денег вперед не давайте, мигом пропьет и от всех обязательств откажется.

— Спасибо за совет, а где она, не знаете?

— Дома, конечно, она у нас живет как хочет, на работу не ходит, нет ей нужды, как мне, сменами на хлебозаводе ломаться. Зачем?

— Где же она деньги на водку берет?

— Ха! Около ларьков клянчит, сворует когда, да еще жильцов пускает! У нее три комнаты! Три!!! Ну зачем они ей одной, — с жуткой завистью выплюну-ла соседка, — вот и пускает всяких.

— Кто же пойдет к алкоголичке?

— Так она хитрая, — вздохнула баба, — наденет пальто приличное, шапку — и на вокзал с табличкой: «Комната недорого». Кое-кто и покупается из про-винциалов. Я уже в милицию жаловалась, только там меня послали... Дескать, жилплощадь приватизиро-вана, что хочет, то и делает.

Понимая, что сейчас утону в море ненужной ин-формации, я быстро поинтересовался:

— Почему же она не открывает?

— Хрен ее знает, — пожала плечами соседка, вышла на площадку и принялась пинать ногами грязную дверь. — Эй, Нелька, выходи, покупатель пришел.

Дверь соседней квартиры приоткрылась, высунулась старушка, чистенькая, беленькая, настоящий божий одуванчик, и с укоризной сказала:

— Света, чего бузишь?

— Нелька нужна позарез, — ответила баба, запахивая халат.

— Зачем?

— Вот человек у нее квартиру купить хочет, — пояснила Светлана, — прикинь, какая радость!

В эту секунду из квартиры толстухи послышался истошный детский вопль, и Светлана унеслась прочь. Я остался со старушкой.

— Молодой человек, — церемонно сказал бабушка, — конечно, я лезу не в свое дело, но Неля более чем непорядочный человек, иметь с ней дело крайне опасно. Хотя, скажу честно, мне намного приятнее было бы соседствовать с вами, а не с запойной пьяницей. Как вы узнали про квартиру?

— Объявление прочитал и позвонил, думал вчера подъехать, но не вышло.

— Неля очень хитрая, — вздохнула бабушка, — она уже договорилась с одной дамой.

— Откуда вы знаете? — удивился я.

— Молодой человек, — вздохнула пожилая женщина, — стены у нас «картонные», слышимость превосходная, я была в ванной, а Неля беседовала на кухне с гостьей, вот и узнала.

— И о чем они говорили?

— Ну я-то вошла в ванную на середине разговора, начала не слышала.

Женщина говорила:

— Неля, давай, бери сумку — и едем в Криково.

— Ага, — ответила не совсем трезвым тоном Малышева, — значит, квартиру тебе оставить... Я на дачу, в сарайчик к тебе, в Криково, чтоб замерзла... А ты мои комнатки того...

— Не говори чушь, — вспылила женщина, — о тебе же забочусь. Который день квасишь без остановки. Давно на себя в зеркало смотрела?

— А у меня его нет, — хрипло рассмеялась Неля, — мне без надобности, не поеду.

Воцарилось молчание. Потом женщина спросила:

— Видишь?

— Дай, — потребовала Неля.

— Только в Криково. Я тебе там целый ящик куплю.

— И чего тебе, Лариска, надо, не пойму, — протянула Неля.

— Давай, давай, собирайся, на даче хорошо, тепло, газ, поживешь в домике садовника.

— Ох, продашь мою квартирку!

— На, — сказала Лариса.

И снова повисла тишина. Больше бабуся ничего не расслышала, но ее разобрало жуткое, просто невероятное любопытство. Решив посмотреть на таинственную Ларису, бабушка вышла в прихожую и прилипла к «глазку».

— Такая приличная дама, — запоздало удивлялась старушка, — в красном кожаном пальто, сверху белый мех, а Неля ей «тыкала». Откуда у нашей алкоголички такие знакомые взялись?

Весь вечер бабушка и так и эдак раздумывала над этим вопросом и в конце концов догадалась. Не иначе, как Неля решила квартиру продать, вот клиентка ее и обхаживает. Думает, поселит у себя на даче, подпоит как следует, алкоголичка и размякнет, за полцены хоромы отдаст.

— А тут и вы сегодня появились, — объяснила бабушка, — совсем понятно стало.

— Не припомните, во сколько часов приходила покупательница?

— Около девяти вечера, — сообщила старуха, — точно знаю, телевизор программу «Время» заиграл, а я новости не люблю, вот и пошла мыться.

— Дача точно в Криково?

— Совершенно верно, — кивнула бабушка, — Криково, у нас там когда-то сноха жила, Аня, царствие ей небесное.

— А женщину звали Лариса?

— Лариса, Лариса, — закивала головой бабулька.

Я поблагодарил словоохотливую старушку и спустился к машине. Значит, около девяти вечера к Неле явилась женщина по имени Лариса и увезла пьянчугу в Криково. Либо это простое совпадение, либо вырисовывается интересная картина.

Подумав немного, я позвонил Федотовой.

— Алло, — пропела девушка.

— Сделайте милость, позовите маму.

— Это я, Лариса.

— Ох, простите, Подушкин беспокоит.

— Ничего, — засмеялась Федотова, — нас все по телефону путают.

— Вас легко можно принять друг за друга и воочию.

— Иван Павлович, вы льстец, — продолжала веселиться Лариса, — представляю, как вокруг вас пачками падают одураченные дамы.

— Дорогая Лариса, мне так неудобно за вчерашнее.

— Ерунда.

— Разрешите заехать на минутку?

— Так и быть.

Открывая дверь, она увидала роскошный букет и улыбнулась:

— Люблю розы.

— Рад, что угодил, — ответил я и повесил свою

куртку возле красного кожаного плаща с белым песцовым воротником. — Какое элегантное пальто.

— Такое в Москве одно, — пояснила Лариса. — Инга Реутова, модельер, представила его осенью в коллекции, а я купила после показа. Правда, вначале оно мне показалось излишне ярким, но сейчас ношу с удовольствием. Кофе?

— Ну уж нет, — рассмеялся я, — просто заскочил отдать цветы. Примите мои извинения.

— Бросьте, — махнула рукой Лариса, — ваша мать очаровательна, если бы не произошедшая вчера с вами досадная неприятность, я бы никогда не познакомилась с Николеттой.

— Хотел вчера извиниться, звонил, звонил, но никто не подошел.

— Я ходила в театр, — быстро ответила Лариса.

Тут в прихожую вышла Ксюша и капризно протянула:

— Ма, вели Пете отвезти меня на хореографию.

— Он еще не вернулся.

— Я опоздаю!

— Возьми такси.

— Ни за что! В нем будет бензином вонять! Меня укачает.

— Поезжай на метро.

— Ма! Ты что!!! Там одни козлы катаются!!!

— Тогда оставайся дома, — вспылила Лариса.

— С удовольствием отвезу вас куда угодно, — галантно предложил я.

— Отлично, — обрадовалась девушка, — тогда шевелитесь. Впрочем, погодите, я сумку забыла.

Обдав меня запахом французских духов, девица унеслась в глубь квартиры. Лариса развела руками.

— Нынешние дети не то что мы. Никаких комплексов и угрызений совести. Уж и не знаю, хорошо это или плохо.

## ГЛАВА 27

С Ксюшей мы провели вместе почти час. Попали в пробку и довольно долго стояли в потоке машин. Как все молодые девчонки, дочь Ларисы оказалась глуповата и замечательно болтлива. Ее умело накрашенный ротик не закрывался ни на минуту. На всякий случай я выяснил, что она родилась восьмого июня. Слава богу, Ксюша никак не могла быть сестрой Риты, а то мне в голову уже полезли дурацкие мысли о тройняшках. К тому же Ксюша оказалась на год моложе внучки Элеоноры.

Успокоившись, я стал очень осторожно задавать вопросы, но Ксюша не усмотрела в них ничего, кроме естественного желания человека потрепаться, и отвечала бесхитростно. Да, у них есть дача в Криково, отличный двухэтажный кирпичный дом. Но живут они там только летом, маме не нравится тишина, стоящая в поселке темными осенними и зимними вечерами. Летом — другое дело, летом — весело. Приезжают друзья, жарят шашлыки, устраивают маскарады. Есть у них и домик садовника, только никто там не живет. В избушке селят иногда гостей, тех, кто попроще, потому что в ней только одна крохотная комната с кухонькой и рукомойником. В даче стоит джакузи, а в домике даже ванной нет. Любит ли мама ходить в театр? Не очень. Она предпочитает гости, потому что обожает играть в бридж, кстати, почти всегда выигрывает. Ходила ли вчера? Похоже, что нет, сидела дома. Впрочем, ездила в супермаркет за мороженым и два часа толкалась по магазинам, она это обожает.

Я высадил болтушку в нужном месте и взглянул на часы. Ровно четырнадцать ноль-ноль. Криково, по словам Ксюши, расположено в двух шагах от Москвы. Я вытащил атлас и перелистал страницы. Вот оно, восемнадцатый километр Минского шоссе, а мои «Жигули» весьма удачно стоят в самом начале Кутузовского проспекта, езды до нужного места минут десять.

Включив поворотник, я встроился в поток машин и покатил по шоссе. Интересно, что такое знает милейшая Неля Малышева, если Лариса так перепугалась. И что она подсыпала мне в кофе?

Память услужливо развернула картину вчерашнего дня. Вот я сижу в гостиной у Федотовых. Хозяйка мила, но и только. Ни кофе, ни чаю мне не предлагает. Об угощении Лариса вспомнила лишь тогда, когда я со вздохом сказал:

— Теперь отправлюсь к Малышевой.

Причем сначала она пыталась меня отговорить, рассказывая об алкогольных пристрастиях Нели, но, когда поняла, что я все же сейчас поеду к ней, засуетилась и попросила дочь подать кофе. И что же было дальше? Ксюша внесла поднос, а Лариса предложила мне помыть руки. Вот когда она нафаршировала мою чашку! Ну и пройда! А какая актриса, Николетта ей в подметки не годится. Вызвала врача, Николетту, изобразила тревогу... Все только для того, чтобы я отправился домой и забрался в постель. А сама понеслась к Малышевой и увезла ее в Криково, зачем?

Сейчас узнаю.

На дороге появился указатель «Криково. 1 км». Я повернул направо и увидел небольшой киоск с водкой, жвачкой и сигаретами. Купив три бутылки жуткой выпивки с идиотским названием «Стрелецкая горькая настойка», я поехал вперед. Нынешнее товарное изобилие просто поражает, но ведь каждой булке, конфетке или колбасе следует дать свое название. И вот тут фантазия производителя просто неисчерпаема. «Колбаса пионерская». Почему? Она предназначена для членов давно исчезнувшей организации или ее, не дай бог, делают из тех, кто до сих пор носит красные галстуки? Но это еще что! Никогда не читали газету «Из рук в руки»? Попробуйте, изумительное развлечение, гарантирую, что будете смеяться до колик. Намедни, например, нашел там парочку перлов.

«ООО «Удача» переименовано в ООО «Реквием». Или: «Продаю электромясорубку «Бризкомфорт». Изготовлена там же, где и автомат Калашникова. Работает аналогично». Представляете себе эту мясорубочку, поливающую трассирующими очередями человека, подобравшегося к ней с кусом мяса? На фоне вышеупомянутых объявлений как-то скромно выглядит сообщение «Фак-клуб Леонардо ди Каприо», «продаю морозильную шубу» и «сало дорогое, дешево». Но венец всему вот это: «Пропала жена и собака, нашедшему пуделя вознаграждение». Тут просто и сказать нечего.

Посмеиваясь, я добрался до дома восемнадцать, оглядел заснеженные ворота и попытался открыть калитку. Она была заперта на простую щеколду. Никакой охраны на участке не имелось. Большой дом из красного огнеупорного кирпича был закрыт. Окна защищали железные ставни, дверь — стальная. Сбоку горела тревожным красным огнем маленькая лампочка. Она предупреждала потенциального вора или хулигана: осторожно, здание подключено к милицейскому пульту.

От ворот направо бежала дорожка. Я пошел по ней и увидел избушку, совсем крохотную, просто домик Дюймовочки. Дверь оказалась незапертой, я толкнул ее и очутился сразу в комнате, довольно просторной, метров двадцать, не меньше. Обставлена она была в стиле кантри.

Посередине громоздился большой стол и две широкие скамьи, в углу стояла двуспальная кровать под цветастым одеялом, вдоль стены — диван и пара кресел, с потолка свисала лампа, абажуром для которой служила самая обычная корзинка. Телевизор отсутствовал.

— Есть кто живой? — крикнул я.

— Чего орешь? — послышался хриплый голос, и из боковой двери вышла худая-прехудая, просто изможденная женщина.

Маленькое, скукоженное личико покрывали морщины, блеклые глазки прятались за припухлыми веками. Лицо Нели было отечным. Волосы, плохо причесанные, напоминали шерсть больного барана, а болезненная худоба без слов говорила, что в последнее время Малышева не слишком часто закусывала.

— Надо чего? — спросила она. — Кто ты такой?

— Вы здесь живете?

— Ну!

— Разрешите обогреться?

Неля фыркнула:

— Нашел место, топай отсюда!

— Извините, пожалуйста, — вежливо произнес я и вытащил из кармана бутылку. — Может, выпьете со мной и закусите?

Из другого кармана я выудил банку шпрот, добытую в том же ларьке.

Неля уставилась на угощение.

— Машина у меня сломалась, — быстро пояснил я, — вокруг никого, пустыня, все дома заперты. Думал, околею, печка не работает, куртка не греет. Вот, позвонил по мобильному, сейчас друг подъедет. Уж не гоните, ради христа, замерзну ведь.

— Ты скидавай тужурку, — велела Неля, — вон на вешалку пристрой, а я ща стакашки раздобуду.

С этими словами она исчезла в кухоньке. Я сел на лавку.

— На-ка, вспори банку, — велела Неля, появляясь в комнате с двумя чашками и широким ножом.

Я попытался выполнить ее просьбу, но не смог. Лезвие не хотело резать жестянку.

— Дай сюда, — приказала Неля и отобрала у меня кинжал, — беда с вами, мужиками, у каждого руки к жопе пришиты.

Она ловко воткнула острый клинок в железный кругляшок и мигом освободила рыбок из «консервного» плена. Водку она откупорила так же ловко, уверенной, тренированной рукой и быстро разлила по чашкам. Потом подняла свою и сказала:

— Ну, со свиданицем, тебя как зовут?

— Иван.

— Хорошее имя, — одобрила Малышева. — Будем знакомы: Неля.

Зажмурив глаза, она опрокинула водку в глотку, я быстро выплеснул свою порцию на пол.

— Давай по второй, — приказала хозяйка.

Через десять минут Неля подперла щеку рукой и протянула:

— Ой, Ванечка, как же хорошо, что ты приехал!

— Скучно тут?

— Жуть просто, прямо беда. Телика нет, только радио. Ну Лариска, как в тюрьму меня посадила. Эх, зря я вчера согласилась, на уговоры подалась. Добрая я, а люди пользуются...

— Вы здесь всегда живете?

— Говорю же, Лариска поселила вчера, — начала сердиться Неля.

— Зачем?

— Вот и я думаю, а зачем? — хихикнула Малышева. — Лучше наливай.

Мы наполнили «рюмки». Неля икнула.

— Плохо пошла, давай следующую.

— Может, хватит? — спохватился я, понимая, что она сейчас напьется до поросячьего визга. — Кажется, ты уже того, совсем веселая.

— А пошел ты, — заявило небесное создание, допило остатки спиртного и уронило голову на руки.

Раздался оглушительный храп. Я растерянно

глянул на Нелю. Ну вот, сам виноват, не следовало разрешать ей пить вволю. Теперь придется ждать, когда мадам проспится.

Я сходил в машину, принес книгу и попытался включиться в приключения хоббитов. Но неожиданно стиль Толкиена показался мне занудным. Промучившись примерно час над любимым когда-то произведением, я сдался и пошел на кухоньку. Может, там найдется чай или хоть какие-нибудь продукты.

В крохотном помещеньице стояли только небольшой столик и маленький холодильничек. Я порылся на полках. Ничего, лишь пакетики с заваркой, давно просроченные и потерявшие всякий аромат. Ни сахара, ни молока, ни яиц. Может, пока Неля спит, мне смотаться в магазин? Есть хотелось ужасно, прямо зверски. Но не успел я, приняв решение, выйти в комнату, как раздался громкий хлопок двери и вслед высокий нервный голос произнес:

— Нелька, дрянь, опять нажралась! Где только водку взяла, тут на километр ни одной торговой точки! Неужели к шоссе бегала! Эй, давай, очнись, есть привезла, продукты.

— Пошла на... — отозвалась Неля сонным голосом, — от... от меня.

Я тихо вышел в комнату, увидел Ларису в огненно-красном пальто, склонившуюся над Нелей, и сказал:

— Не трогайте ее, это бесполезно.

— Ай! — вскрикнула Лариса и уронила один из пакетиков.

Раздался легкий хруст, и на пол потекла бело-желтая жижа.

— Осторожней, — улыбнулся я, — зачем же яйца бить. Хороший продукт, диетический, холестерина, правда, много, но две штуки в неделю запросто можно себе позволить.

— Это вы? — прошептала Лариса.

— Я.

— Откуда?

— Из Москвы.

— Зачем?

— Дорогая моя, — проникновенно сообщил я, — лучше успокойтесь, самое страшное позади.

— Что вы имеете в виду, — забормотала Федотова.

— Я уже все знаю.

— Неля рассказала? — прошептала Лариса.

Я молча смотрел на нее.

— Про меня и Ольгу? — продолжила женщина. — Но она не знает правду, она врет.

Я продолжал молчать.

— Что вы станете делать? — заломила руки Лариса. — Пойдете к моему мужу? Вы шантажист? Сколько хотите? Поедем ко мне, я заплачу за молчание...

Я не произнес ни слова. Тогда она принялась всхлипывать:

— Господи, ну откуда вы взялись на мою голову? Все было не так, как рассказала Неля, я ничего не знала, все случайно вышло...

— Готов выслушать вашу версию, — отмер я.

— Да, да, конечно, — суетилась Лариса, — только не здесь.

— А где?

— Нет, тут не могу, — лихорадочно бормотала Лариса, — давайте отъедем к шоссе, там на двадцатом километре есть хороший ресторан, возьмем вина...

— Ну уж дудки, — усмехнулся я, — честно говоря, после вчерашнего мне совсем не хочется питаться в вашей компании. Ну-ка, быстро колитесь, что накапали мне в кофе.

— Да как вы смеете, — фальшиво возмутилась Лариса.

— Ладно, хватит, — прервал ее я, — вижу, никакой честности от вас не дождаться. Что ж, прощайте.

Вымолвив последнее слово, я развернулся, подошел к двери, взял с вешалки дубленку и спокойным шагом, не оглядываясь, вышел из домика. Если не ошибаюсь, Лариса сейчас кинется за мной и расскажет абсолютно все.

Женщины странные существа, хитрее и изворотливее мужчин. Они великолепно умеют притворяться, лгать и настаивать на своем даже тогда, когда это совершенно бесполезно. Многие дамы совершенно беззастенчиво используют мужчин, предполагая, что представители сильного пола созданы исключительно для того, чтобы ходить на рынок, возить тещу к врачу и, естественно, зарабатывать деньги. В качестве последнего аргумента в споре милые дамы заявляют:

— Ты меня совсем не любишь, — и мигом заливаются слезами.

И еще они отчего-то считают, что все мужчины животные, готовые пускать слюни при виде стройных ножек.

Довольно давно один из моих приятелей, Жора Трахман, попросил меня заменить его на одном семинаре в Литинституте.

— Ну, Ваняша, — ныл он, — всего-то полтора часа. Тема тебе хорошо известна, поэзия Серебряного века. Ну будь человеком, поболтай вместо меня со студентами, умоляю просто.

В конце концов я согласился и провел занятие вместо Трахмана. Причем даже получил удовольствие. Группа состояла из приятных юношей и девушек, искренне увлеченных поэзией. Вместо полутора часов мы, воспользовавшись тем, что пара была последней, проболтали два и расстались весьма довольные друг другом. Оставшись один, я начал собирать портфель, и тут в аудиторию влетела прехорошенькая девочка в мини-юбочке и затарахтела:

— Я первокурсница Галя Рыкова...

— Очень приятно, — сказал я.

— Вот хочу сдать досрочно ваш предмет.

Поняв, что девчонка путает меня с другим, я ответил:

— Это через Трахмана.

Секунду девушка смотрела на меня совершенно дикими глазами, потом выскользнула за дверь. Я сложил портфель и услышал робкое:

— Простите.

В аудитории стояла все та же юная студентка.

— Вы сказали, зачет через Трахмана?

Я кивнул.

— Согласна, — прошептала девочка, — можно прямо сейчас.

Бедный ребенок, очевидно, не знал фамилии Жоры и, будучи существом женского пола, искренне считал, что является желанным объектом для всех мужчин.

— Постойте! — раздался крик.

Я оглянулся. От сторожки бежала Лариса.

— Ну погодите, садитесь в мою машину.

Я влез в серебристую иномарку. Лариса скинула пальто, швырнула его на заднее сиденье и, облизав губы, пропела:

— Ванечка, вы необыкновенно привлекательный мужчина, а сиденья этого автомобиля легко раскладываются.

Ну вот, так я и знал. Бедняга полагает, что, став моей любовницей, избежит многих неприятностей.

— Ларочка, — мило улыбнулся я, — времена, когда мой боевой конь вздымался на дыбы при виде любой юбки, давно миновали. Вы очаровательны, но никаких чувств во мне не возбуждаете. Впрочем, если половой вопрос, простите за каламбур, стоит у вас так остро, могу познакомить с Геной Голиковым, он похотлив, как павиан.

— Подонок, — прошипела Лариса, пытаясь исцарапать мне лицо, — гадкая, мерзкая сволочь, вынюхивающая чужие тайны!

— Ларочка, — улыбнулся я, — если хотите, чтобы ваш муж ничего не узнал, есть только один путь.

— Какой? — нервно выкрикнула женщина.

— Расскажите мне свою версию событий, и я никогда не пойду к вашему супругу.

— Так я тебе и поверила! — выпалила Лариса.

— Придется рискнуть, иначе прощайте.

Секунду женщина кусала губы, потом заявила:

— Ну ладно, поедем в ресторан.

— Нет, — твердо заявил я, — здесь и сейчас.

## ГЛАВА 28

Лариса секунду смотрела в окно, потом вымолвила:

— Черт с вами, слушайте.

Жили-были три девчонки, три подружки, три хохотушки. Оля Родионова, Лариса Федотова и Неля Малышева. Познакомились они в музыкальном училище и мигом стали неразлучны. Все москвички, все из средних по достатку семей, все мечтали о счастье. Только Неля считала, что главное в жизни — сделать карьеру, а Оля и Лара полагали: лучше найти обеспеченного мужа. Наверное, это происходило оттого, что обе жили в неполных семьях. Лариса и Оля жили с мамами без отцов. Финансовое положение, естественно, было нестабильным, и больше всего девушкам хотелось заиметь достойных женихов. А их-то как раз и не было.

Когда они перешли на следующий курс и появились в училище первого сентября, Оля быстро поведала подругам новость. Летом она встретила свою любовь. Солидного человека, в возрасте, отнюдь не мальчишку. Кавалер необычайно галантен, отлично обеспечен и сумеет дать своей жене все самое лучшее.

— Небось уже имеет парочку детей, — вздохнула практичная Лариска, за которой ухаживал только губастый Колька, по смешному совпадению тоже носивший фамилию Федотов.

— Нет, — покачала головой Оля, — он никогда не был женат.

— Больной, наверное, — хмыкнула Неля.

— Девочки, — с жаром воскликнула Родионова, — он замечательный, просто так судьба повернулась, не встретил свою половинку. Если бы вы только знали, как я его люблю!

Вплоть до Нового года Неля и Лара совсем не видели Олю. Понимая, что у подруги от любви голова пошла кругом, подружки не обижались, а помогали влюбленной девушке изо всех сил.

По пятницам кто-нибудь из них, либо Неля, либо Лара, звонил Норе и щебетал:

— Элеонора Андреевна, отпустите ко мне Ольку на выходные, с ночевкой.

Мать, естественно, давала разрешение, и девушка уезжала, только не к подружкам, а к любовнику. В марте Ольга принеслась к Ларисе и, задыхаясь, пробормотала:

— Я беременна.

— Иди сделай аборт, — посоветовала подруга.

— Ты что, — взвилась Ольга, — убить собственного ребенка? Никогда!

— А твой обоже в курсе? — поинтересовалась Лариса.

— Пока нет.

— Ну-ну, посмотрим, как он отреагирует.

— Он меня любит без памяти, — твердо сказала Оля.

Но более трезвая Лариса скептически вздохнула. Любовь одно дело, а беременность совсем другое.

Недели через две Ольга явилась в училище чернее ночи. Оказывается, она сообщила любовнику радостную, по ее мнению, новость и наткнулась на совершенно неожиданную реакцию.

Мужчина ее мечты просто расстегнул портмоне и вытащил пятьдесят рублей.

— Держи.

— Зачем?

— Ну как же, — заботливо сказал любимый, — нужно обратиться к хорошему врачу, у меня имеется такой, берет полсотни, дорого, конечно, но зато он делает свое дело просто великолепно.

— Не хочу, — прошептала Оля.

— Ну-ну, не бойся, — ласково похлопал ее по плечу любимый, — наркоз дадут, ничего не почувствуешь, заснешь спокойно, проснешься в полном порядке. Я же тебя не обычным путем к какому-нибудь Джеку Потрошителю отправляю. Не волнуйся, все культурно, стерильно и грамотно сделают. Многие мои знакомые через него прошли.

Олечка так расстроилась, что даже никак не отреагировала на фразу о многих «знакомых», отправлявшихся к гинекологу. Ее мысли были заняты другим.

— Но я не хочу убивать ребенка! — воскликнула она.

— Дорогая, — улыбался кавалер, — то, что сейчас находится у тебя внутри, ни в коем случае нельзя называть живым существом. Нет, это просто набор клеток, без души и разума. Бери денежки и телефон. Если стесняешься звонить, я сам все организую. Отвезу в больницу, привезу назад.

Оля обещала подумать и ушла. Она была глупой, наивной, восторженной, без памяти влюбленной девочкой, поэтому приняла весьма неразумное решение: рожать во чтобы то ни стало. Девушка думала, что любовник увидит младенца и мигом растает от любви к нему. Очень распространенная среди женщин ошибка. Многие молодые матери насмерть ругаются со своими мужьями, поняв, что крикливый, без конца писающийся человечек не вызывает у супруга никакого умиления и восторга. Но уж так устроены мужчины, любовь к собственному, даже очень желанному ребенку возникает у них далеко не сразу, и, как правило, это начинает происходить тогда, когда с крохой можно играть и разговаривать. Материнский инстинкт дан только женщинам.

Но Олечка полагала иначе и сообщила любовнику о принятом решении. Тот отреагировал соответственно, заявив:

— Я категорически против.

— А я ни за что не убью ребенка! — стояла на своем наивная дурочка.

Тогда кавалер ответил:

— Ладно, как хочешь. Но имей в виду, что ответственность ляжет только на тебя. Не жди от меня никакой помощи.

— Больно надо, — фыркнула Оля и, хлопнув дверью, убежала.

Пару раз после этой сцены будущий отец звонил беременной и пытался вразумить глупую девчонку, но Оля закусила удила. Нет, она родит. В конце концов мужику надоело упрашивать дурочку, и он резко оборвал всякое общение. Олечка осталась с проблемой один на один.

Матери имя отца будущего ребенка она не назвала. Элеонора пыталась уговорить дочь не портить себе судьбу, но девушка стояла насмерть. Пришлось Норе смириться с мыслью о том, что в ноябре ей предстоит стать бабушкой. Подружкам Оля тоже ничего не сообщила о личности таинственного кавалера. Она просто коротко сказала:

— Давайте считать, что я заразилась. Ветром занесло, и не надо настаивать, ничего не скажу.

Лариса и Неля не настаивали, только вздыхали, глядя на распухающий живот Ольги. Впрочем, на беременную косились и в училище. Дело происходило в начале восьмидесятых, и в глазах общественности девушка, решившая родить ребенка без предварительного похода в загс, выглядела проституткой. Вот если бы она сначала зарегистрировала брак, а потом через неделю развелась... Тогда да, тогда она честная женщина, мать-одиночка, а без штампа, простите, гулящая особа. Но Ольге было наплевать на общественное мнение, справилась она и с глубоким разочарованием, которое испытала, поняв, что любимый мужчина просто бабник, да еще и трус в придачу.

Ни Лара, ни Неля больше не видели свою подругу плачущей, наоборот, Оля пребывала в отличном настроении и пропадала целыми днями в «Детском мире», пытаясь раздобыть необходимое для ребеночка приданое. Новый приступ отчаянья произошел, когда девушка узнала, что у нее внутри не один младенец, а двое...

Она прибежала к Ларисе домой и заплакала.

— Что такое? — засуетилась подруга.

Ольга сквозь слезы выложила правду.

— Ну ни фига себе! — обалдела Лара. — Двое.

Еле-еле успокоившись, Оля сказала:

— Двух мне не поднять. Сама знаешь, я пока не работаю, одна надежда на маму, а у той оклад сто шестьдесят рублей. Что делать, ума не приложу!

Лариса хотела было сказать: «Зря аборт не сделала», — но удержалась.

Какой смысл после драки кулаками махать? О каком аборте может идти речь, если живот на нос полез?

— Иди к своему хахалю и припугни! — посоветовала Лариса. — Скажи, что обратишься в партийную организацию, мало ему не покажется. Пусть немедленно оформляет брак, а то никаких алиментов с него не слупишь.

— Нет, — покачала головой Оля, — никуда не пойду, а в партийную организацию тем более.

— Тогда маме расскажи, — не успокаивалась Лариса, — это он возле тебя такой строгий, посмотрим, как со взрослой женщиной справится!

— Маме никогда не скажу, кто он.

— Почему?

— Не хочу.

— Да отчего?

— Не желаю.

— Дура, — рявкнула Лариса, — идиотка. Сначала влипла, как кур во щи, а теперь еще и выдрючивается. Знаешь, сидишь в говне, так не чирикай. Хорошо тебе из себя принципиальную корчить. Ах, мы такие благородные, ах, мы такие все из себя, нам денежки не нужны, сами справимся. Только выкручиваться предстоит твоей матери, ей по заработкам бегать, ты-то с независимым видом станешь коляску качать и упиваться своей гордостью. Неужели не стыдно? По мне так требуется из мужика хоть какие деньги выколотить, хоть двадцать рублей, все хлопот меньше окажется. Немедленно расскажи матери правду, пусть сходит и припугнет гада.

Тут Ольга разрыдалась так, что Лариса, перепугавшись, на рысях полетела к холодильнику за валерьянкой.

— Господи, — стонала Оля, раскачиваясь из стороны в сторону, — да давно бы рассказала маме, да тут дело особое...

Из ее рта полился полусвязный рассказ, когда Лариса уловила его суть, у нее просто отвисла челюсть. Такого она не предполагала.

Отцом будущих детей Оли был хороший знакомый Норы, более того, ее любовник. Ольга всегда считала мужчину стариком, кем-то вроде дедушки, но летом прошлого года он приехал к ним на дачу, остался ночевать, а Нора задержалась в городе. Оля и мужчина оказались в доме одни. Сначала они проговорили почти до утра, а потом девушка поняла, что влюблена.

Матери она, естественно, ничего не сказала. Оля очень любила Элеонору, но чувство, вспыхнувшее к мужчине, захватило ее полностью. Девушку, видевшую, что мама переживает из-за разрыва с любовником, мучила совесть, но страсть оказалась сильней.

— Как же ты предполагала выйти за него замуж? — только и вымолвила Лара.

— Не знаю, — рыдала Оля, — думала, как-нибудь уладится. Ну, мама найдет себе другого, а она до сих пор ему названивает, просто ужас! Я его так люблю, так люблю! И маму тоже! А детей все равно рожу!

Глядя на бьющуюся в истерике подругу, Лариса только качала головой. Подобного она никак не ожидала. Оля выглядела просто сумасшедшей.

Кое-как успокоив подругу, Лариса предложила:

— Давай я схожу к твоему престарелому Ромео.

— Зачем? — всхлипнула Оля.

— Попробую припугнуть его, — вздохнула Лариса, — естественно, ни о какой женитьбе речи не пойдет, но пусть хоть немного денег даст. Думаю, когда расскажу, что знаю все про Нору, тебя, и припугну парткомом, он станет сговорчивым, пару сотен выбью из подлеца.

— Не говори о нем так, — прошептала Оля.

— Хорошо, — кивнула Лариса, — давай телефон, а лучше адрес, попытаюсь выколотить деньги на приданое для новорожденных из этого чудесного, благородного человека.

— Пиши, — прошептала Оля. — Может, ты и права, нельзя все на маму вешать. Только умоляю, никому ни звука, никому!

Лариса поклялась молчать, но слова не сдержала. Вернее, не полностью сдержала. Решив, что одной отправляться разговаривать с донжуаном не с руки, она прихватила с собой Нелю. Естественно, никаких подробностей она подруге не рассказала, просто сообщила, что случайно узнала имя любовника Оли, и теперь следует помочь беременной выбить из нахала деньги.

— Ты не говори Ольге, что со мной пойдешь, — внушала ей Лара, — мы ей не скажем вообще ничего.

Неля согласно кивала головой, и, заручившись ее поддержкой, Лариса отправилась на встречу, наточив боевой топор. В уме она заготовила речь, призванную деморализовать сволочугу и вызвать у него нервные судороги.

Но все заготовленные слова вылетели из головы разом, стоило девушке увидеть предмет обожания лучшей подруги.

Во-первых, мужчина не казался старым. Великолепно одетый, изумительно пахнущий, он поцеловал Ларисе руку, чем сконфузил девушку донельзя. В советском обществе подобное поведение было не принято, с женщиной обычно общались, как с коллегой, либо как с женой или матерью, но не как с Прекрасной Дамой. Мужчина проводил девушек в кабинет, открыл коробку конфет, налил коньяк, кофе, а затем очень внимательно, не прерывая, выслушал страстную речь Ларисы.

— Милая моя, — ласково улыбнулся он, когда бурный поток иссяк, — вы изумительный человечек, решивший помочь подруге, только дело обстоит слегка по-другому, чем представила Оленька. Вам не кажется, что будет справедливым выслушать и вторую сторону, то есть меня?

Лариса кивнула:

— Говорите.

Мужик начал рассказ. В его интерпретации ситуация выглядела по-иному. Да, они действительно остались вдвоем на даче. И на самом деле ужинали вместе. Оля поставила на стол коньяк, налила себе полный фужер.

— Не много ли для тебя? — предостерег он ее.

— Я давно совершеннолетняя, — отрезала девушка.

Гость пожал плечами. В конце концов, Оля у себя дома, ну напьется и заснет. Разошлись они по комнатам около полуночи. Оля была сильно подшофе. Мужчина лег в кровать и благополучно отбыл в царство Морфея.

Проснулся он в объятиях Оли.

— Обожаю тебя, — шептала залезшая к нему под одеяло девушка, — давно страстно люблю, милый, дорогой...

На этом месте повествования мужчина обратился к Ларисе:

— Каюсь, грешен. Когда молодая женщина, пусть даже не такая красивая, как вы, Ларочка, оказывается со мной в одной постели, удержаться трудно. Я не импотент и не святой Иосиф.

Наутро кавалер глубоко раскаялся в содеянном и быстро уехал домой совсем рано, даже не попрощавшись с мирно спящей девушкой.

— Близки мы были только один раз, — спокойно говорил хозяин дома, — и исключительно из-за моей глупости. Я дружил с покойным отцом Ольги, после его смерти иногда навещал Нору, помогал ей изредка деньгами и, естественно, никогда не смотрел на Олю как на женщину. Для меня она всего лишь дочь рано ушедшего из жизни друга. Вы не можете себе представить, как я ругал себя за совершенный поступок.

Спустя примерно две недели после происшедшего Оля явилась к нему домой и сказала:

— Давайте считать, что ничего не случилось. Мне нельзя коньяк пить, мигом косею, а потом черт-те что выходит.

— Конечно, Олечка, останемся друзьями, — якобы ответил тот.

Девушка ушла, и все. Отношений никаких они не поддерживали, разве что на Восьмое марта он позвонил и поздравил Нору с Ольгой.

— Представьте теперь мое изумление, — развел он руками, — когда Оля вдруг объявила о своей беременности. Я предложил денег на аборт, хотя, честно говоря, не считаю себя «автором», дело-то всего один раз произошло. Но всякое случается. Оля пятьдесят рублей взяла и пропала, а недавно появилась вновь, огорошила сообщением о двойне...

— Поймите меня правильно, — спокойно говорил мужчина, — я человек порядочный и никогда не откажусь от ребенка, но только своего. Кормить, одевать и любить чужого я не намерен. Вот и предложил Оле: она рожает, мы проводим генетическую экспертизу, за мой счет, конечно, и, если результаты анализов подтвердят мое отцовство, я мигом узаконю родство.

Но Оля настаивала: «Женись сейчас».

Пришлось кавалеру покачать головой:

— Нет, только после экспертизы.

Узнав иную версию событий, Лариса и Неля замолчали, вернее, Неля и до этого сидела, набрав в рот воды. Но теперь дара речи лишилась и Лариса. Наконец она пробормотала:

— Все-таки некрасиво было с вашей стороны оставить Ольгу без всякой материальной помощи, вдруг это ваши дети? Экспертиза дело долгое, а младенцам нужны пеленки да распашонки.

— Но я дал ей на днях триста рублей!

Лариса вновь примолкла, вспомнив, что в самом начале осени Оля купила коляску, кроватку и стульчик. На вопрос Лары:

— Где деньги взяла?

Олечка ответила:

— Да девочка-соседка музыкой у меня занимается.

Теперь же выясняется, что рубли перепали ей от любовника. У Ларисы просто голова шла кругом. Оля говорила о своих отношениях с любовником так увлеченно, а тот очень убедительно доказывал обратное. Кому верить, Лара не знала. Конечно, Ольга была ее давней подругой, но человек, сидящий сейчас перед ней в кресле, просто завораживает. Милый, обаятельный, интеллигентный...

Очевидно, поняв, какая буря бушует в душе Ларисы, собеседник улыбнулся.

— Вижу, вы мне не верите. Давайте сделаем так. Я сейчас передам вам двести рублей для Оли. Только за деньгами придется поехать ко мне на работу, я не держу дома крупные суммы, храню в сейфе...

Он обвел взглядом не проронившую ни слова Нелю и продолжил:

— У нас на предприятии пропускная система, могу взять только одну из вас, решайте кого.

— Я поеду, — быстро сказала Лариса.

Она замолчала. Я подождал минуту и спросил:

— Ну что? Получили деньги?

— Знаю, — пробормотала Федотова, — знаю, Нелька наболтала вам, будто я осталась у него на ночь, отбила мужика у Ольги. Только это неправда, у нас роман начался после ее смерти! Я тогда деньги получила и Оле отдала. Она их спокойно спрятала в сумочку.

Увидав такую реакцию, Лариса решила, что подруга ее обманывала, но той ничего не сказала.

Потом Родионова погибла, а у Ларисы начался роман с этим мужчиной. Через месяц она оказалась беременной. Она, естественно, сообщила любовнику, тот дал денег на аборт. Лариса, в отличие от Ольги, совершенно трезвая особа, поэтому мигом понеслась в больницу, где ее от аборта отговорили. Операцию ни в коем случае делать было нельзя, так как после этого никогда не стать ей матерью.

Лариса кинулась к кавалеру. Но он, еще вчера клявшийся в любви, процедил сквозь зубы:

— Ну, милая, повесить на меня ребенка еще никому не удалось. И вообще, проблема контрацепции исключительно дамская. Делай аборт.

— Но у меня больше никогда не будет детей, — возразила Лариса.

Кавалер поморщился:

— И не надо. Впрочем, поступай как знаешь. Но, имей в виду, на меня не рассчитывай, помогать не стану. Деньги на аборт, пожалуйста, дам, но не надейся сделать из меня папашу.

Тут только до Ларисы дошло, что Ольга говорила правду. Ситуация повторилась, только Федотова не была восторженной дурочкой. Быстренько прикинув сроки, она выскочила замуж за безнадежно влюбленного в нее губастого Кольку Федотова. Даже не пришлось менять фамилию.

Летом Лариса родила девочку, обманув мужа, что младенец недоношенный. С любовником она больше не встречалась. Кстати, ей повезло. Губошлеп Коля, казавшийся жутким увальнем и лентяем, на гребне перестройки взлетел вверх, занявшись бизнесом. Теперь у них дом полная чаша, одна беда: Коля очень ревнив и частенько устраивает жене скандалы, выясняя, где та проводила время. Впрочем, Лариса старается супруга лишний раз не дразнить.

— Нелька — дрянь, — нервно сказала она, — отвратительная особа. Господи, как я жалею, что взяла ее тогда с собой.

— Она вас шантажировала, — скорей уточнил, чем спросил я.

Лариса кивнула.

— Мы довольно долго не общались, а примерно год назад она позвонила, предложила встретиться.

Лариса, не думавшая ни о чем плохом, радостно согласилась. Ей хотелось увидеть подругу юности. Неля явилась в ужасном виде, и Ларисе сразу стало понятно: бывшая одноклассница — алкоголичка, вконец опустившаяся баба.

Попили чай, приготовленный коньяк Лариса предусмотрительно не подала к столу. Потом Неля попросила пару сотен взаймы. Ясное дело, что давать деньги было нельзя, но Лариса жалостливая, а двести рублей для нее ничего не значат.

Неля схватила подачку, исчезла, обещав вернуть долг через месяц. Но не прошло и семи дней, как она объявилась вновь и опять попросила материальную помощь. Кляня себя за глупость, Федотова опять дала денег. Однако когда Неля притопала в третий раз, Лариса обозлилась и сказала:

— Дорогая, тут не фонд помощи алкоголикам, ты мне и так уже должна достаточно.

Неля ухмыльнулась, обнажив черные корешки зубов:

— Нет, это ты мне теперь всю жизнь должна будешь.

— За что? — изумилась Лариса. — Когда я у тебя хоть рубль брала?

— А за то, — преспокойно ответила Неля, продолжая гадко ухмыляться, — что твоя Ксюха и Рита, дочка покойной Ольги Родионовой, похожи, как две капли воды, ну чистые близнецы. У меня и фотка есть, да ты глянь, не стесняйся.

Лариса уставилась на снимок и обомлела. Перед ней было изображение Ксюши. Только через пару минут до Федотовой дошло, что у девочки на фото глаза карие, а не ярко-голубые.

— Ну как, — ухмыльнулась Неля, — стоит такая новость денег?

Лариса молчала, соображая, как выкрутиться из более чем неприятной ситуации.

— Да, — протянула Неля, — хорошо ты, Лариска, живешь, богато, евроремонт, ковры, посуда. Тяжело будет в сарае оказаться. Да и работать небось не привыкла.

— С чего бы мне в сарай переезжать, — хмыкнула Федотова.

— Да Колька тебе и квартиры не купит, — пояснила Неля, — вытолкает за обман голой на улицу, вместе с выблядком, очень уж он ревнивый. А тут такой облом вышел! Столько лет чужую девку кормил да жену-обманщицу!

— Сколько? — спросила Лариса.

— Пятьсот баксов, — ответила Неля.

— И вы платили? — поинтересовался я.

Женщина кивнула.

— Теперь и вам придется деньги давать. Говорите лучше сразу сумму, не тяните.

— Значит, вы испугались, что я пойду к Неле, та все расскажет, — протянул я, — поэтому подсыпали мне в кофе какой-то дряни и увезли Нелю в Криково?

— А что делать было? — заломила руки Лариса. — Все жду, когда эта дрянь допьется до смерти, а ее ничего не берет, теперь еще вы на мою голову свалились. Ну, сколько?

— Совершенно не... — начал я, но тут раздался стук в окошко.

Мы разом повернули головы вправо. За стеклом в наступающих сумерках маячил силуэт мужчины в ярко-синей куртке.

— Нет, — прошептала Лариса, — нет, только не это, нет.

Я в изумлении глянул на нее. Лицо женщины посерело, на переносице выступили капли пота, глаза странно расширились.

— Что с вами? — испугался я.

— М-м-м-м, — простонала Лариса и свалилась на бок.

## ГЛАВА 29

— Откройте же, пожалуйста, — постучал еще раз мужчина.

Я быстро распахнул дверцу.

— Кто вы?

— Вадим Кротов, — ответил парень, — вот там живу, в зеленом доме, подбросьте до города, а? Вот хорошо, что на вас наткнулся, думал, что до шоссе переть на своих двоих придется, а тут машина, просто удача. Ой, а что это с ней?

— Не знаю, вы постучали в окошко, а она в обморок упала.

— Да это же Лариса! — воскликнул юноша. — Соседка наша, может, снежком ей лицо протереть?

Мы пробовали привести Федотову в чувство, но безрезультатно.

— Вы умеете водить машину? — спросил я.

— Да, но только «Жигули», иномарку не пробовал.

— Садитесь в мой автомобиль, — велел я, — и езжайте следом.

Примерно минут через сорок мы добрались до НИИ имени Склифосовского. Лариса так и не пришла в себя. Из полуоткрытого рта стекала струйка слюны, время от времени женщина издавала протяжный, какой-то звериный стон.

— О-о-о.

Вконец перепуганные, мы с парнем внесли ее в приемный покой и отдали врачам. Потом он ушел, я же позвонил домой к Федотовым, налетел на Николая и сообщил, что его жена заболела.

— Еду, — коротко отреагировал тот.

Я сел в коридоре на банкетку и прислонился к стене.

Выглянувший доктор сообщил мне, что у Ларисы инсульт, прогноз очень плохой, но надежда умирает последней.

Банкетка была жесткой, стена грязной, а настроение крайне паршивым. Лариса так и не назвала мне имени любовника, просто не успела, удар обрушился на нее внезапно. Врач предположил, что она претерпела сильнейший стресс, но мне это казалось ерундой. Мы просто сидели в машине, разговор был, безусловно, неприятный для Ларисы, но в ужас она не впадала, наоборот, собиралась разрешить ситуацию по-деловому, предлагала деньги. Потом в окошко постучали...

— Простите, — раздался баритон, — вы Иван Павлович?

Я открыл глаза и увидел худощавого мужчину в ярко-синей куртке. Сначала мне показалось, что зачем-то вернулся парень, с которым мы привезли сюда больную, но через мгновение стало понятно: этот мужик намного старше.

— Я муж Ларисы, — произнес пришедший.

В моем мозгу будто щелкнуло, и вмиг все стало на свои места. Вот отчего Лариса запаниковала! У ее мужа имелась точь-в-точь такая куртка, как у паренька, стучавшего в окно. В сумерках лица юноши она не разглядела и решила, будто явился муж, ревнивый Отелло. Представляю, как она перепугалась. Сидит в машине с мужиком, а в домике вот-вот проснется Неля! Бедняга!

— Как это случилось? — отрывисто спросил Николай, подозрительно оглядывая меня. — Вы кто?

— Позвольте представиться, сын Николетты Адилье, Иван Павлович Подушкин. Лариса сегодня должна была играть в бридж у матушки в салоне. Мне велели встретить ее, просто заехать в наш двор невозможно, он закрыт, без ключа не попасть. Я вышел к воротам и нашел ее в машине, без сознания. Естественно, мигом привез сюда.

Лицо Николая разгладилось.

— Спасибо. Куда мне идти?

— Доктор там, — показал я на кабинет.

Федотов исчез за дверью. Я не стал дожидаться его возвращения и уехал.

На следующий день, около десяти утра, совершенно не выспавшись, я вновь прибыл в Криково. На этот раз буду умней и сначала заставлю Нелю назвать имя отца Ксюши и Риты и только потом отдам ей водку.

Ворота дачи были распахнуты, и на улице возле подъезда примят грязный снег, здесь явно стояло несколько машин, причем, судя по размеру следов, это были грузовики. Удивленный, я обогнул дом и ахнул. Сторожки не было. Вместо нее возвышался обгорелый остов.

В полном недоумении я вернулся к своим «Жигулям» и оглядел соседние дома. Все закрыты, заколочены, нигде никого. Пришлось ехать назад. Я катил медленно, оглядывая здания. Вдруг в одном блеснул лучик света. Обрадованный, я притормозил и позвонил в домофон.

— Кто там? — донеслось из динамика.

— Простите, не знаете, что случилось у Федотовых? Приехал в гости, а там пепелище.

— Пожар у них был, — крякнул домофон, — бомжиха в сторожку влезла, напилась да заснула с сигаретой, хорошо, я заметила и пожарных вызвала.

— Сгорела, бедняга! — ужаснулся я.

— Вроде жива, — хрипело из железной решеточки, — в больницу свезли.

— Куда?

— Хрен ее знает, небось в Веденеево, тут рядом, два километра.

Домофон замолчал, хозяйка так и не открыла дверь, но я не стал на нее обижаться, а направился в

Веденеево. В небольшой больничке страшно серьезный врач, лет пятидесяти на вид, сурово сообщил:

— Да, вчера привезли женщину из Криково.

— Как она?

— Была жива.

— А сейчас?

— Не знаю.

— Как это?

— Мы ее отправили в Склифосовского.

— Почему?

— Ожог составил шестьдесят процентов тела, мы
не сумеем выходить такую больную, поэтому перевели ее в Склиф, в ожоговый центр.

Чувствуя, что надежда узнать имя отца Риты тает,
словно кусок сахара в горячем чае, я помчался в
Склиф, нашел нужное отделение и врача, который
подтвердил:

— Да, утром, около восьми, привезли неизвестную в крайне тяжелом состоянии.

— Ее зовут Неля Малышева.

— Год рождения и адрес знаете? — обрадовался
доктор.

— Год рождения приблизительно... — назвал
я. — Пишите и адрес.

— Можете сообщить родственникам?

— Похоже, она живет одна.

— Жаль, — приуныл врач, потом в его глазах появился хитрый блеск. — Вы гепатитом болели?

— Нет, — удивился я, — а что?

— Сдайте кровь, у нас не хватает, помогите больным.

— Ладно, — согласился я, — но только в обмен
на просьбу.

— Какую?

— Узнайте о состоянии здоровья Ларисы Федотовой, поступила сюда вчера с инсультом.

— Не вопрос, — обрадовался доктор.

Через полчаса я имел полную информацию. Лариса помещена в отделение интенсивной терапии, речь к ней не вернулась, и совершенно неизвестно, вернется ли вообще. Более того, никто не может дать гарантии, что она останется жива.

С Нелей Малышевой поговорить тоже нельзя, она еще долго не сможет общаться с людьми, если вообще выживет.

Я сел в «Жигули» и расстроился. Находился в двух шагах от разгадки, и все, конец. Надо же случиться такому, может, вообще бросить это дело? В конце концов, кому какое дело, кто убил Риту... или Раю... Так кто попал под машину, Рита? Рая? И где оставшаяся в живых? Или погибли обе? Почему? Если девочек хотели просто поменять, зачем убивать обеих? Ну уж нет! Я стукнул кулаком по рулю. Вот что, разлюбезный Иван Павлович, вновь раскиселился, растекся лужей. Нечего ныть, работай. Внезапно в голове пронеслось: «Никогда не сдавайся». После неудачного покушения на ее жизнь Нора повесила в спальне плакат: «Никогда не сдавайся».

— Только начну впадать в тоску, — объяснила она, — гляну на лозунг, и все, опять готова к жизненным битвам.

Я посидел в машине, а потом отправился в Воропаево. Железный петух-флюгер на калитке! Будем надеяться, что он еще вертится там с жутким скрипом.

Нынешняя зима намела горы снега. Даже в Москве высятся многометровые сугробы, а за городом вообще не проехать. На шоссе еще кое-как можно было пробраться, но, когда я повернул возле указателя «Воропаево», несчастный «жигуленок» мигом забуксовал. Пришлось вылезать и оглядывать окрестности. Перед глазами расстилалось девственно-чистое поле, огромный квадрат земли, покрытый снегом, никакого поселка не наблюдалось и в помине. Чуть впереди, если ехать по шоссе, виднелось недостроенное кирпичное здание. Больше никаких признаков жизни, вокруг только деревья.

Я еще раз посмотрел на указатель «Воропаево», потом полез в атлас: может, в области два места с таким названием? Но нет, вот оно, Воропаево, шестьдесят первый километр, да и Веня Глаголев, возивший сюда в тот трагический день Олю Родионову, говорил, что поселок расположен примерно на шестидесятом километре. Наверное, он лежит вон за тем лесом, только как пробраться туда по целине?

Кое-как освободившись из снежного плена, я вырулил на шоссе и доехал до стройки. Похоже, что тут никого нет. Но неожиданно глаз упал на бытовку, и я увидел тоненькую струйку дыма, вьющуюся из трубы. Обрадовавшись, я постучал в вагончик. Высунулся здоровенный красномордый мужик и хриплым голосом осведомился:

— Ищете кого?

— Простите, как проехать в Воропаево?

— Куда?

— В Воропаево.

— Это где же такое?

— Похоже, рядом, там указатель на шоссе.

— Погодите, — велел строитель, — я не местный, ща спрошу у Толика, он тутошний. Эй, Толян, поди сюда.

Появился парень, тоже с обветренным лицом.

— Ну?

— Воропаево знаешь? — спросил первый.

— Ну.

— Вот, человек хочет туда проехать.

Парень засмеялся.

— Зачем вам туда?

— У приятеля там дача, в гости позвал.

— Давно?

— Извините? — не понял я.

— Приглашал небось летом, — хихикал юноша.

— Ну, в общем, да, — осторожно подтвердил я, стараясь сообразить, к чему он ведет.

— Ехайте взад, — веселился паренек.

— Почему?

Строитель обвел рукой пустырь.

— Тута и было Воропаево. Последние дома осенью снесли, а указатель забыли снять.

— Поселок уничтожен, — пробормотал я, глядя на белый, неправдоподобно чистый снег.

— Ага, — кивнул местный житель, — под корень смели. Здесь теперича гольф-клуб делают, элитарное место отдыха.

— А дачники куда делись? — глупо спросил я.

— Кто ж их знает, — пожал плечами собеседник, — деревенским квартиры предложили, у нас, в Михеево, с водой и газом. Они, ясное дело, согласились. В поселке лучше — и магазин, и больница, и баня. А уж как с москвичами договаривались, понятия не имею. Фирма расселяла.

— Спасибо, — сказал я и пошел к машине.

Все, лопнула последняя нитка, потерян единственный след. Железный петух, испугавший скрипом Олю Родионову, ржавеет на помойке, остатки избушки сгорели в огне, а на месте поселка свищет ветер.

Полный разочарования, я покатил в Москву и угодил в гигантскую пробку, невесть почему возникшую на въезде в столицу. Как правило, я не включаю в машине радио, но сегодня отчего-то нажал на кнопку и начал слушать, как тараторит ди-джей. Потом полилась музыка.

Иногда мне в голову приходит идиотская мысль: может, начать писать тексты песен? Это же так элементарно, никто не требует, чтобы в словах был хоть какой-нибудь смысл. Вот сейчас мужчина поет: «О, маленькая девочка со взглядом волчицы, я тоже когда-то был самоубийцей, я тоже лежал в окровавленной ванне и тоже вдыхал дым марихуаны». Ну и как вам это? Мило, не правда ли? Во-первых, в двух строках повторяется слово «тоже», а меня в свое время учили, что этого делать не следует. И потом, если сей приятный юноша лежал в окровавленной ванне, то почему он в конце концов не умер? Вскрытие вен, да еще если тело находится в горячей жидкости, неминуемо ведет к кончине. Хотя о воде в песне нет ни слова. Внезапно мне стало смешно. Неумеренное чтение детективных романов явно повлияло на мой мозг. Еще месяц назад мне бы и в голову не пришло искать логику в этих стихах, и вот, пожалуйста, просто комиссар Мегрэ, а не Ваня Подушкин. Ванна, кровь...

«В аду, — забубнил гнусавый, какой-то мяукающий голос, — в аду-ду-ду буду-ду-ду искать тебя. Только в аду-ду-ду, ты мне позвони из ада-да-да-да. Позвони, позвони...»

От неожиданной мысли, пришедшей вдруг в голову, правая нога нажала на педаль, и «жигуленок» вынесся на перекресток. Мигом раздался свист. Я растерянно притормозил: надо же, проскочил на красный свет, еще хорошо, в аварию не попал. Ад! Звонок из ада! Господи, ведь мне и впрямь звонила Рита, говорила она каким-то странным голосом. Я тогда решил, что это глупая шутка кого-то из недругов Норы. У моей хозяйки, весьма успешно ведущей бизнес, хватает недоброжелателей и завистников...

— Документы попрошу, — произнес суровый голос.

На дороге стоял мордатый гибэдэдэшник, закутанный в теплую куртку с поднятым воротником. Он явно замерз и устал. Я протянул ему права, техпаспорт и машинально сказал вслух:

— Где же этот ад? Вот черт, забыл как он называется!

Сержант оторвался от бумаг и довольно зло поинтересовался:

— Пили?

— Ну что вы, я вообще не слишком люблю спиртное.

— Почему проехали на запрещающий сигнал светофора?

— Бога ради, простите, задумался.

— Ну прощения вам моего не дождаться, — протянул страж дорог, — накажу за разгильдяйство.

Я вытащил пятьдесят рублей. Милиционер окинул взглядом мою дубленку и неожиданно сказал:

— Памперсы семьдесят пять стоят.

— Что? — не понял я. — Вы носите на работе памперсы?

Сержант побагровел:

— Дошуткуетесь сейчас, номера сниму, выручайте их потом. Дочка родила внука, вся зарплата на бумажные подгузники уходит.

Я проникся его ситуацией и выудил из кошелька еще одну голубую бумажку.

— Ехай себе дальше, — разрешил новоявленный дедушка и забурчал: — Каждый издеваться готов. В памперсах на работе! Ты постой здесь цельный день на дороге, с ума съедешь, кругом одни кретины. Стая идиотов за рулем и туча дураков на тротуаре, а ты гляди, чтобы они друг друга не поубивали. Памперсы на работе!

Я поехал дальше. С чего бы сержант так обозлился? По-моему, как раз очень удобно пользоваться таким благом цивилизации. Интересно, он бросает перекресток, чтобы сбегать по нужде? Или терпит, бедолага, всю смену? Во всяком случае, и то, и другое плохо.

Добравшись до дому, я позвонил Роме Качалову.

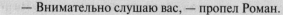
— Внимательно слушаю вас, — пропел Роман.

— Позови Машку, — попросил я.

— О, Ваняшка, — обрадовался приятель. — Зачем тебе моя спиногрызка понадобилась?

— Хочу консультацию по одному вопросу получить.

— Ха, — рассмеялся Ромка, — так Машка лишь в косметике понимает, только не пугай меня, что решил на старости лет стать «голубым» и хочешь купить помаду, ха-ха-ха.

Я терпеливо ждал, пока Рома успокоится. Он совершенно зря думал, что Машка родится талантливой, умной и послушной. В кого ей такой быть? Ни отец, ни мать девочки не обременены особым талантом. Рома прочитал за всю жизнь полторы книги, а его жена Таня имеет только восемь классов образования. Что же касается послушания, то мы с Романом учились в одном классе, и я хорошо помню, что его родители бегали к директору, как на работу. Ромочка безобразничал и хулиганил, а теперь превратился в зануду и ханжу.

— Манька, — заорал Качалов, — гони сюда, к телефону!

— Скажи, что меня нет! — крикнула дочь.

— Давай, не выеживайся, это Ваня Подушкин.

— Что ему от меня надо? — удивилась девица и схватила трубку: — Здрасьте, дядя Ваня.

Я подавил тяжелый вздох. Ничто так не старит, как подобное обращение из уст шестнадцатилетнего подростка. Машка почти догнала меня по росту, у нее вполне сформировавшаяся фигурка и умело накрашенное личико. Я для нее глубокий старец, ей даже в голову не придет посмотреть на меня, как на существо противоположного пола. Первый раз в моей душе зашевелилась грусть об убежавшей молодости. Конечно, я не Николетта, возраста своего никогда не скрывал, кое-где поблескивающей седины не стеснялся, но «дядя Ваня» мне совершенно не нравится, на худой конец пусть бы обратилась Иван Павлович.

— Так в чем дело, дядя Ваня? — повторила Машка.

— Ангел мой, — сказал я, — в Москве есть то ли дискотека, то ли клуб, который молодежь твоего возраста называет адом или преисподней, не знаешь, случайно, его адрес?

— А то! — взвизгнула Машка. — Суперское местечко, прикольное, оттянуться можно со свистом. А вам зачем?

— Хочу сходить отдохнуть, потанцевать, может, с девушкой познакомлюсь, я человек холостой...

Машка закатилась в приступе истерического смеха.

— Ну, дядя Ваня, вы и приколист! Убиться можно! Да вас туда не пустят.

— Почему? Я вполне прилично выгляжу.

— Вот именно поэтому, — веселилась Машка. — Небось в костюмчике собрались, с селедкой на шее?

— Ну, в общем, да, а что, не подойдет?

— Нет, конечно, — ржала собеседница, — там фейс-контроль, и всех, кто на придурков похож, вежливенько так тормозят.

— Погоди, — попросил я, — объясни поподробней. Честно говоря, я всегда считал, что охрана не пускает внутрь плохо одетых людей, а не тех, на ком дорогой пиджак.

— Дядя Ваня, вы пень, — объявила Машка, — прямо как мои шнурки: «Надень приличную юбку, если в гости идешь». Скончаться можно. Ладно, слушайте, объясню.

## ГЛАВА 30

Адом подростки называют клуб «Ванильный зефир» в Лаврентьевском переулке. Местечко модное, шумное и дорогое, пятьсот рублей вход. Может, для кого это и не деньги, но каждый день плясать на этой дискотеке может себе позволить не всякий. Вообще, там здорово, есть буфет, продают спиртное, музыка звучит классная, и курить разрешают прямо в зале.

— Там и комнатки есть, — тарахтела Манька, — если кто захочет, ну, в общем, понимаете... Две тысячи рублей стоит, дорого, конечно, но некоторым нравится.

Одним словом, назвать простой дискотекой «Ванильный зефир» никак нельзя, это клуб. Многие родители недовольны, что их дети, вместо того чтобы плавать в бассейне, ходить в кружок бисероплетения или вязания, прыгают до утра в душном помещении. Пару раз «Ванильный зефир» пытались прикрыть, но из этой затеи ничегошеньки не вышло, у хозяина оказались прочные связи в городской администрации, и притон разврата работает на всю катушку.

Поняв, что по закону одолеть «Ванильный зефир» не удастся, экстремально настроенные родители решили самостоятельно справиться с ситуацией. Несколько отцов и матерей под видом посетителей проникли внутрь и перебили кое-какую музыкальную аппаратуру и электроосветительные приборы. Вот с той поры у входа и поставили дюжих парней, которым вменено в обязанность «просеивать» посетителей.

— Туда не пускают людей за тридцать? — решил уточнить я.

— Нет, — ответила Машка, — сколько угодно, только они, как правило, одеты, как мы: женщины в мини, мужики в коже, бывают такие продвинутые старикашки, им в кайф среди кренделей повыкаблучиваться. Вот их никто не тормозит, Химика, например.

— Кого?

— Химика, — повторила Маня, — здоровенный такой дядечка, ему все пятьдесят стукнуло, одной ногой в могиле, но веселый! В косухе и гриндерсах.

— В чем?

— Ну куртка такая кожаная и высокие ботинки на подметке, а тетенька с ним, улет! В розовом костюмчике, сама толстая, юбочка короче, чем у меня. Правда, они вместе только входят. А потом разбегутся и давай себе других партнеров подыскивать.

— Зачем же вместе приходят?

— Так одиноких не впускают, — пояснила девочка, — только парой, скандалов боятся. Там, правда, иногда дерутся, но нечасто. Вам одному не войти, ищите себе гирлу.

— Не сходишь со мной сегодня?

— Простите, дядя Ваня, ни за что, — заявила Машка, — там у меня знакомых полно, засмеют, скажут, с мумией связалась.

— Ладно, детка, спасибо за информацию.

— Не за что, — вежливо ответила Маша, — желаю повеселиться.

Понимая, что она сейчас повесит трубку, я поинтересовался:

— Машенька, подскажи, где берут эти косухи и гриндерсы?

— В магазине.

— В каком? — Я решил проявить терпение до конца. — Будь добра, дай адресок.

— Ну, — задумалась девчонка, — на Касьянова есть точка, «Прикид» называется, там точно все есть, правда, дорого.

— А в каком часу начинается основное веселье?

— Около девяти вечера. Только, дядя Ваня, зачем вам туда? Прям смешно, вы же в балалайку ходите.

— Куда? — не понял я. — В балалайку? Что это такое?

— Консерватория, — ответила Машка. — Ну покедова, мне еще алгебру делать.

Я повесил трубку и начал в задумчивости перелистывать записную книжку. Ну кто из моих знакомых или бывших любовниц согласится пойти, натянув мини-юбочку, в «Ванильный зефир»? Минут через десять я пришел к неутешительному выводу: никто. Более того, я даже не могу никому предложить подобное времяпрепровождение. Стоит только намекнуть на поход в клуб, как сердобольные дамы мигом вызовут психиатрическую «Скорую помощь» и уложат Ивана Павловича в поднадзорную палату.

Но мне очень надо попасть в это местечко. Может, и зря, конечно. Я закурил и уставился в окно, где опять кружился снег. В общем, мои рассуждения выглядят вполне логично. Отец близнецов задумал «поменять» Риту на Раю. Он рассудил просто. Избалованная Маргоша никогда не пойдет на поводу у человека, который не объявлялся восемнадцать лет. Кстати, почему он не затеял эту историю раньше? Ладно, отбросим ненужные вопросы. Значит, милый папенька решил, что Рая будет послушной игрушкой в его руках, и осуществил рокировку. Так, потом на несчастную девушку наехал автомобиль... Почему? Кто ее убил? Зачем?

Я выбросил окурок в форточку. Решил же, что не стану задавать себе много вопросов. Итак, предположим, Рая погибла под колесами иномарки. А куда дели Риту? Правильно, спрятали. В аду! Именно это место назвала Маргоша, когда звонила мне. Ей удалось как-то подобраться к телефонному аппарату. Надеюсь, что она по-прежнему там. Ну почему я сразу не сообразил, в чем дело? Отчего решил, что стал объектом розыгрыша? Ну не дурак ли! И с кем пойти в «Ванильный зефир»? Может, просто нанять проститутку? Нет, продажная женщина — это совершенно не то. Мне необходим партнер, друг, способный помочь. Вдруг меня осенило. Люси! В конце концов, я ей помог, теперь ее очередь. Я схватил трубку.

— Слушаю, — прозвучало нежное сопрано.

— Люси?

— Да, Ванечка.

— Мы можем побеседовать?

— Секундочку.

В мембране послышался шорох, затем треск и, наконец, снова женский голос.

— Мама в ванной, говорите скорей.

— Мне нужна ваша помощь.

— Какая?

— Все при встрече.

Честно говоря, Люси меня удивила. Она не стала квохтать и задавать глупые дамские вопросы, а деловито осведомилась:

— Во сколько?

— Через час заеду, как полагаете, мама отпустит вас до утра?

— С вами, да.

— Тогда скажи, что едем с компанией на дачу.

— Нет, — предложила Люси, — лучше по-другому. Допустим, ваша дальняя родственница выходит замуж, и мы званы на свадьбу. Дача звучит слишком интимно, вы не находите? А на свадьбе всегда гуляют до утра.

Я признал ее правоту и пошел одеваться.

— Ванечка, милый, — прочирикала Роза, получая очередной букет, — свадьба — это так романтично. Что вы приготовили в подарок?

Я начинающий врун, поэтому, услыхав вполне естественный вопрос, растерялся. Но Люси мигом пришла на помощь:

— Мамочка, сейчас дают конверты с деньгами.

— Но это так неинтересно, — надулась Роза, — деньги, фу! Вот нам, например, с мужем преподнесли много замечательных вещей: набор вилок, ложек и ножей, постельное белье, утюг, самовар.

— Ах, мамочка, — вздохнула Люси, — то были

годы тотального дефицита, а теперь людям нужны только деньги.

— Ты у меня такая разумная, — умилилась Роза, — ну, ступайте, дорогие детки, повеселитесь. С вами, Ванечка, я спокойно отпускаю девочку.

Я поцеловал ее надушенную лапку и оглядел Люси. Ради торжества она принарядилась в ярко-оранжевое платье из тонкого бархата. Вещь была, безусловно, дорогой, но отвратительно безвкусной, и шла Люси как корове седло. Больше всего моя спутница напоминала сейчас гигантский испанский апельсин, снабженный по недоразумению кудлатой головой. Я галантно подал девушке песцовую шубку, и мы удалились. Роза ухитрилась высунуться в форточку и помахать нам вслед.

Я отъехал на соседнюю улицу и рассказал Люси все, ну, ладно, почти все. И снова девушка удивила меня. Если представить на минуту, что мне пришла в голову безумная мысль сообщить правду о расследовании Николетте, то, скорей всего, последствия оказались бы ужасными. Маменька начала бы без конца перебивать меня глупыми вопросами, вздыхать, ойкать, стонать, прикладывать пальцы к вискам... В конце концов она потребовала бы сердечных капель и доктора и, вполне вероятно, не упустила возможности шлепнуться в обморок.

Люси сидела молча, изредка поднимая брови и качая головой. И только когда я замолк, поинтересовалась:

— Что надо делать?

— Для начала переодеться соответствующим образом. В таком виде нас не пустят в «Ванильный зефир». Вы готовы принять вид престарелой тинейджерки?

— Ради пользы дела, конечно, — совершенно спокойно ответила Люси.

И мы поехали в магазин «Прикид».

По большому залу бродило несколько покупателей, едва вышедших из младенческого возраста. Парочка продавщиц болтала друг с другом, опершись на прилавок. Одна из них, кстати, тоже небось едва справившая шестнадцатилетие, скользнула равнодушным взглядом по мне и Люси, потом, решив, что в магазин заглянула по недоразумению парочка шнурков, отвернулась и продолжала разговор с коллегой.

Я подошел к девицам и попросил:

— Будьте любезны, хочу купить косуху, соответствующие брюки к ней, рубашку и гриндерсы.

Продавщица лениво прокатила во рту жвачку и осведомилась:

— Рост и размер какой?

— Как у меня.

— Вон там, на крайней стойке гляньте.

Девчонка решила, что я хочу сделать подарок сынишке, потому что посоветовала:

— Только рубашки под косухи не носят, свитер берите.

Я подвигал вешалки и тяжело вздохнул. Одежда выглядела жутко. Черную кожаную слишком короткую и узкую куртку пересекала вшитая наискосок железная, грубая «молния». Такие же «змейки» украшали и рукава. На поясе болталась большая, просто чудовищная пряжка. К косухе прилагались кожаные штаны.

— Вот эту берите, — сказала подошедшая продавщица.

Девчонка почувствовала во мне покупателя и решила проявить внимание:

— Вон та подойдет по размеру.

— Примерить можно?

— Конечно, идите в кабинку, только тогда уж сразу берите свитер. Гляньте, какой прикольный.

Продавщица подошла к полкам и выдернула нечто грязно-серого цвета. Я уставился на свитер.

Больше всего он напоминал изделие, вышедшее из рук психически ненормального человека. Знаете, иногда, в качестве трудотерапии, несчастным сумасшедшим предлагают вязать или шить. Из свитера во все стороны торчали нитки, он был сшит швами наружу, а петли выглядели разнокалиберными. До сих пор я только один раз в жизни встречал такое убожество.

Лет пять назад Кока ездила в Лондон и привезла оттуда новую моду — вязать в гостиной. Она явилась на журфикс к Николетте с очаровательной корзиночкой, выудила оттуда клубок и, яростно орудуя спицами, заявила:

— В Лондоне все дамы великосветских салонов обязательно рукодельничают.

Наши тоже решили не отставать, и целый месяц Николетта старательно путала петли, пытаясь связать для меня шарф. Но потом, слава богу, дурацкое занятие ей надоело, и матушка забросила работу. Больше она никогда не прикасалась к спицам. На память о ее короткой карьере вязальщицы остался кусок недоделанного шарфа самого мерзкого вида. Так вот, предлагаемый мне сейчас свитер был родным братом того убогого кашне.

Но чтобы проникнуть на дискотеку, нужно на время забыть о хорошем вкусе, поэтому я пошел к примерочной кабинке, прихватив все предложенные шмотки.

— Эй, мужчина, — крикнула продавщица, — возьмите гриндерсы!

— Обувь потом, — ответил я.

Девушка засмеялась:

— Нет, гриндерсы обязательно.

— Почему?

— У них очень высокая подметка, брюки короткими окажутся, если купите штаны под обычные ботинки.

Я прихватил пару каменно тяжелых бутс и задернул занавеску.

Через десять минут в зеркале отразился довольно молодой мужчина, одетый самым идиотским образом.

Куртка едва доходила до талии, и носить ее предстояло расстегнутой, потому что, закрыв «молнию», я с трудом мог дышать и двигаться. Свитер же оказался излишне длинным. Он спускался на бедра, выглядывая из-под верхней одежды. Наша Тася, служившая в детстве няней, иногда приговаривала:

— Эй, Ваняшенька, ну-ка, заправь, голубчик, рубашечку в брючки, а то надел кофточку, а про нижнюю одежду-то позабыл. Торчит из-под пятницы суббота.

И вот теперь я вновь оказался в том виде, который наша домработница называла «из-под пятницы суббота». Брюки тоже были излишне длинными, они спускались «гармошкой» на ботинки. Впрочем, назвать ботинками сооружения, куда пришлось впихнуть ноги, можно было лишь с большой натяжкой. Я никогда в жизни не носил подобную обувь: грубую, вульгарную, на огромной платформе, с утрированно квадратными носами. Больше всего я напоминал сейчас себе один персонаж из дурацкой рекламы жевательной резинки. Помните этот ролик ну, когда девушка, пытаясь запарковаться, сбивает мотоцикл и видит, что к ней от телефонной будки направляется звероподобного вида рокер? Дама засовывает в рот жвачку, ослепительно улыбается, и горилла, затянутая в кожу, удаляется, забыв устроить скандал. Только не подумайте, что я походил на элегантную даму, отнюдь, я был вылитым рокером. Жутким существом, от которого еще вчера сам бы шарахнулся в сторону на пустынной улице.

Приоткрыв занавеску, я крикнул:

— Люси, посмотрите, пожалуйста!

Девушка, обсуждая что-то оживленно с продавщицами, повернулась, подошла к примерочной и уставилась на меня. В ее лице ничто не дрогнуло, но в глазах запрыгали бесенята.

— По-моему, замечательно, — констатировала она.

— Кажется, свитер длинноват, — пробормотал я, — и брюки не того...

— Что вы, мужчина, — хором сказали продавщицы, — так носят, самый накат, если короче штаны натянуть, отстой получится.

Я вспомнил, как где-то в конце семидесятых упрашивал Николетту купить мне брюки с многосантиметровым клешем, и ничего не сказал. Мода дело хитрое, придется поверить торговкам, они в этом вопросе разбираются лучше меня.

Внезапно в сердце вновь вползла грусть. А в чем я хорошо разбираюсь? В поэзии Серебряного века? Живу, словно в консервной банке, существую в замкнутом мирке, хожу, как старая кляча по одному кругу. Хотя, если признаться честно, я сильно изменился за последнее время и, как ни странно, стал выглядеть моложе. Во всяком случае, сейчас из зеркала на меня смотрел парень, правда, отвратительно принаряженный, но по виду никак не сорокалетний. Максимум, что можно дать молодцу, тридцатник. Может, явиться в таком виде к Николетте на файф-о-клок и заверить всех, что теперь так положено наряжаться в высшем свете, ну... в Испании, например? А что? Неплохая идея. Милые дамы будут изумительно смотреться в косухах.

— Замечательно, — повторила Люси, — только чего-то не хватает.

— Во, — сказала одна продавщица, — оденьте.

Я посмотрел на крохотную сережку и ответил:

— Но у меня уши не проколоты.

— Так это клипса, — сообщила она и ловко защелкнула ее на моей мочке.

— Да, — удовлетворительно протянула Люси, — вот теперь великолепно.

— Суперски, — взвизгнула продавщица, — с таким фрэндом я бы хоть куда пошла, такой модный, такой прикинутый, ну слов нет. Девки бы попадали от зависти, все при нем, косуха, гриндерсы, ну кентово, лососевый парень!

— Хорошо, — кивнула Люси, — теперь я.

Она ушла в кабинку, и девчонки стали охапками таскать туда вешалки со шмотками. Процесс грозил затянуться. Я уселся на стульчик возле обувного отдела.

— Слышь, фрэнд, — раздалось над головой.

Я повернулся. Юноша лет пятнадцати спросил:

— Посмолить не дашь? Без капусты остался.

— Что?

— Ну закурить дай.

Я вытащил «Мальборо».

— Угощайтесь.

— Парочку стрельну?

— Конечно.

— Ну ты центровой, — вздохнул парень, — прям набитый икрой.

Он вытащил две сигареты и начал бродить по магазину. Пару минут я следил за ним, одетым в старенькую, добела вытертую куртку. Честно говоря, я не слишком понял сказанную им напоследок фразу. Юноша поругал меня или похвалил? Радует лишь одно, он принял меня за своего, вот она, великая сила одежды. Впрочем, сия мудрость была известна издавна, вспомним хотя бы русские пословицы и поговорки: «одень пенек, станет как майский денек»; «по одежке встречают, а по уму провожают», нет, последнее явно не то. В наше время вас приветствуют и провожают, принимая за точку отсчета исключительно внешний вид.

— Ванечка, — крикнула Люси, — ну как?

Я поднял глаза и поперхнулся. Из кабины выглянуло нечто, одетое в синюю мини-юбочку и обтягивающий короткий свитерок того же цвета. Но самое интересное, что наряд безголовой, отвязной тинейджерки шел моей спутнице чрезвычайно.

Во-первых, к моему гигантскому изумлению, сразу стало понятно, что Люси вовсе не бесформенная тумба. У девушки оказались стройные ножки, ну, может, слегка полноватые, на мой взгляд, но отнюдь не уродливые куски жира, которыми они казались под дорогими эксклюзивными нарядами. Талия была достаточно тонкой, не как у балерины, конечно, но и не расплывшаяся от безудержного поедания сладкого. Ультрамариновый джемпер обтягивал высокую аппетитную грудь. Больше всего Люси напоминала растолстевшую голливудскую актрису Памелу Андерсон до ее операции по удалению силикона из бюста. Вернее, негатив Памелы, потому что та, если помните, блондинка, а Люси брюнетка. Внезапно я сообразил, что Люси-то очень молода, ей всего исполнилось двадцать три. Просто в своих диких платьях, дорогих, расшитых золотом и каменьями, она выглядела всегда лет на сорок, казалась бесформенной, бесполой глыбой, а на самом деле она очень даже хорошенькая. И она не толстая, а просто крупная.

— Ну как? — повторила девушка, делая шаг мне навстречу. — Впечатляет?

Ее карие глаза блестели, окруженные густо намазанными ресницами, на щеках играл добытый из косметички румянец, а губы пламенели. До сего дня Люси не красилась, наверное, Роза запрещала дочери пользоваться декоративной косметикой. Внезапно я разозлился на бабу. Что же это за мать такая! Неужели она слепая дура, неспособная понять, как следует одеваться девушке, чтобы быть привлекательней!

— Ну как? — уже с небольшой тревогой поинтересовалась моя преображенная спутница.

— Нет слов! Вы очаровательны.

Люси расплылась в улыбке. Черненькие усики над ее верхней губой дрогнули. Странное дело, раньше дамы, не прибегавшие к услугам эпилятора, вызывали во мне легкую брезгливость. Мужчины, знаете ли, странные существа. Женщина любит ушами, ей подавай комплименты, заверения в чувствах и прочее. А мужики любят глазами. Сколько романов лопнуло из-за того, что кавалера настигло в самый неподходящий момент половое бессилие. Милые дамы в таком случае морщат носики и предлагают посетить сексопатолога, но ни одной из них не приходит в голову, что проблема не в кавалере, а в ней самой. Упадет мужской взгляд на волосатую ногу или подмышку, приметит глаз грязные пятки и желтые ногти без педикюра, все, облом гарантирован.

Во всяком случае, со мной. Как-то раз я, сводив одну из своих дам в ресторан, оказался с ней наконец-то наедине, почти в койке. Надо сказать, что я довольно долго подвергал осаде эту крепость, пока она не сдалась. Приготовившись праздновать победу, я стал наблюдать, как красавица медленно вылезает из роскошного, дорогого платья, явно купленного в Доме моды. Наконец процесс завершился, и я увидел, что одна из бретелек лифчика, кстати, не очень свежего, пристегнута небольшой булавкой. Все. Пришлось изобразить приступ язвы и спешно отступать домой, старательно избегая прощальных поцелуев. Как все мужчины моего круга, я дико брезглив. Усики Люси всегда вызывали у меня содрогание, но сейчас показались милыми, даже сексуальными.

— Будете брать все? — хором поинтересовались продавщицы.

— Да, — твердо заявил я и пошел к кассе, оплачивать километровый счет.

Одежду, в которой мы прибыли в «Прикид», продавцы упаковали в огромные пакеты.

— Вам так идет, — щебетали они, провожая нас до двери, — невероятно прикольно, суперски, отпадно смотритесь.

Когда мы сели в машину, я произнес:

— Не знаю, как вам, а мне в этом облике не слишком комфортно.

Люси улыбнулась:

— Ванечка, предлагаю перейти на «ты», будет весьма странно, если станете мне «выкать» на дискотеке.

Я взял ее ладошки, удивился нежной коже и весело согласился:

— Конечно, твоя правда. Ну а теперь вперед, нас ждут великие дела.

## ГЛАВА 31

В «Ванильный зефир» мы прибыли в самый разгар веселья. Поехали туда не сразу после магазина. Сначала решили перекусить и заглянули в «Макдоналдс». Я предполагал, что наше с Люси появление в маскарадных костюмах вызовет бурю эмоций у посетителей. Народ примется хихикать, вертеть пальцем у виска и перешептываться. Но никто не обратил на нас ровным счетом никакого внимания. Девочка, стоявшая за кассой, была профессионально вежлива, на ее лице играла фирменная «американская» улыбка, а в глазах не отразилось никакого удивления. Когда мы с подносами в руках, отыскивали свободный столик, толпа равнодушно обтекала нас. Никому не пришло в голову крикнуть: «Гляньте, ну и идиоты!» или «Во, придурки!».

Нет, всем было наплевать на наш внешний вид, и я перестал себя стесняться.

Фейс-контроль в «Ванильном зефире» мы преодолели очень легко. Секьюрити скользнули по Люси взглядом, потом сказали:

— Проходите, касса налево.

Кассирша взяла пятьсот рублей и улыбнулась:

— Сегодня девочки бесплатно. Желаю повеселиться.

— Надо же, — хмыкнул я, — сэкономил на тебе, Люси.

Спутница засмеялась, мы вошли в зал и разом ослепли и оглохли. Минут через пять ко мне начали возвращаться чувства. Сначала я увидел огромное помещение, до отказа забитое прыгающими людьми. По толпе скользили разноцветные лучи, края танцплощадки тонули в темноте, середина освещалась большим ярким шаром, испускавшим из себя пучки то желтого, то зеленого, то красного света, потом в уши ворвалась стучащая, какая-то клацающая музыка, больше всего она напоминала звук, который издает ложка, бьющая по алюминиевой кастрюле: бам, бам, бам. Затем я услышал визг развлекающихся. Нос уловил запах пота, сигарет и чего-то сладкого, въедливого.

Внезапно шум стих. Толпа замерла.

— А-а-а, — понесся над толпой голос, — подустали? Ничего, ща оттянетесь по-медленному. Готовы?

— Вау, — взвыла толпа.

Над головами вновь полилась мелодия, на этот раз заунывная, тягучая. Подобные звуки издает тоскующая по хозяевам собака.

Рядом с Николеттой, на одной лестничной клетке, проживает госпожа Михалева. Анна Ивановна целыми днями пропадает на работе, она ведет курс в

ГИТИСе, и из-за дверей ее квартиры регулярно доносится печальный, рвущий душу вой. Это страдает брошенный в одиночестве пес, красавец сеттер.

Я моментально вспомнил о несчастной псине, услыхав нудное «у-у-у-у», лившееся из динамиков.

В зале было душно. Большинство парней скинуло куртки, а кое-кто, в том числе и девушки, обнажились по пояс. Я стащил косуху и стал оглядывать зал.

Так, попробуем, несмотря на крайне не располагающую к умственной деятельности обстановку, слегка пошевелить мозгами.

Некто решил спрятать Риту подальше от чужих глаз и посчитал отчего-то лучшим местом для этой цели «Ванильный зефир». Впрочем, может, это и не самая глупая идея. Тут без конца взад и вперед снуют молодые девчонки, и еще одна не должна ни у кого вызывать ни удивления, ни настороженности. Только вряд ли ей разрешили танцевать в зале. Вероятней всего, пленницу держат в каких-нибудь «задних» помещениях, нафаршировав для спокойствия снотворным. Но как узнать где? Машка, ушлая дочка моего бывшего одноклассника Ромы, говорила, вроде здесь есть какие-то места для парочек, жаждущих уединения... Нет, на танцплощадке оставаться бессмысленно.

Мы с Люси принялись методично обходить места свободного доступа для клиентов. Буфет, кафе, туалеты... Моя спутница ухитрилась пробраться даже на кухню. Потом, отдав две тысячи рублей хитро улыбающемуся парню, мы оказались на третьем этаже, в коридоре, куда выходило шесть дверей. Мальчик указал нам комнату, дал ключи и исчез. Мы подождали, пока он скроется из виду, выскользнули наружу и стали прикладывать уши к дверям. Из-за четырех доносились такие звуки, что бедная Люси мигом стала похожа на вареного рака. Пятая комната временно принадлежала нам, а дверь в шестую оказалась открытой.

Мы заглянули внутрь. Никого! Пусто! И в комнате, и в крохотной ванной. Пришлось возвращаться к себе. Сев на двуспальную кровать, я закурил. Да, трудная задача. В клубе небось полно подсобных помещений, чуланов, кладовок, не говоря уже о кабинетах хозяев, раздевалок для ди-джеев и прочего обслуживающего персонала. Как обойти их все? Нас мигом выставят.

Внезапно Люси хлопнула себя по лбу:

— Знаю!

— Да ну? — обрадовался я. — Рассказывай!

— Потом, — нетерпеливо отмахнулась девушка, — сначала надо кое-что приготовить. Погоди секунду.

Она метнулась в ванную и притащила половую тряпку.

— Отлично, — бормотала Люси, запихивая ее к себе в сумочку, — то, что надо.

— Ты с ума сошла?!

— Нет, — засмеялась она, — пошли в буфет, мне надо потолковать с официантками.

— Но зачем?

— Потом объясню, — тянула меня девушка, — ты читал в детстве криминальные рассказы Честертона про патера Брауна?

— Нет, — ответил я, спускаясь за ней на первый этаж, — мне всегда были больше по душе стихи.

— Иногда, — радостно возвестила Люси, — в книжках можно найти просто море полезной информации. Кстати, моя мама не дает мне читать детективы, по ее мнению, это третьесортная, низкая литература, рассчитанная на алкоголиков и бомжей. У тебя в детстве тоже отбирали Конан Дойла?

— Нет, я сам не читал.

— А зря, — резюмировала Люси и велела: — Закажи нам кофе.

Через минут пять моя дама гневно сказала:

— Боже, там муха, — и исчезла на кухне.

Потекли минуты, потом раскрасневшаяся Люси вынырнула из подсобного помещения и велела:

— Все, двинули в зал.

— Может, объяснишь, в чем дело?

— Сейчас, сейчас.

Мы вошли на танцплощадку, и я снова ослеп и оглох. А когда ко мне вернулись зрение и слух, то я обнаружил, что Люси исчезла. Растерянный и немного сердитый, я вертел головой в разные стороны, но моя спутница словно сквозь землю провалилась. Потом выскочила откуда-то, я хотел потребовать объяснений, но тут произошло неожиданное. Музыка стихла, ди-джей начал было говорить, вдруг Люси разинула рот и, указывая куда-то в сторону, завопила:

— А-а-а, пожар, горим, спасайтесь, бегите, помните, как во Владивостоке все сгорели живьем на дискотеке, а-а-а.

Я посмотрел в направлении ее наманикюренного пальчика и увидел, как со стороны одного окна валит дым.

— О-о-о, — взревела толпа и, сметая все на своем пути, ломанулась к выходу.

Хорошо еще, что мы стояли у противоположной стены.

— Это что? — пробормотал я.

— Я подожгла тряпку и сунула ее на подоконник, — гордо заявила Люси.

— Господи, зачем?

— А так сделал патер Браун, — пояснила девушка, — когда не сумел обнаружить в одном доме тайник. Заорал: пожар, а хозяйка и кинулась к захоронке. Сейчас все на улицу выскочат, и Риту выведут, не дадут же ей погибнуть!

— Дурацкая затея, — возмутился я, глядя, как

посетители с визгом ломятся в дверь. — У них небось черный выход имеется. Мы ничегошеньки не узнаем.

— А вот и нет, — радостно выкрикнула Люси, — мне официантка объяснила, их хозяин — жлоб. Специально сделал только один-единственный вход, чтобы никто из обслуги не мог своих приятелей протаскивать и продукты выносить. Войти и выйти можно только здесь. Даже машины с едой и выпивкой по утрам сюда подъезжают и на глазах секьюрити разгружаются!

— Но и впрямь может начаться пожар, с огнем шутки плохи!

— Ой, ерунда, патер Браун тоже тряпки жег. Подымило и перестало. Да оглянись, небось уж и дыма нет. Мама!!!

Напуганный ее визгом, я повернулся и похолодел. Огонь уже рвал занавески, причем сразу на трех окнах, бежали по карнизам и стенам, яркие ручейки стекали на пол.

— Мама!!! — закричала Люси. — Я не хотела.

— Бежим скорей, — велел я и потащил доморощенного Герострата[1] на выход.

Через десять минут мы в ужасе наблюдали, как мощное пламя уничтожает «Ванильный зефир».

— Ужасно, — всхлипывала Люси, — если там кто-то погиб, я покончу жизнь самоубийством!

Я обнял ее за плечи, прижал к себе и, почувствовав, как наши сердца бьются в унисон, сказал:

— Спокойно, дорогая, возьми себя в руки, все давным-давно успели выскочить. Ты закричала: «Пожар!», когда он еще не начался, вспомни, мы выбежали одними из последних.

— А официантки?

---

[1] Геострат — грек, который, чтобы обессмертить свое имя, сжег храм Артемиды Эфесской. (*Прим. автора.*)

— Да вон же они!

На улице стояла черная декабрьская ночь, но пламя от «костра» освещало все кругом так ярко, что фигуры присутствующих можно было разглядеть без всякого труда.

— Слава богу, — успокоилась девушка и моментально добавила: — Давай походим вокруг, поищем Риту.

Мы принялись рыскать в толпе. Приехавшие пожарные отгоняли народ, милиционеры спрашивали документы. Кое-кто из посетителей, увидав представителей закона, предпочел спешно ретироваться.

Обойдя двор, я в изнеможении прислонился к стоящему в отдалении от центра событий мусорному баку. Ничего. Сожгли «Ванильный зефир» абсолютно зря. И тут с другой стороны бачка прозвучал грубый голос:

— Бросай ее на снег.

— Простудится, — возразил другой, более интеллигентный.

— Ну и хрен с ней, наркоша, подумаешь! Обдолбанная вся.

— Хозяин велел ее стеречь!

— Вот пусть сам под нее одеяло и стелит, гляди, опять обоссалась, ну на кой хрен ему эта девка? Бросай ее и пошли, у меня в машине водка есть.

— Нельзя, — возражал другой, — вдруг уйдет.

— В таком виде? — ржал первый. — Да она в полной отключке, под себя ходит, знаешь, сколько ей сегодня вкатили?

— Как же так, без пальто, на снегу, помрет еще.

— Ну и что?

— Так велели стеречь!

— Слышь, Павлуха, — сказал первый, — за десять минут ничего не случится, сюда, к бакам, никто не придет. Пошли, тяпнем — и назад. Давай, давай, не тормози.

Я осторожно заглянул за бак, увидел две удаляющиеся темные фигуры и... Риту, валяющуюся в сугробе. Я мигом вылетел из укрытия и попытался поднять девушку, но попытка не удалась. Тело оказалось каменно тяжелым. Тогда я схватил Маргошу под мышки и волоком потащил к «Жигулям», стараясь не дышать, потому что от внучки хозяйки пахло, как из общественного сортира. Кое-как уложив ее на заднее сиденье, я бросился искать Люси.

— Простите, — схватил меня кто-то за плечо.

Я повернулся.

— Да?

— Вы были свидетелем пожара?

— Ну, можно и так сказать.

— Отчего он возник, по-вашему?

— Неосторожность при курении, — категорически заявил я, — администрация разрешила танцевать с сигаретами, и вот печальный результат. Еще хорошо, что никто не погиб.

— Как вы считаете, что следует сделать, чтобы избежать подобных несчастий?

— Запретить курение в общественных местах, — ответил я и поинтересовался: — А вы кто? Почему спрашиваете?

— Программа «Катастрофа», — ответил парень.

И тут только я увидел в его руке микрофон.

— Эфир завтра в полдень, — предупредил журналист, — сможете на себя полюбоваться.

— Ванечка, — дернула меня за рукав Люси, — ничего...

Я быстро схватил ее за руку и потащил к машине. Домой к Элеоноре мы явились около часа ночи. Слава богу, домработница и кухарка у нее приходящие, и никто не увидел, как мы с Люси втаскивали в квартиру бесчувственную Риту. Впрочем, у меня все еще были сомнения, вдруг это Рая, но, когда я, вызвав домашнего доктора Норы, начал стаскивать с девушки насквозь промокшие, грязные брюки, мой взор упал на шрам чуть ниже колена. Значит, все же перед нами лежала Рита. Этим летом она упала и довольно сильно порезала ногу.

Кое-как мы с Люси раздели Маргошу, обтерли грязное тело влажным полотенцем и натянули на девушку пижаму. Больше ничего сделать не могли. Рита лежала абсолютно безучастно, словно гигантская кукла.

— Она жива? — прошептала в какой-то момент Люси.

— Да, — также шепотом ответил я, — видишь, дышит.

Минут через двадцать раздался звонок и появился врач, милейший Геннадий Сергеевич. Он окинул меня недоуменным взглядом:

— Иван Павлович, голубчик, что с вами?

Я сообразил, что до сих пор расхаживаю по дому в кожаных штанах, уродском свитере, гриндерсах, и сказал:

— Все в порядке, больная в спальне.

— Да кто у вас? — изумился Геннадий Сергеевич, вошел в комнату и взвизгнул по-бабьи: — Господи, да ведь это...

Потом он повернулся ко мне и остолбенело поинтересовался:

— Это...

— Рита, — подтвердил я, — внучка Норы.

— Но девочка умерла, — заикался врач, — сам приносил венок на похороны.

— Она жива.

— Но как, но... — забормотал эскулап, плохо соображая, что к чему.

Я взял его за плечи и встряхнул:

— Гена, приди в себя.

За долгие годы знакомства я никогда не называл

его на «ты» и, уж конечно, не забывал обращаться по отчеству, но терапевт совершенно спокойно ответил:

— Да, прости, Ваня, очумел слегка. Если это Рита, то кого же мы тогда похоронили?

— Все потом, лучше займись больной.

Осмотрев Маргошу, врач приказал:

— Немедленно в клинику, сейчас договорюсь.

— Что с ней?

— Накачана наркотиками по самую макушку, я здесь ее не выведу, только в стационаре, платно, очень дорого.

— Естественно, — ответил я, — давай вызывай машину, медсестру, чтобы сопровождала.

Пока Геннадий терзал телефон, я пошел наверх, к сейфу. Вытащил пачки денег, вновь уронил конверт с завещанием, разозлившись на себя, я не стал закрывать сейф, а побежал вниз, сжимая деньги, предназначенные в оплату за клинику.

Наконец все уладилось. Риту погрузили в машину.

— У нее нет паспорта, — напомнил я, — его отобрали в связи со смертью.

— Ерунда, — отмахнулся врач.

— Гена, — сказал я.

— Что?

— Ты ведь давал клятву Гиппократа.

— Естественно.

— Очень прошу тебя, никому ни слова о том, что Рита «ожила», понял?

— Не волнуйся, — ответил терапевт, — не дурак. Сам лучше ложись в кровать, а то на привидение похож. Хочешь, давление померю?

— Нет, спасибо.

— Тогда быстро в кроватку.

— Спасибо, Гена, — улыбнулся я.

— Давай, не болей, Ваняша, — ответил доктор и убежал.

Я смотрел ему вслед. Вот ведь странно. Мы знакомы не первый год и до сих пор вели себя крайне светски. «Добрый день, Геннадий Сергеевич». — «Мое почтение, Иван Павлович». А сегодня вдруг я обратился к нему просто: «Гена», а он мигом ответил: «Ваня». И готово, стали почти друзьями. Может, зря я всегда держал дистанцию между собой и другими людьми? Может, следовало быть проще?

Решив больше не думать на эту тему, я пошел искать Люси и нашел ее в спальне Норы, на кровати. Девушка лежала поверх покрывала. Глаза ее были закрыты, ровное, мерное дыхание показывало, что Люси спит. Устала, бедняжка, даже не сняла голубой юбочки и свитерка.

Ощутив неожиданный укол нежности, я закрыл свою «подельницу» одеялом и пошел к себе. Внезапно в голову пришло сравнение, красивое, поэтическое: в своем новом наряде Люси похожа на птицу счастья и удачи, как известно, она синего цвета и появляется в жизни человека только один раз.

## ГЛАВА 32

Меня разбудил телефонный звонок.

— Вава, — тарахтела Николетта, — немедленно включи телевизор, шестой канал, быстрей.

Плохо соображая, что к чему, я понесся в гостиную и щелкнул пультом. На экране возник потный мужик в косухе.

— Запретить курение, — рявкнул он.

— Нет, ты видишь, — неистовствовала маменька, — это твой двойник! Просто близнец! Нет, только посмотри! Такой жуткий парень, совершенный зверь, абсолютно не интеллигентный, явно не нашего круга, но как похож! Просто до омерзения! Вылитый ты! Бывает же такое!

— Ага, — выдавил из себя я, — случается.

Николетта продолжала тарахтеть, я отодвинул трубку подальше от уха и стал смотреть передачу. Следовало признать, выглядел я жутко.

— И представляешь, как ему не повезло, — визжала матушка, — просто ужас! Сначала дача в Воропаеве исчезла, теперь этот клуб сгорел! А он был, оказывается, хозяином, кто бы мог подумать! Ведь знала, что он занимается бизнесом, но не предполагала каким! Честно говоря, не слишком благородное занятие держать клуб с танцульками, прямо-таки моветон, но зато какие деньги...

— Постой, — протянул я, — ты о ком? Кто потерял дачу в Воропаеве?

— А какое место было, — верещала Николетта, — милый дом, на калитке флюгер стоял, так оригинально, мне нравилось. У нас ведь был с ним роман, ах, проговорилась! Ну да не беда, ты меня простишь, мы тогда были молоды!

— У кого была дача в Воропаеве, — рявкнул я, — кто хозяин «Ванильного зефира»?

— Ну, милый, я же уже сказала, — обиделась Николетта и назвала фамилию.

И тут мне мигом стало ясно, что к чему. Швырнув трубку на диван, я влетел в кабинет, открыл сейф и сделал вещь, о которой на днях и помыслить не мог. Вынул конверт, вскрыл его, вытащил завещание и уставился в текст. Так. Рита могла распоряжаться деньгами только после своего тридцатилетия. До этого капиталом должен был управлять опекун. Он же наследовал средства в случае смерти Норы и девушки.

Вся картина задуманного преступления развернулась перед моими глазами, и я ужаснулся чужой подлости.

Потом я убрал бумаги в сейф, постоял минуту у окна, вернулся в гостиную и набрал номер.

— Слушаю, — ответил мужчина.

— Позовите майора Воронова Максима Ивановича.

— У аппарата.

— Вас беспокоит Подушкин, секретарь...

— Очень хорошо вас помню, Иван Павлович, — перебил следователь.

— Максим, — сказал я, — мне нужен ваш совет и помощь. Я нашел убийцу.

— Жду, — коротко бросил милиционер, — не забудьте паспорт.

Вечером я позвонил Николетте и огорошил ее:

— Нора умерла.

— Боже, — ахнула матушка, — вот горе. Что теперь с нами будет! Ты потерял работу! Мы умрем с голоду!

В этом вся Николетта. Первая мысль у нее о себе.

— Нет, — твердо сказал я, — Нора позаботилась о нас. Все ее деньги по завещанию отходят мне.

— Как, — опять ахнула Николетта, — не может быть!

— Может!

— Но ты должен сейчас же ко мне приехать, — закричала матушка, — немедленно!

— Нет.

— Почему?

— Не могу.

— Тогда я к тебе.

— Слушай, Николетта, — процедил я, — сейчас я ухожу из дома, буду весь день в бегах, вернусь поздно ночью, сама понимаешь, хлопот по горло: похороны, поминки. В квартире никого не будет, я даже прислугу отпустил. Встретимся завтра.

Не слушая ее возражений, я отсоединился, но через пять минут перезвонил. Было занято. Через десять минут тоже, и через двадцать, и через час.

Я ухмыльнулся. Что ж, мы с Максимом рассчитали правильно, матушка делится невероятной новостью со знакомыми. Итак, капкан поставлен, будем ждать добычу.

Задернув тщательно шторы, чтобы на улицу не пробился ни один луч света, я сел в кресло, зажег торшер и начал читать Дика Фрэнсиса. Звук ключа, поворачивающегося в замке, я услышал около семи вечера.

Быстро потушив лампу, я юркнул за занавеску. Сначала было тихо, потом послышались осторожные шаги. Некто выдвинул ящик письменного стола, достал ключи, открыл сейф и зашуршал бумагами.

— Что вы ищете? — спросил я и вышел из-за занавески.

Незваный гость вздрогнул.

— Ваня! Ты?!

— Почему вас удивляет мое присутствие дома?

— Но... нет...

— Зачем вы открывали сейф?

— Я не открывал.

— Не врите.

— Ванечка, ты...

Не окончив фразу, мужчина бросился к выходу, но из прихожей послышались шум борьбы и мужские голоса, потом в кабинет вошла группа молодых людей во главе с майором.

— Зачем вы открывали сейф? — отрывисто спросил Максим.

— Я его не трогал.

— Но дверца распахнута.

— Это Ваня рылся.

Не успел подлец выплюнуть последнюю фразу, как вновь тихо распахнулась дверь и появилась фигура, с ног до головы укутанная в белое.

— Кто это? — дрожащим голосом поинтересовался подонок.

— Рита, — спокойно пояснил я, — вы напрасно думали, что она пропала в огне. Впрочем, ваши служащие небось уже доложили, что вытащили ее из пожара. Только я сумел выкрасть девушку, и она сейчас все расскажет. Давай, Маргоша!

Медленным движением девушка стала поднимать покрывало.

— Нет, — прошептал мерзавец, — не надо, я сам, сам, не надо, НЕ НАДО!!!

Выкрикнув последнюю фразу, он посерел и свалился на пол. Я с брезгливостью смотрел на лежащего: надо же, так любил его, так уважал, считал своим вторым отцом, а теперь выясняется, что милейший, интеллигентнейший человек, любитель бриджа, энциклопедически образованный профессор Водовозов Лев Яковлевич на самом деле убийца и негодяй. То-то будет удар для Николетты и Коки.

— Я больше не нужна? — спросила Люси, скидывая простыню с головы.

— Нет, дорогая, ты умница.

— А что будет с ним? — поинтересовалась девушка, глядя на Водовозова.

— Пошли, милая, — сказал я, — тут хватит специалистов, чтобы сделать все, как надо.

Прошло ровно десять дней после того памятного вечера, когда в кабинете Норы арестовали Льва Яковлевича. Наверное, вы уже поняли, что Элеонора совсем не собиралась умирать? Более того, ее перевели в обычную палату, и моя хозяйка, назло все прогнозам, семимильными шагами пошла на поправку.

Водовозову предъявили обвинения по целой куче статей. Чего только не было в этом «букете» — убийство, похищение, подделка документов. Лев Яковлевич не стал уходить в «глухую несознанку», в нем что-то сломалось, и он, обманывавший всю жизнь друзей и знакомых, начал каяться во всех прегрешениях. Во вторник усталый Максим приехал ко мне около девяти вечера и, получив огромную тарелку с жареным мясом, пробормотал:

— Вот это кайф! Всегда мечтал: прихожу домой, а мне ужин несут — картошечка, котлетки... Надоело сосиски трескать!

— А ты женись, — ухмыльнулся я.

Макс тяжело вздохнул:

— Иногда думаю, что и впрямь надо, а потом погляжу вокруг... Нет уж, лучше сосиски.

Я засмеялся. Максим мигом проглотил угощение, вытер кусочком хлеба подливку. Потом мы устроились у камина с сигаретами и бутылочкой коньяка.

— Просто Шерлок Холмс и доктор Ватсон, — хихикнул Макс.

— Ты, конечно, считаешь себя Шерлоком? — ехидно осведомился я. — Между прочим, дело-то раскрыл Ванечка.

— Ну, мы тоже подобрались к разгадке, — попытался отбиться следователь, — и потом, ты не знаешь массу интересных деталей.

— Вот и поделись ими!

Максим прищурился:

— Вообще говоря, тайна следствия...

— Оставь, пожалуйста, — отмахнулся я, — лучше изложи то, что узнал от Водовозова, он, наверное, все рассказал?

— Запираться не стал, — подтвердил Макс, — чистосердечно раскаивается, говорит, бес попутал. Только выходит, что этот бес путал его очень давно, можно сказать, всю жизнь. Ну ладно, слушай.

Встречаются иногда такие представители мужского пола, для которых женщина служит дичью. То есть этому парню приятен процесс охоты, погони. Как только жертва покоряется и падает к ногам ловеласа, он мигом теряет к ней интерес. Подобные личности способны крутить романы с двумя, тремя, а то и пятью бабами одновременно. Жениться они никогда не собираются, а беременность подруги никакой радости у них не вызывает, наоборот, донжуан испытывает ужас при одной только мысли о том, что вокруг него развесят детские пеленки. Мотылек, если уместно сравнение лица мужского рода с ночной бабочкой, порхающий светлячок, не способный ни на какие длительные, серьезные отношения. Самое интересное, что вокруг этих мужиков стаей вьются женщины, и у каждой в голове только одно рассуждение: ну мне-то точно удастся захомутать сию лошадку.

Лев Яковлевич Водовозов был из этой породы. Вся его жизнь — цепь любовниц. Причем профессор, оказывается, был совсем не брезглив. Романчики он крутил со всеми, никакие размышлизмы на темы морали его не обременяли. Льву Яковлевичу ничего не стоило уложить в кровать Николетту, жену лучшего друга, в доме которого он бывал три, а то и четыре раза в неделю. Правда, их отношения длились недолго, всего пару месяцев, но ведь они были. Наставив рога Павлу Подушкину, Водовозов по-прежнему ходил к нему в гости, впрочем, Николетта, тоже не обремененная чувством порядочности, быстренько позабыла о ночах, проведенных на даче у любовника.

Краткий роман случился у Льва Яковлевича и с Норой. Причем та довольно сильно полюбила его и потом долго страдала, когда Водовозов отправил ее «в отставку». Но милейший, интеллигентнейший профессор был умен и изворотлив. С дамами своего круга он ухитрялся поставить дело так, что оставался их лучшим другом. И Нора, и Николетта с течением времени начали считать Водовозова кем-то вроде близкого родственника, он был для этих женщин-вдов единственным мужчиной, оставшимся возле них в старости. И у Норы, и у Николетты случались романы после смерти мужей. Но ни та, ни другая не захотели больше идти под венец по разным причинам. Их бывшие любовники более не появлялись в домах, а Лев Яковлевич приходил часто, с конфетами и букетами, милый, ласковый, интеллигентный, и вообще, они дружили почти сорок лет и все друг про друга знали, вот только Нора и Николетта не предполагали, что когда-то обе побывали на даче в Воропаеве. Водовозов умел хранить секреты, а дорогие дамы, будучи в то время замужем, тоже не распускали языки.

Льву Яковлевичу всегда удавалось скрывать свои похождения. Никаких слухов о нем не ходило. Более того, весь бомонд считал профессора чудаковатым холостяком, этаким ученым, погруженным в исследования, книжным червем, архивной мышью.

Один раз только Лев Яковлевич испугался. Это когда глупенькая Оля Родионова решила рожать. До сих пор столь досадных конфузов с ним не случалось. Партнершам даже в голову не приходила подобная чушь, и, если объятия страсти приносили плоды, дамы мигом бежали к гинекологу. Но Олечка была молода и глупа, а профессора после сорока лет патологически потянуло на зеленую клубнику. Женщины его возраста выглядели уже не слишком привлекательно, даже те, которые сделали кучу подтяжек. Можно натянуть морду и поднять грудь, но как вернуть молодой блеск глаз, непосредственность поведения и свежесть чувств? Вот Лев Яковлевич и переключился на молоденьких.

Безусловно, профессор сделал большую глупость, связавшись с дочкой Норы, с девочкой, которая выросла у него на глазах. Но, повторюсь, никакими моральными тормозами он не обладает, а девушка была так хороша! Гадкий утенок тихо рос, рос и превратился в роскошного лебедя, совершенно не осознающего пока свою красоту. Ну разве можно было разрешить сорвать этот цветок кому-то постороннему?

Но когда дурочка решила родить, Водовозов ощутил беспокойство. А ну как девочка растреплет матери о любовнике? Ссора с Элеонорой никак не входила в планы профессора, и он попытался решить дело привычным образом, предложил денег на аборт. Но Оля уперлась рогом.

Совсем нехорошо Водовозову стало тогда, когда он узнал, что у негодяйки будет двойня! Но тут, по счастью, произошла авария, и ситуация разрешилась сама собой.

Лев Яковлевич сходил на похороны, утешил Нору, но особого горя не испытал. У него в самом разгаре был роман с Ларисой Федотовой, Олю он вычеркнул из сердца на долгие восемнадцать лет. В жизни Льва Яковлевича воцарились мир и покой. После случая с Ольгой Родионовой Водовозов стал осмотрительным. Среди детей общих знакомых он больше не промышлял, впрочем, в своем институте тоже с равнодушным видом проходил мимо юных созданий, стайками бегающих по коридору. Нет, в его учебном заведении у Льва Яковлевича отличная репутация, максимум, на что решался профессор, это похлопать по точеным плечикам какую-нибудь очаровательную двоечницу. Абсолютно отеческий жест.

И в стенах вуза, где у Льва Яковлевича кафедра, о нем говорят только хорошо: «добрый старикан», «отличный дядька», «вот бы все были такими». Пиджак, галстук, отменная обувь, милая улыбка — таков Водовозов на работе и в гостях, но никто из преподавателей, студентов и близких приятелей не знает, что частенько, переодевшись в простые джинсы и футболку, он ходит по дискотекам, где толкутся подростки. У милейшего профессора начались проблемы с потенцией, и теперь ему необходимы молоденькие девушки, женщины старше двадцати пяти его уже не волнуют. И в один прекрасный день профессору в голову приходит гениальная мысль. А что, если самому открыть подобное место? Сказано — сделано.

Под довольно большие проценты Лев Яковлевич берет кредит у ростовщика и мигом организовывает «Ванильный зефир». Дело начинает раскручиваться, хотя особых барышей своему хозяину оно не приносит, почти вся прибыль идет на погашение долга. Но Водовозов не расстраивается, дискотека, где разрешено почти все, танцплощадка с баром и «номерами» пользуется популярностью, и профессор рассчитывает, что через два года полностью расквитается с кредитором. Кстати, тот, хоть и является представителем криминальных структур, четко соблюдает договоренность. Получает раз в месяц специально оговоренную сумму и доволен. Рад и Водовозов. Пусть доход невелик, зато теперь он просто может войти в зал и познакомиться с интересующей его девочкой. Кстати, своим мимолетным знакомым он представляется... Иваном Подушкиным, или Вавой.

— Зачем? — пожал я плечами.

Макс тихо рассмеялся:

— Обжегшись на молоке, дул на воду, не хотел никаких неприятностей, поэтому никогда не водил девиц к себе домой, встречался с ними в клубе. Кстати, о том, что господин Водовозов — хозяин «Ванильного зефира», знал только управляющий, для остальных он милый Иван Павлович, стареющий ловелас, охотник за юбками. Его любовницы делаются все моложе и моложе, кое-кому еще нет и четырнадцати, а это уже игры с Уголовным кодексом. Наверное, еще и поэтому Водовозов берет «псевдоним».

— Глупо как-то, — вздохнул я, — если бы начался скандал, его бы вмиг вычислили.

— Ну, — улыбнулся Максим, — людям свойственно совершать ошибки, наш милейший дедушка-любовник тоже от них не застрахован.

Но господь бережет престарелого Казанову, и

он, словно сатир, весело ведет охоту в саду, где резвятся прелестные нимфы. Кстати, все опрошенные девчонки, то есть все, которых удалось разыскать, говорят о Водовозове только хорошее. Не жадный, покупал подарочки, дарил духи, косметику, платья. Не грубый, никому не делал больно и никого не принуждал к интимным отношениям. Кое-кому из своих юных девиц он здорово помог. Нашел хорошую работу, пристроил в вуз. Девчонки искренне расстраивались, когда кавалер переключался на другой объект. Подавляющее большинство девушек остались с ним в дружеских отношениях. На Восьмое марта профессор обязательно поздравлял их. Его записная книжка распухла от телефонов Лолит. И все у него шло хорошо, пока три месяца назад не случился целый каскад событий, приведших к тому, что милейший господин Водовозов оказался на шконках.

— Где? — не понял я.

— На нарах, — спокойно пояснил Макс, — на таких не слишком удобных, двухэтажных кроватях в маленьком помещении, забитом под завязку мужиками. В таком месте, где никогда, даже ночью, не гаснет свет, где в унитазе постоянно с ревом льется вода, а окна прикрыты щитами. В СИЗО, или в тюрьме, как неправильно зовет это место народ. Изолятор — он, понимаешь ли, временного содержания, а тюрьма... О, братец, тюрьма — это надолго.

## ГЛАВА 33

Три с половиной месяца назад Льву Яковлевичу позвонил грубый парень и сообщил ужасную новость. Кредитор, тот самый интеллигентный мужчина, который дал Водовозову денег под проценты, разорился. Долг перешел к другому, к хаму, который теперь басил в трубку:

— Слышь, папаша, сроку тебе до первого января. Коли не рассчитаешься, пеняй на себя, включу счетчик.

— Но постойте, — начал возмущаться Лев Яковлевич, — у нас договоренность...

— Со мной ты ни о чем не договаривался, — рявкнул хам, — твой долг теперь мой, мне деньги срочно нужны, доперло до тебя?

— Деньги я брал не у вас, — возразил Водовозов, — что, если вообще не отдам, а?

— Ладно, — неожиданно мирно ответил парень, — не хочешь, не надо.

Удивленный столь быстрой победой над негодяем, профессор уехал на работу, а когда вернулся домой, чуть не умер. Квартира была вскрыта, посуда побита, книги вытряхнуты на пол, а на столе в кухне лежала дохлая кошка. На останках киски покоилась записка: «Можешь оказаться на ее месте».

Лев Яковлевич понял, что надо платить. Сумма была огромной. В принципе, можно попытаться отдать хоть часть долга ненасытному хаму, но для этого придется, скорее всего, продать квартиру. Была еще и дача, но, как назло, поселок Воропаево, где она располагалась, был снесен якобы по решению местной администрации. Вроде на этом участке планировалось расширить шоссе. Местным жителям дали квартиры, и они не подняли шума. Ну а дачников оказалось только трое, с ними и разговаривать не стали, предложили компенсацию и сочли дело решенным.

Как раз через неделю после того как профессор нашел на кухне дохлую кошку, он отправился в Воропаево. Дом предполагали снести на днях, и там еще оставались кое-какие вещи. Забив машину шмотками, Лев Яковлевич поехал в Москву в отвратительном настроении, что, учитывая все обрушившиеся на него беды, было легко объяснимо. Но его настроение окончательно ушло в минус, когда на въезде в городок Красномосковск автомобиль сломался. Лев Яковлевич ничего не понимал в моторах, положение показалось ему безвыходным, но тут добрый самаритянин из местных посоветовал:

— А вы толкнитесь к Яковлевым, у них сын все починить может.

Обрадованный профессор пошел по указанному адресу, постучал. Дверь открыла девушка. Водовозова чуть не хватил удар. Перед ним стояла... Рита.

Машину ему починили. Пока умелец, отец девчонки Раисы, походившей как две капли воды на внучку Норы, возился под капотом, профессор принялся расспрашивать девочку. Та как ни в чем не бывало спокойно рассказала о себе. Когда Водовозов услышал, в какой день она родилась, он вспомнил про то, что у Ольги должны были появиться близнецы, и сразу сообразил, что к чему. Вообще-то, когда Ольга погибла и Лев Яковлевич узнал, что у нее родилась только одна девочка, он решил, что врачи ошиблись и плод на самом деле был единственным. Теперь же он понял, что был не прав. Детей и впрямь оказалось двое. Профессору мигом взбрела в голову мысль: Нора, получив сразу двух внучек, отдала одну на воспитание, он и не подумал, что старинная приятельница не знает о второй девочке.

Лев Яковлевич вернулся в Москву. Пролетел сентябрь, а денег взять было негде. Первое января, казалось, еще далеко, но Водовозов понимал, что время бежит быстро, а проблема никак не решается. Даже если он и продаст квартиру, это его не спасет. Впрочем, можно опять взять в долг, но Водовозов больше не хотел связываться с ростовщиками.

15 октября Лев Яковлевич в крайне мрачном настроении сидел у телевизора, бездумно щелкая пультом. Один из каналов показывал английский фильм «Принц и нищий». Минут пять Водовозов смотрел

на экран, потом у него в голове что-то щелкнуло. История о бедном мальчике, ставшем на пару дней, благодаря удивительному сходству с королем, монархом, была ему знакома с детства. Он читал роман Марка Твена. Но только сейчас у Льва Яковлевича возникла идея, как можно выкрутиться из безвыходного положения.

Наутро он поехал в ГИТИС и испытал разочарование. Никакой Раи Яковлевой там не было. Думая, что перепутал название института, профессор методично обошел все учебные заведения, готовившие кадры для сцены, но тщетно. Водовозов совсем было приуныл, он хорошо помнил, как девочка рассказывала про учебу в ГИТИСе, но тут ему вновь повезло. На его кафедру пристроилась соискательницей женщина, муж которой занимал не последний пост в милиции. Вот Водовозов и просит:

— Помогите, пожалуйста. Позвонили родственники из провинции, дочку потеряли. Сказала, дрянь такая, что поступила в ГИТИС, а самой там нет, небось обманула. Куда подевалась?

Через день Лев Яковлевич ликовал. Раечка зарегистрирована в общежитии заштатного учебного заведения. Водовозов приезжает на занятия, находит девушку и увозит к себе.

Они проговорили почти сутки. Льву Яковлевичу сразу стало понятно, что Рая — это не взбалмошная, капризная Рита. Даже странно, что девочки выросли такими разными.

Раечка очень наивна, верит абсолютно всему, что ей говорят, и начисто лишена хитрости. Водовозов рассказал ей, что у нее есть бабушка, богатая дама, и сестра. Рая пришла в восторг, просто какая-то «мыльная опера», а не ситуация. Девушка захотела бежать знакомиться с родственниками, но Лев Яковлевич ее остановил:

— Погоди, детка, может, бабушка тебе совсем не обрадуется.

— Вы думаете? — расстроилась Рая. — Что же делать?

— Не волнуйся, я помогу тебе, — обещает профессор и излагает свой план.

Примерно год тому назад Лев Яковлевич вступил, говоря языком протокола, в интимные отношения с Настей Королевой, близкой подругой Риты. Если бы профессор знал, что девушка дружит с внучкой Норы, он не стал бы с ней связываться. Но Водовозов нашел Настю в «Ванильном зефире», и целую неделю они провели вместе, к обоюдному удовольствию. Потом вдруг Настя заявила:

— У тебя такая смешная фамилия! Впрочем, я знаю одного придурка с точно такой же.

— Да ну? — совершенно искренне удивился Водовозов.

— Прикинь, — веселилась Настя, — и именно его, как и тебя, Ритка тоже Вавой зовет.

— Какая Ритка? — насторожился профессор.

— Да подружка моя, Родионова, — преспокойно объяснила Настя, — в одной группе учимся, такая фря!

Пока Лев Яковлевич пытался сообразить, как ему теперь поступить, Настя вывалила на профессора кучу сведений о Рите.

— Вся из себя, вечно нос задирает, противная, жуть! В кошельке денег полно! На занятия в золоте является, мобилу никогда не выключает, если позвонят, без всякого стеснения треплется, преподы прямо синеют. А уж хамка! Думает, раз у ее бабки денег немерено, то все купить может!

— Почему же ты с ней дружишь? — только и сумел спросить Водовозов.

Настя хмыкнула:

— Исключительно из расчетливости.

— В чем же расчет?

Настя тяжело вздохнула:

— У меня-то денег нет, копейки жалкие, а у Ритки можно баксов урвать, а если в гости к себе пригласить, то она еды притянет и выпивки. Вещи свои дает поносить. Впрочем, чаще она их мне отдает.

— Вот видишь, — улыбнулся окончательно пришедший в себя Водовозов, — значит, она не такая уж плохая, не жадная, раз вещи дарит.

— Я ее ненавижу, — ляпнула Настя, — одним все, другим ничего! Знаешь, как противно, когда тебе из милости, с барского плеча, кофточки сбрасывают.

Лев Яковлевич только вздохнул. Сколько ни имей дело с бабами, их душа останется загадкой.

Любовные отношения с Настей Водовозов быстренько свел на нет, завел роман с ее знакомой, Наташей Потаповой. Та, хоть и училась в одной группе с Родионовой, никакой дружбы с Ритой не водила. Но с Настей Лев Яковлевич, как и со всеми бывшими любовницами, остался в хороших отношениях. И именно Настю он берет в союзницы, когда в голове у профессора окончательно оформляется план аферы.

Глупенькой, наивной Раечке он предлагает:

— Ты займешь в доме Норы место Риты, временно.

— Зачем? — удивляется дурочка.

— Бабушка привыкнет к тебе, поймет, что ты лучше Риты, — втолковывает Лев Яковлевич, — поживешь с ней недельку, а потом откроешься: я не Рита, а Рая. Нора и растает. А если явишься с бухты-барахты, может и вон прогнать. Какая такая Рая, никого не знаю, слышать не слышала! Она ведь тебя на воспитание отдала и решила, что избавилась от внучки раз и навсегда. Но Рита выросла капризной грубиянкой, а ты ласковая, трудолюбивая девочка, станешь бабушке угождать, она тебя и полюбит, а потом поймет, какая из девочек лучше. Ну подумай сама, разве честно будет, если все деньги Рите достанутся, а тебе ничего?

— Но это же ужасно глупо, — не выдержал я, — Нора мигом бы сообразила, что к чему, конечно, на первый взгляд девочки похожи, но на второй-то совсем нет!

— Погоди, — отмахнулся Максим, — ты не дослушал до конца.

Водовозов придумал хитроумный план. Нора в свое время сообщила старому приятелю, что в случае своей смерти она назначает его опекуном Риты. Элеонора справедливо полагала, что девушка, оказавшись один на один с богатством, мигом пустится во все тяжкие. Рита абсолютно безголовое существо, не приученное ни работать, ни экономить.

— Но Водовозов тоже пожилой человек!

— На здоровье он никогда не жаловался. Льву Яковлевичу исполнилось шестьдесят три года, по нашим временам, не такой уж древний возраст для человека. А у Норы полно проблем. Она сидит в инвалидной коляске, да и сердце начало пошаливать, многие спинальники умирают от заболеваний сосудов. Вот Элеонора Андреевна и решила, что оставляет бестолковую внучку в хороших руках. Профессора она считает порядочным человеком, Нора даже не предполагает, насколько она ошибается! Да и не успела бы Нора познакомиться с девочкой.

— Это как? — удивился я.

— Просто, — пожал плечами Макс, — у господина Водовозова яркая криминальная фантазия, он придумал нечто невероятное. Рая, одетая, как Рита, идет домой... попадает под машину. Естественно, ее везут в больницу, где врачи видят, что от ужаса, от шока девочка потеряла память, никто не удивится, что она путает имена знакомых...

— Погоди, погоди, — растерялся я, — значит, за рулем сидел Лев Яковлевич?

Максим кивнул:

— Да.

— Но зачем он задавил Раю? — закричал я.

— Случайно вышло, — развел руками следователь. — Водовозов говорит, они сговорились так. Раечка идет по середине дороги, а машина пронесется рядом, но не заденет ее. Девушка же упадет, а тебе со стороны покажется, будто ее сбило. Все очень просто. Но писали на бумаге, да забыли про овраги... Для пущей достоверности Раечка решила побежать, а господин Водовозов на скользкой дороге не справился с управлением и сшиб девочку.

— Так вот почему машина виляла за несчастной, — пробормотал я, — но, извини, я все равно не понимаю. Ладно, предположим, план бы удался, Рая заняла место Риты, и никто не понял, в чем дело, но деньги-то как он собирался получить? Ими же распоряжается Элеонора? Ведь средства достаются девочке только в случае смерти бабушки?

— Ты уже ответил сам на свой вопрос, — тихо сказал Максим.

— Погоди, погоди, — бормотал я, — он задумал убить Нору?

— Да. Причем рассуждал логично. Ни у кого не вызовет сомнений, что любимая бабушка заработает инсульт, узнав, какая беда приключилась с внучкой. Лев Яковлевич гипотоник, редкое явление среди людей, которым исполнилось шестьдесят, как правило, у них начинается гипертония, давление повышается, но у Водовозова оно, наоборот, падает, и поэтому профессор регулярно пьет лекарство кардиоспас[1], а в аннотации черным по белому написано:

---

[1] Лекарства к а р д и о с п а с не существует. Автор из этических соображений специально не приводит тут название препарата, прием больших доз которого неминуемо ведет к инсульту.

дозу превышать нельзя, чревато инсультом. Вот Водовозов и решил «угостить» Нору, после ее похорон
деньги окажутся у него в руках, Рая будет послушной
игрушкой. В этом-то весь смысл обмена. При Рите
профессор не мог бы бесхитростно распоряжаться
средствами, девчонка потребовала бы отчета об из-
расходованных средствах и мигом бы подняла дикий
скандал, узнав, какую сумму опекун изъял из капитала. С Раей таких проблем не будет, девочка послушно подпишет все бумаги.

— Но, — забубнил я, — что-то он намудрил. Конечно, я понимаю, что говорю ужасные вещи, но ведь
Водовозов и так решился на убийство, почему же он
не убил Риту? Ну задавил бы ее просто! Тоже логично
получается: бабушка не вынесла смерти внучки. К чему огород городить с подменой? Ведь Нора небось
сказала, что в случае смерти Маргоши деньги отходят к нему.

— Только через полгода, — пояснил Максим, —
таков закон. Вступить в права наследства можно лишь
спустя шесть месяцев после смерти завещателя, а
деньги Водовозову нужны первого января, иначе
плохо ему придется.

— Но ведь и Рая—Рита могла воспользоваться
завещанным только через полгода!

Макс улыбнулся:

— Нора уходила от налогов, поэтому часть пред-
приятий открыта на имя Маргоши. Изъять оттуда
деньги Рита могла запросто, только она об этом не
знала. Элеонора провернула оформление по-тихому,
не ставя девочку в известность, но профессору дала
четкие указания, как действовать дальше. Он мог спокойно вести дела за спиной Риты, но, чтобы изъять
громадную сумму, все же требовалась ее подпись,
причем в присутствии нотариуса. Вот зачем понадобилась Рая.

— При чем же тут Настя Королева?

— Профессор хочет загрести жар чужими руками. Риту нужно лишить чувств и спрятать в «Ванильном зефире».

Но Водовозов все же побаивается, что дело не выгорит, Рита начнет сопротивляться. Поэтому берет «в долю» Настю. Мечтающая о больших деньгах и ненавидящая Родионову, Королева мигом соглашается.

События разворачиваются таким образом. Рита приходит к Насте. Королева уже собралась угостить подружку коньяком со снотворным, как неожиданно вваливаются Наташа Потапова и Толя. Дело под угрозой срыва. Оставив друзей напиваться, Настя звонит на мобильный Водовозову.

— Что делать?

Тот перезванивает через пять минут.

— Только без паники. Бери бутылку с коньяком и дуй к Рае на квартиру. Все сделаешь там.

Когда Настя возвращается в комнату, Наташа и Толя спят пьяным сном. Вот тут Королева и предлагает Рите:

— Поехали со мной! Такой сюрприз увидишь!

Они добираются до квартиры Раи. Рита видит сестру и испытывает глубочайшее потрясение. Настя предлагает обмыть событие и угощает Маргошу коньяком с лошадиной дозой снотворного.

Рита мигом засыпает. На этом везение заканчивается, дальше начинается чепуха. Сначала Рая, сдергивая с сестры свитерок, отрывает рукав. Девчонки впадают в панику и, вместо того, чтобы попытаться просто пришить его назад, решают купить новый. Рая несется в подземный переход. Наконец процесс «превращения» закончен. Девицы звонят Водовозову, тот приезжает и уносит Риту в свою машину. Девчонки несутся к Насте, где мирно спят Наташа и Толя. Рассудив здраво, профессор решил, что пусть Потапова и Ремизов увидят вечером за столом Настю и «Риту».

Девицы успевают вернуться и даже выпить за успех. Потом Наташа и Толя просыпаются, и «Рита» на их глазах уходит домой. В случае чего есть два свидетеля, которые совершенно чистосердечно подтвердят: Рита пила весь вечер в их компании.

— Теперь понятно...

— Что?

— Ну почему Катя Кисина, вернувшись внезапно домой и допив коньяк, мигом уснула и за успех какого предприятия пили девчонки, — сказал я.

Максим кивнул.

— Только успеха никакого не получилось. Рая погибла на месте.

Водовозов просто в ужасе. Весь хитроумный план летит в тартарары, Рита, обколотая наркотиками, спит в одном из помещений «Ванильного зефира». Тут только Лев Яковлевич понимает, что в его «детективе» имеется громадная брешь. Он так здорово все придумал, рассчитал, кроме одного: что делать с Ритой? Профессор просто не подумал над этим, но ему не удается ничего придумать и сейчас, потому что на мобильный в истерике звонит Настя:

— Ты ее убил!

Лев Яковлевич пытается объяснить бывшей любовнице, что все вышло случайно, но та находится в невменяемом состоянии.

— Вот сейчас только приведу себя в порядок и пойду в милицию, я не хочу быть соучастницей убийства!

А потом она, дурочка, говорит фразу, которая решила не только ее судьбу, но и участь Наташи с Толей.

— Имей в виду, если со мной, как и с Раей, что-нибудь случится, Ната и Толян мигом в отделение побегут, они все знают.

Настя блефует, но Водовозов приходит в ужас и кидается в девчонке домой, находит ту полупьяной в ванне и пытается ее успокоить. Но Настя только кричит:

— Нет, точно пойду на Петровку, да еще не одна, а с Наташей Потаповой и Толей!

Тут только до Водовозова доходит, какого дурака он свалял, связался с глупой девчонкой, доверился ей, где только были его мозги! Подобные дела следует проворачивать в одиночку! Лев Яковлевич пытается договориться с девушкой, но та орет как ненормальная:

— Убийца, убийца!..

Потом пытается вылезти из ванны, поскальзывается, падает и захлебывается. Перепуганный Водовозов убегает.

— Значит, она сама упала? — спросил я.

Максим пожимает плечами:

— Думаю, что он ей помог, только доказать это трудно, а профессор стоит на своем: поскользнулась и шлепнулась в воду. Он ушел, потому что очень обозлился, не думал, что Настя утонет. Решил, что она сейчас вынырнет.

Но по этому эпизоду еще идет работа. Кстати, он не признается и в том, что «угостил» Наташу Потапову кардиоспасом. Ну а с Толей совсем было просто. Водовозов заглянул к парню, когда того вовсю ломало, и... по «доброте душевной» сходил к дилеру, адрес которого дал Толя, и принес дозу. А уж то, что она оказалась слишком большой для парня... Кто же тут виноват, кроме него самого?

— Но ты как думаешь, он их убил?

— Думаю, да, но доказать пока не могу, — вздохнул Максим. — Ладно, слушай дальше.

Профессор оказывается в жутком положении, Рая мертва, но все считают, что погибла Рита. «Оживить» ее он не может или, во всяком случае, пока не может придумать, как это сделать. Потом его осеняет.

Маргоша общалась с Настей и Раей, она не знает о роли Водовозова в этой истории. Значит, надо избавиться от Норы и «воскресить» Риту. Рассказать той, что весь план придумали Настя и Рая, а он, профессор, спас ее...

В благодарность за спасение девушка даст ему денег.

Глупый вариант, но Льва Яковлевича несет, словно щепку бурным потоком, и он цепляется за любую возможность спасти дело.

Нору он «угощает» кардиоспасом.

— Эй, эй, — влез я, — в день, когда хозяйку парализовало, Лев Яковлевич был в гостях у Николетты, играл в карты, он никак не мог находиться в двух местах одновременно.

— Весь вечер у тебя на глазах, — прищурился Макс, — никуда не отходил?

Я прикусил губу.

— Фанты! Играли в кареллу, он проиграл, а Николетта велела купить ей розу.

— И что?

— Ушел, а потом вернулся с букетом.

— Еще вопросы есть?

— Нет, — тихо сказал я, — но Нора-то осталась жива!

— Не рассчитал дозу, — пояснил Максим. — Кстати, я предупредил врачей, чтобы всем отвечали, будто Элеонора Андреевна на краю гибели, и никого к ней не пускали.

— Именно так мне и говорили, — вздохнул я.

— Водовозов тоже звонил регулярно и ждал ее кончины. Риту он пока держал в «Ванильном зефире» в бессознательном состоянии. Ее он решил «оживить» лишь после смерти Норы.

Но тут случилось непредвиденное. Дискотека

сгорает, Рита исчезает непонятно куда. Потом ему звонит Николетта и, захлебываясь, тараторит:

— Нет, ты только послушай! Нора умерла, завещав все деньги Ивану!

Ничего не понимающий профессор мчится на квартиру к Элеоноре. Он полностью обескуражен. Ведь в тот день, принимая из рук бывшего любовника фужер коньяка с кардиоспасом, Нора грустно говорит, показывая на сейф:

— Надо переделать завещание, Маргоши-то нет! После моей смерти все тебе останется, Лева!

— Ну-ну, — смеется профессор, глядя, как дама пьет отраву, — что за мысли, дорогая, ты еще меня переживешь!

А тут вдруг сообщение о том, что деньги достаются Ивану. Окончательно потеряв всякий ум, запутавшийся Водовозов несется к Норе. Он попал в страшную ситуацию, с которой знакомы многие, преступившие закон. Одно преступление тянет за собой другое, желая скрыть следы, человек совершает все новые и новые подлости, но остановиться он уже не в силах. Ужас толкает его дальше. Профессор входит в квартиру, идет к сейфу. Для него не секрет, где Нора прячет ключ, а ключи от дома он взял у Риты в сумке. Железный ящик открывается легко, конверт распечатан... Лев Яковлевич хватает бумагу... И тут комнату заполняют люди, мигом начинающие задавать неприятные вопросы. Окончательно доконало мужика появление «привидения» под белой вуалью.

## Эпилог

Лев Яковлевич Водовозов всю жизнь прожил как хотел. Ему везло. Он рано стал доктором наук, потом профессором. Не имея жены и детей (Рая, Рита и Ксюша не в счет), он все средства тратил только на себя любимого, баловал себя и обожал. Друзья и приятели уважали Льва Яковлевича, считали милым, интеллигентным мужчиной старомодного воспитания. О его с каждым годом все более молодеющих любовницах не знал никто. Богиня судьбы словно оберегала Водовозова, он не имел ни одного черного пятна на репутации. Сделала она ему и последний подарок.

Водовозову не пришлось годами сидеть в Бутырском изоляторе, ожидая суда. Он недолго спал на жестких нарах в окружении не слишком приятных сокамерников. Избежал Лев Яковлевич и самого судебного разбирательства. Он не сидел в железной клетке, слушая показания свидетелей и разглядывая сквозь прутья тех, с кем совсем недавно играл в бридж. Нет, вечному баловню судьбы опять подфартило. Профессор скончался в самом начале заключения, просто умер от сердечного приступа, ночью, причем так мирно и тихо, что его сокамерники обнаружили труп только к обеду.

Естественно, дело закрыли, наше государство считает, что смерть списывает все, и не осуждает умерших.

Спустя несколько дней после кончины Водовозова по московским салонам, где только и делали, что обсуждали происшедшее с профессором, змеями поползли слухи. «Ах, — закатывали глаза дамы, — мы так и знали! Левушка не виноват. Честнейший, благороднейший человек! Его оклеветали, и вот он покончил с собой!»

Пару раз Николеттины подружки пытались узнать у меня правду, но я ловко увиливал в сторону. Честно говоря, меньше всего хотелось вспоминать всю историю про хозяина «Ванильного зефира». Именно так: «хозяин «Ванильного зефира», называю я его теперь. Язык не поворачивается сказать «Лев Яковлевич». С этим у именем у меня связаны самые теплые воспоминания: оловянные солдатики, тихий, ласковый смех и фраза: «Ваняша, не позволяй себя обижать». Конечно, я понимаю, что профессор совершил преступление, но... ничего не могу с собой поделать. Льва Яковлевича Водовозова люблю до сих пор, а хозяин «Ванильного зефира» вызывает у меня омерзение. Иногда, ночью, когда лежу без сна, я задаю себе вопрос: стоило ли будить спящую собаку? Потом в голову приходит иная мысль: на что способен человек из-за денег? Как выяснилось, на многое. У меня была когда-то любовница, Лена Приходько, которая частенько говорила:

— Для меня лучшие цветы — деньги.

Вот и для Льва Яковлевича купюры, хрустящие бумажки заменяли все.

Элеонора выздоровела. Моя хозяйка в очередной раз обманула смерть. Никаких разговоров о трагических событиях, происшедших с близкими, она не ведет. Словно и не случилось ничего. Но я знаю, что в ее душе нет покоя.

На могиле Раи появился шикарный памятник из белого мрамора, привезенный из Италии. Зоя и Анна Ивановна съездили на кладбище, а потом долго о чем-то говорили в кабинете у Норы. Насколько я знаю, Элеонора купила им хороший дом в Красномосковске, и обе тетки переехали туда. Зое больше нет необходимости терпеть притесняющих ее родственников из-за боязни остаться в старости голодной. Нора дает ей деньги.

Рита долго лечилась. Нора созвала лучших специалистов, и девушку в конце концов поставили на ноги. Но это уже не прежняя Маргоша. С нее словно ветром сдуло шелуху эгоизма. Риточка притихла, по компаниям больше не шляется и усиленно налегает на учебу.

Пару дней назад мы были на кладбище. Маргоша положила к памятнику цветы и сказала:

— Ужасно просто, на фотографии она вылитая я, не находишь, Ванечка?

Я кивнул. Рита постояла пару секунд молча и тихо добавила:

— Мне теперь придется жить за двоих, а это очень большая ответственность, надо стать серьезней.

Я вновь кивнул. Хорошо, что Риточка поумнела, жаль только, что за науку пришлось заплатить столь высокую цену.

Лариса Федотова оправилась от инсульта, и мы никогда больше не встречались. Неля Малышева скончалась от ожогов.

Николетта по-прежнему устраивает файф-о-кло-ки и журфиксы. Элеонора вдвое увеличила мою зарплату, и маменька чувствует себя прекрасно.

Люси...

Девушка позвонила мне и опять попросила сводить ее в «консерваторию». Я, до сих пор спокойно помогавший ей обманывать Розу, неожиданно обозлился:

— Все ездишь к этому Севочке? Омерзительная личность!

Люси оторопела:

— Почему?

И тут меня словно прорвало. Я открыл рот и вылил на голову Люси все, что знал о «великом» писателе.

— Неправда, — решительно отрезала девушка.

— Хочешь убедиться лично?

— Да, — твердо сказала подруга.

— Ну тогда сообщи своему Ромео, что заболела и не придешь на свидание. Голову даю на отсечение, он решит использовать свободное время и пригласит приятно провести вечерок какую-нибудь дамочку из другого состава.

Люси гневно фыркнула и швырнула трубку.

Вечером, около семи часов, мы устроились в засаде возле метро «Первомайская».

— С чего ты взял, что Сева придет сюда на свидание? — нервничала Люси.

— Мне так кажется.

— Глупости!!!

— Подожди, дорогая, — спокойно сказал я и, вынув пачку «Мальборо», спросил: — Ты разрешишь?

— Дай сюда, — велела Люси и вытащила сигарету.

— Ты куришь? — изумился я, поднося ей зажигалку. — С каких пор?

— С сегодняшнего дня, — сердито ответила она, неловко затянулась и мигом закашлялась. Я отобрал у нее сигарету и затушил в пепельнице.

— Что за дурь пришла тебе в голову?

Люси гневно сдвинула брови, раскрыла было рот, чтобы достойно мне ответить, но тут прямо перед нами припарковалась сверкающая иномарка. Из нее вылезли мерзкий Сева и расфуфыренная дамочка. Начались объятия и поцелуи.

— Ну, убедилась? — спросил я.

Люси кивнула. Ее глаза начали медленно наполняться влагой.

— Милая, — попытался я утешить ее, — успокойся, он не стоит даже одной твоей слезинки. Хочешь, поедем в ресторан или в кино?

— Отличная идея, — неожиданно весело произнесла Люси, — с удовольствием поем пирожных, но только после того, как закончу одно небольшое дельце.

Я не успел у нее спросить какое, потому что моя спутница выскользнула из машины. Сквозь ветровое стекло я увидел, как она, в развевающейся собольной шубке подлетела к любовнику и со всего размаха отвесила тому пощечину. Расфуфыренная дамочка завизжала, вскочила в иномарку и была такова, но

Люси не обратила внимания на бегство соперницы, она была всецело поглощена Севой.

— Козел вонючий, — шипела Люси, — еще в любви мне клялся, гондон использованный!

— Но, пожалуйста, — вскричал Сева, — что за выражение! Люси, ты же интеллигентная дама! Ну скажите ей, — повернулся он ко мне, — что люди нашего круга так себя не ведут и не позволяют себе подобные высказывания! Это отвратительно!

— По-моему, очень правильно, — заявил я, — ты и есть козел долбаный, урод вонючий, сволочь недоделанная!

— Гондон гнутый, — добавила Люси и пнула Севу.

— Пидер лохматый, — не отстал я и толкнул Севу.

Недомерок не удержался на паучьих ножках и рухнул в сугроб.

— А-а-а, — обрадовалась Люси, — шлепнулся жопой в говно, так тебе и надо!

Набрав полные пригоршни грязного снега, вернее, жижи из соли и песка, она принялась швырять комья ему в лицо.

— Вы с ума сошли! — заорал тот. — Милиция, милиция, спасите!

— Молчи, говнюк отстойный, — велел я и запихнул в его разверстый рот побольше грязи.

Пока Сева отплевывался, я сорвал с него шапку и куртку, а Люси ухитрилась стащить с бывшего кавалера ботинки. Шапку она разорвала, куртку растоптала, а сапоги швырнула на проезжую часть, где неслись машины.

— Эй, граждане, — раздался металлический голос, — почему хулиганите?

Я обернулся. Безусый, но страшно серьезный милиционер строго смотрел на нас.

— Прекратите безобразия, — продолжил он, — в отделение захотели?

— Арестуйте их!, — взвизгнул Сева.

— Молчи, дрянь! — рявкнула Люси и ткнула его мордой в грязь.

— Молодой человек, — ласково сказал я, нежно беря молоденького стража порядка под локоток, — ситуация абсолютно семейная. Моя приятельница поймала этого, как бы поприличней выразиться, субъекта на измене. Понимаете, он жил одновременно с двумя женщинами. Я ясно излагаю?

Патрульный кивнул.

— И вот теперь она, полная справедливого гнева, слегка его поколотила. Вы не волнуйтесь, мы сейчас уже заканчиваем и уезжаем. Остался лишь один маленький штрих.

— Какой? — обалдело поинтересовался паренек.

— А вот этот, — бодро воскликнул я, подошел к урне, легко поднял железный ящик и вытряхнул содержимое на поверженного Севу. Грязные бумажки, куски хлеба, пустые сигаретные пачки, бутылки рассыпались неаппетитной кучкой.

Люси плюнула сверху и подвела итог:

— Дерьмо к дерьму.

— Ну, это уже перебор, — протянул мент, потом глянул на раскрасневшуюся Люси и добавил: — Впрочем, разбирайтесь сами, я просто шел мимо, это вообще не мой участок.

— Спасибо, — улыбнулся я.

— Эх, — вздохнул паренек, — и отчего это красивых девушек на мерзавцев тянет? Прямо как мух на варенье! Вы только больше не безобразничайте, ехайте домой, с него хватит.

— Уже закончили, — заверила его Люси, — все.

Мы влезли в машину и отъехали пару кварталов. Внезапно Люси расхохоталась, по ее щекам потекли слезы:

— Нет, ты только прикинь, как он сидел!

— Весь в дерьме, — подхватил я.

— Представляешь, что было бы с моей мамой, если бы она узнала про эту сцену, — стонала Люси.

— Николетта бы упала в обморок, — вторил ей я.

Мы хохотали минут пять, потом я внимательно посмотрел в лицо спутнице и удивился:

— Люси, а куда подевались твои усики?

— Свела их кремом специальным, давно мечтала!

— А по-моему, они придавали тебе шарм, — ответил я и добавил: — Послушай, дорогая, а не сходить ли нам с тобой завтра в консерваторию?

Люси замерла с открытым ртом.

— Что ты имеешь в виду?

— Ничего особенного, — пожал я плечами, — два таких интеллигентных человека, как мы с тобой, должны посещать концерты симфонической музыки.

Люси вновь захохотала, потом, с трудом успокоившись, произнесла:

— Знаешь, милый, после всех приключений и расправы над Севой, мне кажется, нам лучше будет посетить цирк.

**Донцова Д. А.**

Д 67    Букет прекрасных дам: Роман. — М.: Изд-во Эксмо, 2004.— 352 с. (Серия «Иронический детектив).

ISBN 5-699-03108-1

Кто не знает всемирно известного сыщика Ниро Вульфа и его бессменного помощника Арчи Гудвина!.. Пожилая, но очень богатая бизнес-леди Элеонора, прикованная к инвалидному креслу, и ее личный секретарь Иван Подушкин очень напоминают эту парочку... Как-то декабрьским вечером Нора попросила Ивана встретить внучку. Риту на его глазах сбивает «Вольво» с заляпанными грязью номерами и скрывается с места преступления. После похорон Нора просит Ивана узнать, с кем провела последний вечер внучка. Он знакомится с Ритиной подругой Настей и понимает — она что-то скрывает. Явившись к ней, чтобы выяснить правду, он находит ее мертвой в ванной. Потом умирают еще пара приятелей Риты. Их смерть кажется естественной, но Нора считает, что их, как и ее внучку, кто-то убил, и поручает своему «Арчи Гудвину» все выяснить...

УДК 882
ББК 84(2Рос-Рус)6-4

Оформление серии художника *В. Щербакова*

**Донцова Дарья Аркадьевна**

**БУКЕТ ПРЕКРАСНЫХ ДАМ**

Ответственный редактор *О. Рубис*
Редактор *Т. Семенова*
Художественный редактор *В. Щербаков*
Художник *Е. Рудько*
Компьютерная обработка *И. Дякина*
Технический редактор *Н. Носова*
Компьютерная верстка *Е. Попова*
Корректор *В. Назарова*

ООО «Издательство «Эксмо».
127299, Москва, ул. Клары Цеткин, д. 18, корп. 5.
Тел.: 411-68-86, 956-39-21.
**Интернет/Home page — www.eksmo.ru**
Электронная почта (E-mail) — info@ eksmo.ru

Подписано в печать с готовых монтажей 26.02.2004.
Формат 70×90 $^1/_{32}$. Гарнитура «Таймс». Печать офсетная.
Бум. тип. Усл. печ. л. 12,9. Уч.-изд. л. 14,3.
Доп. тираж IV 40 100 экз. Заказ № 9930

Отпечатано в полном соответствии
с качеством предоставленных диапозитивов
в ОАО «Можайский полиграфический комбинат».
143200, г. Можайск, ул. Мира, 93.

# РОССІЯ

ОБЩЕНАЦИОНАЛЬНАЯ ГАЗЕТА

## Путеводитель по событиям

Адрес: 107045 Москва, Костянский пер. д. 13

Телефоны: 208-82-82, 208-85-85, 208-84-32

Факс: 208-91-78

E-mail: info@rgz.ru

http://www.rgz.ru